periplaneta

sara reichelt: „Gefährliche Mietschaft“
1. Auflage, November 2023, Periplaneta Berlin, Edition Periplaneta

Inh. Marion Alexa Müller, Bornholmer Str. 81a, 10439 Berlin
www.periplaneta.com

Original Coverbild: Laura Bednarski (www.kinderkiez.net)
Autorinnenbild: Engin Oruç
Lektorat, Grafik-Design, Satz & Layout: Thomas Manegold

Würmer-Zitat, S. 92 f: www.de.wikipedia.org/wiki/Würmer

Finance-Scout-Zitat, S. 208 f: www.financescout24.de/wissen/ratgeber/raeumungsklage (Autorin: Elisabeth Schwarzbauer)

Made in EU
Gedruckt auf FSC- und PEFC-zertifiziertem Werkdruckpapier

print ISBN: 978-3-95996-209-4
epub ISBN: 978-3-95996-210-0

sara reichelt

Gefährliche Mietschaft

Roman

periplaneta

[Jennifer] Mein Ex sägt auf dem Sofa. Reif für die ewigen Jagdgründe. Schnarcht leider nur. Halte es nicht mehr aus, muss raus. Raus aus der Zwangs-WG mit Charles, raus aus der vollgestopften Bude, raus aus dem Wohnhaus. Die Deutschlandfahnen gehen mir auf den Geist. Sie zappeln und zittern auf zwei Balkönchen. Wie Junkies auf Turkey. Und ich hasse den Jägerzaun im Vorgarten, der Jäger aussperrt oder einsperrt. Was für Jäger will man einzäunen? Oder auszäunen? Die Nachbarn haben verdammtes Glück, dass ich zu blöd bin, um ihn durchzusägen. Charles könnte das. Lese schon die Schlagzeile: *Senegalese läuft Amok gegen Lichtenrader Holzzaun.* Zum Totlachen. Würde er aber nicht machen. Hätte er auch nicht gemacht, als er noch in mich verschossen war. Krass verschossen. Nicht nur in meine Sommersprossen.

Lehne am Rückenteil vom Doppelbett und scrolle durch die Wohnungsangebote auf *ImmoScout24*. Ein überteuerter Wahnwitz nach dem anderen. Gerade innerhalb der Ringbahn. Suche was Zentrales. Keinen Bock mehr, mir an einer Haltestelle die Beine in den Bauch zu stehen. Wie hier, wo man ohne Bus nicht vom Fleck kommt. Neukölln wäre was. Ist auf dem aufsteigenden Ast. In der Nähe vom Tempelhofer Feld hüpfen immer mehr Typen rum, die eine Uni schon mal von innen gesehen haben. Alle geklont. Finden sich megacool. Sehen montags nicht mehr wie ausgekotzt aus, weil die Clubs noch dicht sind.

Gibt fast nur Angebote mit Tauschwohnungen. Null Chance. Kann Charles nicht rausschmeißen. Er blecht für die Miete. Scrolle weiter.

Kernsanierte Altbauwohnung im Schillerkiez: 65 qm, 2 helle Zimmer, Einbauküche, Duschkabine u. Wanne, provisionsfrei, € 1235 Kaltmiete, ab 1.5.2021.

Wow, wie für mich gemacht. Muss ich mir schnappen. Die Anzeige ist von privat, von einer Frau Steimatzky. Was das wohl für eine ist? Die Eigentümer vermieten ihre Buden an Typen wie sie selbst. Meistens so ein Mittelschichtspack, mindestens mit Abi.

Auf Xing eine Katharina Steimatzky entdeckt. Übersetzerin. Spanisch und Französisch. Und eine Homepage hat die auch. Wenn ich Dusel habe, hat die noch nie was vermietet. Ein leichter Fang, wenn sie es ist. Müsste aber gutes Deutsch mit der sprechen. Falls die mich einlädt, gucke ich mir alles genauer an. Je mehr ich weiß, desto besser. Haue in das Kontaktformular:

Projektleiterin (Marketing/Deutsche Bahn), Single, 33 Jahre, wünscht Besichtigungstermin. Gruß Jennifer Ziegler.

Eine Führungskraft hat selbstverständlich keine Zeit für einen langen Text.

Bin seit Monaten auf der Suche. Die letzten acht Besichtigungen mit FFP2-Maske, Schnelltest und Mindestabstand waren der blanke Horror. Die Eigentümer hatten Angst. Nicht nur vor Corona. Auch davor, dass die Miete nicht eintrudelt. Es hat eine Absage nach der anderen gehagelt. Bin gespannt, ob die Steimatzky auf mich reinfällt. Voll gut, dass ich in der Schule Theater gespielt habe. Bei den Weihnachtsaufführungen war ich meistens ein Engel. Habe wohl so ausgesehen. Die Goldflügel liegen in der Mittenwalder Straße bei meiner Alten im Keller. Die Flügel vom gefallenen Engel. Aber gestutzt sind sie nicht.

[Katharina] Es ist kaum zu fassen. Kurz nachdem die Annonce auf *ImmoScout24* online gegangen war, segelten im Zehnminuten-Takt Anfragen herein. Die meisten auf Englisch oder Google-Translate-Deutsch. Selbstbeweihräuchernd wie Zuschriften auf Kontaktanzeigen. Standardbewerbungen nach dem Gießkannenprinzip. Hipsterhaft locker, überbordend liebenswürdig von Creativity Managers, Cloud Software Engineers, Technical Consultants, Financial Planners, Software Developers, Executive Assistants und Product Designers. Die meisten in den Dreißigern. Ruhige, ordentliche, smarte, offene, nichtrauchende Typen ohne eine schwarze Mamba oder andere Haustiere. Typen, die vegetarisch oder vegan kochen, übers Tempelhofer Feld skaten, surfen, kiten oder Stand Up paddeln, bouldern, gerne reisen, die meine Wohnung brauchen – als Upgrade für die Lebensqualität – und die es grandios fänden, wenn sie eine zeitnahe Chance bekämen, jenes helle Objekt der Begierde aus der Nähe zu betrachten.

Ich fühlte mich überfordert, fing immer wieder von vorne mit der Auswahl an, überlegte mir, welche Kriterien meine Bekannten hätten oder ein Makler, den ich mir nicht leisten könnte. Schließlich warf ich die Pärchen raus, auch alle Zweier-WGs, warf nur kurze Blicke in die ellenlangen englischen Bewerbungen, verwarf alle Zuschriften mit Google-Translate. Es blieben trotzdem zu viele Interessent*innen übrig. Vielleicht hätte ich doch selbst einziehen sollen. Ich bereute es fast, meine erste und einzige Immobilie zu vermieten, aber entschieden ist entschieden. Man wächst an den Herausforderungen. Nach stundenlangem Hin und Her lud ich eine deutsche Projektleiterin zu einem Besichtigungstermin ein, ebenso eine Kolumbianerin, die sich für ihr schlechtes Englisch und kaum vorhandenes Deutsch entschuldigte und einen DJ aus Georgien, weil ich nach der Pandemie für ein paar Wochen nach Tiflis möchte, und er mir bestimmt ein paar angesagte Techno-Clubs empfehlen könnte.

Immer wieder laufe ich in der leeren Wohnung, die noch Farbe ausschwitzt, auf und ab. Die erste Interessentin klingelt überpünktlich. Als ich die Tür öffne, kollidiere ich fast mit einer Säule von Frau. Sie trägt eine eng geschnittene schwarze Hose, in die eine weiße Bluse hineingestopft ist. Der Bauch wölbt sich über dem Hosenbund, als ob sie schwanger wäre. Ihre Haut glänzt und ist rötlich, ähnlich wie ihre Locken. Hinter ihrer weißen Maske atmet sie hörbar.

„Guten Tag, Frau Ziegler, hoffentlich sind Sie gut die Treppe hochgekommen. Es gibt leider keinen Aufzug."

„Das macht nichts. Etwas Bewegung bringt mich nicht um. Und ich muss ja keinen Kinderwagen hochschleppen."

„Würden Sie allein einziehen?"

„Ja! Ich bin Single … habe keine Haustiere. Will mir keine ans Bein binden. Auch keine Kinder."

„Das klingt perfekt. Schauen Sie sich ruhig um. Alles ist erneuert … auch die Rohre und die Elektrik. Und Sie würden bestimmt nicht frieren. Die Fenster sind doppelt verglast … die Wände gedämmt."

„Mir ist's meistens zu warm … Die hohen Wände und die Stuckdecken gefallen mir gut."

„Das freut mich. Der Balkon geht Richtung Westen. Sie könnten nach Feierabend draußen sitzen – vielleicht an kühleren Tagen."

„Und welche Himmelsrichtung hat das Schlafzimmer?"

„Die Fenster sind an der Nordseite", sage ich.

„Super! Was ist mit der Küche?"

„Da kommen noch Geräte und Schränke rein. Das stand so in der Anzeige und ist auch so."

„Das wäre mir ziemlich wichtig."

„Verstehe. Kommen Sie, hier ist das Badezimmer."

Der lange Körper von Frau Ziegler und der dicke Hals erinnern mich an einen Wurm. Ausgerechnet jetzt, wo man ständig über Viren spricht und höchstens über Computerwürmer. Auch an eine Raupe denke ich, an *Die kleine Raupe Nimmersatt*, eines der ersten Bücher, das ich auf Englisch gelesen habe. *The Very Hungry Caterpillar.* In das Wort *caterpillar* verguckte ich mich sofort. Warum, weiß ich nicht. Vielleicht, weil es länger ist als Raupe oder auch als das spanische *oruga*. Das kannte ich damals noch nicht. Zum Glück übersetze ich keine biologischen Fachbücher. Ich bin auch auf Deutsch schlecht in Zoologie. Aber irgendwie interessiert mich alles, sogar der Unterschied zwischen einer Raupe und einem Wurm.

Frau Ziegler windet sich neben mir durch den engen l-förmigen Flur. Ein Leib ohne Skelett, ohne Gliedmaßen, der sich trotz der Länge und der Breite geschmeidig bewegt, ohne anzuecken, ohne meinen eckigen Körper zu berühren. Ein Leib mit glatter Haut, bei dem ich hoffe, dass alles glatt ginge. Im Falle einer Vermietung.

„Im Bad hätten Sie die Qual der Wahl: Duschkabine oder Badewanne", sage ich zu ihr, als wir mit der Besichtigung fast fertig sind.

„Wow. Ich mag Wasser. Wenn es von oben kommt oder wenn ich drin liege."

„Mögen Sie denn auch Regen?", frage ich sie.

„Ja, und Sie?"

In meiner Kindheit rannte ich mit Wibke nach draußen, wenn es regnete, denn dann kamen die Würmer. Wir hüpften in Gummistiefeln zwischen ihnen, trampelten auf ihnen herum. Einmal hatte Wibke ein Küchenmesser dabei, um sie durchzuschneiden. Wir waren begeistert, wie sie sich aufbäumten, wie sich ihre einzelnen Teile ringelten. Gleichzeitig wurmte es uns, dass sie sich weiterbewegten, anstatt zu sterben. Durch das Zerhacken hatten wir die Anzahl der Regenwürmer verdreifacht oder vervierfacht und wir fragten uns, wie so etwas möglich sein konnte.

„Regen habe ich nur als Kind gut gefunden. Wasser ist nicht mein Element. Und auf keinen Fall, wenn es von oben kommt und kalt ist."

„Sind Sie ein Luftzeichen?", fragt Frau Ziegler.

„Ich bin Wassermann Aszendent Zwilling – also zweimal Luft."

„Dann passt es ja. Bei mir auch, obwohl ich nicht daran glaube. Ich bin Skorpion Aszendent Fische."

„Da Sie ein Wasserfan sind, würden Sie sich im Badezimmer ja wohlfühlen."

„Frau Steimatzky, nicht nur im Bad. Wie sind Sie eigentlich zu diesem Traumobjekt gekommen?"

„Nach dem Tod meines Vaters habe ich mein Elternhaus verkauft und diese Wohnung erworben. Ich bin ein Einzelkind."

„Dann haben wir was gemeinsam: Ich habe auch keine Geschwister. Und nur noch meine Mutter. Ich hänge sehr an ihr. Zum Glück hat sie inzwischen ihre erste Impfung bekommen."

„Ich habe keine Mutter mehr. Und für meinen Vater kam die Impfung zu spät. Vielleicht wäre er trotzdem gestorben. Oder sogar an den Impffolgen ... Aber entschuldigen Sie, Frau Ziegler, darüber möchte ich im Moment nicht reden. Und es kommen gleich weitere Interessent*innen."

„Entschuldigung! Ich wollte Ihnen nicht zu nahetreten."

„Machen Sie sich keine Sorgen. Bitte schicken Sie mir ein Foto von Ihrem Personalausweis, von Ihrer letzten Gehaltsabrechnung und eine Mietschuldenfreiheitsbescheinigung per E-Mail. Ich sage Ihnen Bescheid, wenn ich mich entschieden habe."

„Das werde ich bald machen. Es tut mir sehr leid, dass Ihr Vater gestorben ist."

„Das braucht Ihnen nicht leidzutun. Auf Wiedersehen!"

[JENNIFER] Der Abgang war Panne, fast ein Rausschmiss. Aber der Rest ist astrein gelaufen. Besonders das Quatschen über Wasser und Sternzeichen hatte was. Die Bude ist megaschön. Würde ausflippen, wenn es klappt. Diese Steimatzky hat keinen blassen Schimmer. Will noch nicht mal die Unterlagen im Original sehen. Auch keine Schufa! Könnte schreien vor Glück. Oder Purzelbäume schlagen. Wenn ich es könnte. Ohne mir das Genick zu brechen. Eine Mietschuldenfreiheitsbescheinigung zusammenzubasteln ist eine Lachnummer. Mir ist noch nie passiert, dass der neue Vermieter mit dem alten redet. Eine Gehaltsabrechnung zu fabrizieren, ist schon eine andere Nummer. Mein Praktikum bei der Deutschen Bahn war dafür ein Sechser im Lotto. Die haben mich damals zu einem Vorstellungsgespräch eingeladen, weil ich ein Abi habe. Und einen Bachelor in BWL. Keinen echten natürlich. In der Personalabteilung wollte niemand das Original beglotzen. Habe mir vor dem Job-Interview Infos vom Unternehmensbericht reingezogen. Und *Meine Bahn* angesehen. Mir sind gleich ein paar Sachen ins Auge gesprungen. *Benutzerunfreundliche Tools* nennt man sowas. Voll peinlich. Aber die Personaler sind aus allen Wolken gefallen. Einem ist die rote Nickelbrille von der Nase gerutscht. „Frau Ziegler, Sie bringen wirklich Potential mit und könnten direkt mit dem Praktikum starten. Wenn alles gut läuft, nehmen wir Sie nach sechs Monaten in unser Traineeprogramm auf." Habe mich mit ein paar Euro abspeisen lassen. Aber die Gehaltsabrechnung ist ein Goldschatz.

Bin gespannt, ob die Steimatzky anbeißt. Den Job bei der Bahn hat sie mir abgenommen. Mein klassisches Business-Outfit ist der perfekte Köder. Krass wichtig sind nicht die Unterlagen. Krass wichtig ist der erste Eindruck. Die Steimatzky ist auf meine teuren Klamotten reingefallen. Und auf meine Laptop-Tasche aus echtem Leder. Habe den ganzen Kram im Internet bestellt und nie bezahlt. Manchmal muss ich fünf Paar Schuhe zurückschicken, wenn meine Füßchen nicht reinpassen. An mir ist alles fleischig. Könnte weniger sein. Die Knie ächzen unter meinen hundert Kilo. Vielleicht sind es mittlerweile hundertfünf. Habe meine Waage bei eBay vertickt. Will die Zahl nicht mehr sehen. Seit ich im

Senegal war, finde ich mich schön. Da haben mich die Kerle mit Komplimenten bombardiert. Das muss ich der Steimatzky verklickern, wenn sie mir die Wohnung gibt. Hoffentlich hat die nichts gegen XXL. Sie selbst ist XXS. Sie und ich geteilt durch zwei wäre Normalgewicht. Wie viel die wohl auf die Waage bringt? Höchstens fünfzig Kilo. Ja, das kommt hin mit dem Normalgewicht. Das muss ich der mal sagen. Sie hat sich bei der Wohnungsbesichtigung dumme Fragen verbissen. Finde ich gut. Charles hat auch nie wissen wollen, warum ich so füllig bin. Er ist voll auf mich abgefahren. Speziell auf meine silikonfreien Riesen-Brüste. „Wie zwei weiche Kissen", hat er wiederholt gesagt. Er ist ein echt cooler Typ. Nicht nur der Schwanz, auch das Hirn. Ein seltenes Fundstück. Und ein bequemer, kostenloser Französischkurs. Ob die Steimatzky so fließend Französisch kann wie ich? Und ob ihr Macker es ihr so genial auf Französisch macht wie Charles mir? Als wir noch zusammen waren. Bevor ich ihn beschissen habe. Mit Shihab. Bin für Charles seitdem ein Stück Scheiße, das nach dem Spülen immer noch in der Kloschüssel schwimmt.

[Katharina] Mein Vater war eines der ersten Covid-19-Opfer. Aber das Virus tat ihm einen großen Gefallen: Er musste in kein Seniorenstift ziehen. Der knapp Achtundachtzigjährige erlosch durch hohes Fieber in dem Zimmer, in dem er seit seiner Geburt geschlafen hatte. Er hinterließ ein heruntergekommenes, von oben bis unten von Dingen okkupiertes Haus in Spandau an der Havel. Ein Haus, in dem er seit dem Tod meiner Mutter drei der sieben Räume und die Einliegerwohnung nur zum Lüften und zum Kontrollieren der Temperatur betreten hatte. Oder nicht einmal das. Ein Haus, in dessen Garten er ein Loch ausgehoben hatte, um daraus für sein Töchterlein einen Goldfischteich zu zaubern – sogar mit Brunnenfontäne in der Mitte und einigen Fröschen.

Mehrmals täglich hatte ich früher vor dem kleinen See gehockt und versucht, die Fische zu zählen, die sich von Jahr zu Jahr vermehrten. Und das obwohl immer wieder einige von ihnen mit dem Bauch nach oben im Wasser trieben, was mich anwiderte, was mich faszinierte. Den Weiher hätte ich gern behalten, den Rest nicht. Da ich ungern lüge, starb mein

Vater mit dem Wissen, dass sein Haus als Eigentumswohnung in einem multikulturellen Kiez wiederauferstehen würde. Er selbst nicht. Und wenn, dann höchstens im Himmel oder in Spandau.

Die Besichtigungen sind überstanden. Alle drei wollen die Wohnung mieten. Ich stehe auf dem Balkon. Vom Spielplatz wehen Kinderstimmen herüber. Frau Ziegler konkurriert mit dem DJ aus Tiflis und der Web-Designerin aus Bogotá. Beim Georgier triggern mich die elektronischen Klangteppiche. Bei der Kolumbianerin fixt mich die Sprache an. Eine Projektleiterin bei der Deutschen Bahn? Oder lieber elektronische oder spanische Klänge? Beide Klangarten ertönen aus Freelancern aus nicht EU-Ländern. Trotzdem würde ich gern einem der beiden meine Wohnung vermieten. Oder gerade deswegen? Siegt die Vernunft? Siegen die Ratschläge aus dem Freundeskreis? Und die Angst davor, dass mich alle für weltfern oder gar für meschugge hielten, wenn ich nicht Frau Ziegler die Wohnung gäbe.

[Jennifer] Habe mir die Website von der Steimatzky genauer angeguckt. Typischer Spracharbeiter! Die verdient mit ihren Übersetzungen in der Stunde weniger als meine Mutter als Putze. Meine Alte wischt und staubsaugt auch für mich und Charles. Natürlich für lau. Das ist superbequem. Trotzdem will ich eigentlich nicht, dass sie ihre Nase in meine Sachen steckt. Sie glaubt, dass ich immer noch bei der Bahn bin. Das glauben die meisten. Charles natürlich nicht und auch Shihab nicht.

Charles schaut mich nicht mehr an, seit er weiß, dass ich gelegentlich zum Hackeschen Markt fahre und mit Shihab in seinem Loft penne. Zum Glück verbummelt mein Ex seine Tage in einem Afro-Friseur-Shop. Ist seit März wieder auf. Der Laden war pleite, aber er hat Corona-Hilfen abgesahnt. Kommt über die Runden. Es fehlen nur die Kunden, obwohl es immer mehr Schwarze in Berlin gibt. People of Colour heißen die nun. Finde ich unterbelichtet. Wenn Schwarz eine Farbe ist, dann ist auch Weiß eine. Hat man schon mal farblose Haut gesehen? Ich stehe auf Schwarz. Aber auch da gibt es Ausnahmen: Shihab kommt aus Marokko und ist nur hellbraun. Habe mich trotzdem in ihn verknallt. Ich bin auch schon auf hellhäutige Typen abgefahren. Ich selbst bin hellrosa, das gefällt nicht jedem. Kann damit leben.

Die Steimatzky hat wahrscheinlich nicht ganz so viel Schotter wie andere Vermieterinnen. Egal, ich ziehe sie trotzdem über den Tisch. Bei den Wohnungen sind es immer Frauen. Im Internet Männer. Da geht es auch um Liebe. Eigentlich um Sex. Um Sex im Liebesmäntelchen. Muss einen auf romantisch machen. Sonst schiebt mir keiner der geilen unfarbigen oder farbigen Säcke Kohle rüber. Oft weiße Kohle. Manchmal braune Kohle oder schwarze Kohle. Besser als Schwarzfahren. Das lasse ich schön bleiben. Bloß nicht auffallen. Meine Alte hat ein Jahresabo für die Öffis. Das hat sie mir dauerhaft geliehen. Die hockt wegen Corona die meiste Zeit bibbernd zu Hause. Wenn ich Bock habe, kaufe ich für sie ein. Sie drückt mir die Daumen, dass es mit der Wohnung klappt. Was Schönes für die Projektleiterin. Wenn die wüsste!

Das Praktikum bei der Bahn war stinklangweilig. Man musste vor der Abfütterung „Mahlzeit" schreien. Wenn nicht, wurde man runtergemacht. Das Schlimmste war, dass ich fast nichts zu tun hatte. Die wollten mich noch nicht mal bei ihren Meetings dabeihaben. Ich sollte nur eine bescheuerte Studie auswerten und zusammenfassen. Eine Evaluierung der letzten PR-Maßnahme. Das muss ich der Steimatzky erzählen, falls ich sie wiedersehe. Und die nach meinem Job fragt. Habe ich auf Akademisch drauf. Klingt glaubhaft.

Habe mir ein paar dicke Schinken über Marketing aus dem Regal geholt, die Seiten mit Tipps und Tricks durch den Kopierer gejagt. Die Kunst des Lügens. Lügen ist fast das Einzige, was ich mit Normalos gemeinsam habe. Die lügen aber noch mehr. Nennen das dann Marketing oder Diplomatie oder Notlügen. Und die brauchen eine wie mich, um frühmorgens in den Spiegel schauen zu können und zu sagen: Ich habe es geschafft. Ich bin stolz auf mich.

Habe verdammt viel aus diesen Wälzern gelernt. Wie man Kunden anspricht. Und dass man Fragen mit Gegenfragen beantwortet. Danach war wieder tote Hose im Praktikantenstadl. Um nicht einzupennen, habe ich mir ein Briefpapier mit dem Bahn-Logo gemacht. Wollte mir hundert Seiten ausdrucken. Der Papierstau war der Super-GAU. Eine Tussi mit einer gebotoxten Visage hat mich erwischt und verpfiffen. Das war's dann mit dem Praktikum. Aber wenigstens habe ich einen Gehaltszettel bekommen. Der Wisch hilft, immer wieder eine neue Wohnung zu finden. Ich habe ihn schon x-mal aktualisiert. Das muss ich jetzt machen und der Steimatzky auch den anderen Kram mailen. Nur mein Perso ist nicht gefälscht.

Hoppla, eine neue Mail! Ich kann es nicht fassen. Die Steimatzky hat angebissen. So babyleicht war es noch nie. Und so schnell. Sie hat mir bei der Besichtigung von den vielen Leuten erzählt, die ihre teure Bude wollen. Na ja, schummeln tun auch andere. Könnte aber auch stimmen. Es wird immer schwerer, in Berlin eine Wohnung zu finden. Zu einer normalen Miete. Was ist hier noch normal? Dass ich mir in Mitte meinen Milchkaffee auf Englisch bestelle? Und ich Cow Milk sagen muss, wenn mir Kaffee mit Sojamilch den Magen umdreht? Gibt Schlimmeres. Finde es fast schon witzig. Und bin eh gerade voll gut drauf. Hab's endlich wieder geschafft, eine Wohnung zu angeln. Nun kommt der nächste Schritt: Aufbau einer emotionalen Bindung. Habe ich aus einem PR-Buch. Von einem Seelenklempner. Wenn man jemanden anschmieren will, soll man Ähnlichkeiten finden. Am besten echte. Bei der Steimatzky und mir sind das die toten Väter. Oder, dass wir keine Geschwister haben und im Moment Single sind. Finde bestimmt noch anderes. Oder erfinde was. Geil, dass mir die Steimatzky die Bude gibt. Die Mail mit den Unterlagen schicke ich trotzdem ab. Und bimmle dann an. Es ist Wochenende. Da habe ich frei. Auch wenn man als Projektleiter immer mal wieder seine dienstlichen E-Mails checken muss. Das muss ein Betrüger erst recht.

[Katharina] Die Mail mit der Zusage an Frau Ziegler ist abgeschickt. Obwohl sie nur meine Nummer drei ist, bin ich froh, dass ich das Thema Mietersuche abhaken darf. Ich sollte mich aber nicht zu früh freuen, denn der Vertrag ist noch nicht unterschrieben und Frau Ziegler hat als perfekte Kandidatin wahrscheinlich weitere Optionen offen. Ursprünglich hatte ich – gegen den Chor der Ratgeber*innen, gegen die Stimme der Vernunft – dem DJ zugesagt. Er hatte mich angerufen, weil er die Idee hatte, sich im Kellerabteil ein Tonstudio einzurichten, ein Ansinnen, was mir in einem kühlen, modrigen Kellerabteil wenig sinnvoll schien. Da er weiterhin meine Wohnung wollte, smalltalkten wir über die Berliner Clubszene und fanden zwei gemeinsame Bekannte, die vor Corona im Tresor und im Ohm am Mischpult standen. Als ich gerade die Formulare für einen englischsprachigen Mietvertrag ausdruckte, sagte meine Nummer eins auf Telegram ab. Der Vermieter seiner aktuellen möblierten Bleibe habe ihm den Mietvertrag für ein weiteres Jahr verlängert, was ich für eine Ausrede hielt. Ich ärgerte mich über die verlorene Zeit, auch darüber, dass meine Nummer zwei, die Kolumbianerin, trotz meines Reminders auf WhatsApp nach drei Tagen immer noch keine Unterlagen geschickt hatte.

Mein Handy klingelt, eine unbekannte Nummer erscheint.

„Katharina Steimatzky, mit wem spreche ich?"

„Mit Jennifer Ziegler. Hoffentlich störe ich Sie nicht. Es ist schließlich Sonntag."

„Nein, ganz im Gegenteil. Ich habe gerade ein Gedicht zu Ende übersetzt – das heißt, zu Ende übertragen – und habe Zeit."

„Das Übersetzen von Gedichten ist bestimmt nicht einfach."

„Es ist fast wie dichten. Es entsteht etwas Neues – deshalb nennt man es übertragen."

„Interessant – das müssen Sie mir bei Gelegenheit an einem Beispiel erklären."

„Sehr gern! Sie rufen aber bestimmt nicht wegen einer Übersetzung an, sondern um einen Termin für die Unterzeichnung des Mietvertrages zu machen, oder?"

„Ja, natürlich! Ich möchte mich dafür bedanken, dass Sie sich für mich entschieden haben. In den nächsten beiden Wochen ist mein Chef im Urlaub und ich könnte auch tagsüber."

„Das hört sich gut an. Ich bin als Freiberuflerin auch zeitlich flexibel. Das gefällt mir am besten an meinem Job."

„Kann ich verstehen. Wann machen wir den Vertag?"

„Passt es Ihnen, wenn wir den Mietvertrag in der kommenden Woche machen und ich Ihnen die Wohnung übergebe, wenn die Küche eingebaut ist? Spätestens selbstverständlich am ersten Mai."

„So machen wir es. Könnten Sie am Mittwoch um elf Uhr?"

„Das passt perfekt! Warum suchen Sie eigentlich ein neues Domizil?"

„Ich lebe im Moment noch mit meinem zukünftigen Ex-Mann zusammen. Er hat eine andere. Aber ich überlasse ihm die gesamten Möbel und die Wohnung. Er arbeitet in einem Friseursalon und könnte sich einen Umzug und so weiter nicht leisten. Außerdem ist er aus Dakar. Sie kennen die Vorurteile gegenüber People of Colour, oder wie sagt man das jetzt?"

„Sie können ruhig Farbige sagen. Oder Schwarze. Dass Sie Ihren Noch-Ehemann nicht vor die Tür setzen und ihm das gesamte Mobiliar schenken, ist großzügig von Ihnen."

Warum erzählt sie mir das? Soll ich sie deswegen heiligsprechen? Mich würde die Sicht des Senegalesen interessieren und wie sie ihn kennengelernt hat. Aber das wäre zu persönlich.

„Von meiner Ehe würde ich Ihnen bei Gelegenheit gern mehr erzählen. Auch davon, wie ich Charles in Dakar zum ersten Mal getroffen habe."

„Sie sind telepathisch begabt, Frau Ziegler. Genau darüber habe ich eben nachgedacht, hielt dieses Thema aber für zu privat."

„Interessant – ich freue mich, dass die Chemie zwischen uns so gut stimmt", sagt sie.

„Die Freude ist ganz meinerseits. Ich wünsche Ihnen noch einen schönen Tag. Wir sehen uns am Mittwoch!"

„Danke – auch für Sie! Wenn mir beruflich nichts dazwischenkommt, sehen wir uns am Mittwoch um elf Uhr in der Schillerpromenade 32a."

Nach dem Telefonat fällt mir auf, dass sie mich nicht nach den Nebenkosten fragte, auch nicht nach der Kaution und dass auch ich nichts davon erwähnte. Ich hole das nach, aber nicht heute, ich muss mich erholen. Meinem Körper fehlt frische Luft, fehlt Bewegung. „Lebe noch! Will nicht erschlaffen, nicht verfetten!", schreit er immer lauter, bis ich es nicht mehr aushalte. Ich ziehe Jogging-Schuhe an, packe eine Wasserflasche in den Rucksack und wir laufen los. Nach gut fünf Minuten rennen wir übers Tempelhofer Feld zusammen mit vielen anderen Körpern, in unserem eigenen Atem und neben dem Atem der anderen und spazieren danach durch die

Hasenheide. Ich freue mich über die geöffneten Blattknospen, gehe quer durch die Bäume, an cruisenden Männern vorbei, eine aus Kriegstrümmerschutt entstandene Erhebung hoch, setze ich mich auf eine der Bänke und trinke ein paar Schlucke. Danach laufe ich den gewundenen Weg Richtung Ausgang Friedhof Lilienthalstraße herunter und sehe – wie so oft – einen Mann, der etwas abseits von den anderen Dealern steht, der nicht mit seinem Smartphone spielt und aus dessen City-Rucksack eine Zeitung herausschaut. Ich möchte weder Cannabis noch andere Drogen kaufen und er hat mir bisher noch nie seine Ware angeboten. Wie laufen die Geschäfte in der Pandemie? Eher besser oder schlechter? Vielleicht besser, weil das äußere Leben abgeriegelt ist und Drogen für manchen eine Tür nach innen öffnen. Bei mir ist das noch kein Thema, hoffentlich kommt es nie so weit.

[Jennifer] Alles paletti. Die Sprachtussi hat mich nicht durchschaut. Der Mietvertrag ist in trockenen Tüchern. Wie üblich hatte ich vor dem Termin einen Blumenstrauß besorgt. Für das bunte Gestängel musste ich nur 10 Euro hinblättern. Hat nach mehr ausgesehen. Mehr Schein als Sein – wie bei mir. Außer beim Sex. Bei der Steimatzky ist es wahrscheinlich umgekehrt. Die ist aus allen Wolken gefallen, als sie die Tulpen, Narzissen und Anemonen gesehen hat. „Das wäre aber nicht nötig gewesen, Frau Ziegler." So ein Blabla hat die abgelassen. Musste mich echt am Riemen reißen. „Nur ein kleines Dankeschön. Auch dafür, dass Sie sogar eine Küche für mich einbauen lassen."

„Das wird aber nur eine schlichte IKEA-Küche. Denken Sie bloß nicht, dass ich reich bin, nur weil ich eine Immobilie besitze."

Habe das komisch gefunden. Warum reitet die drauf rum, dass sie wenig Kohle hat? Die hat mehr, als sie zugibt. Ihr Vater hatte bestimmt nicht nur das Haus. Er hatte sicher auch Geld auf dem Konto.

„Das kommt mir entgegen. Ich mag es, wenn es einfach ist. Mein Job ist schon kompliziert genug. Außerdem möchte ich Ihnen sagen, dass Sie wegen mir keine Spülmaschine kaufen müssen."

„Na, gehört die nicht dazu?"

„Für mich nicht. Ich bin Single und koche eher wenig. Außerdem entspannt mich das Abspülen. Das bringt mich runter. Zum Beispiel zwischen zwei Videokonferenzen."

„Okay. Dann gibt es eben eine Lücke in der Küchenzeile, denn vielleicht möchte Ihr Nachmieter ja eines Tages eine Spülmaschine haben. Oder ich selbst, wenn ich nach Ihrem Auszug einziehen sollte, oder gar Sie selbst, wenn zum Beispiel ein neuer Partner einzieht."

„Die Lücke fülle ich mit einem Mülleimer. Brauche echt keine Spülmaschine."

„Ich lebe auch geschirrspülerfrei ..."

Zum Abkreischen. Wie die sich ausdrückt: *geschirrspülerfrei*. Hat die selbst erfunden, die Frau Übersetzerin. Damit auch der letzte Vollpfosten schnallt, wie toll sie ist.

„Interessant – wir zwei finden immer neue Ähnlichkeiten. Apropos: Sie sind doch auch Single, oder nicht?", habe ich die Steimatzky gefragt und war echt gespannt. Hätte Haus und Hof darauf verwettet, dass sie das Thema wechselt. Da habe ich voll danebengehauen. Von der Steimatzky ist prompt ein Knaller gekommen: „Ich habe seit ein paar Jahren keine Partnerin, aber das ist auch in Ordnung so."

„Oh, das klingt interessant. Ich könnte mir allerdings nichts mit einer Frau vorstellen – nichts Intimes." Diesen Satz habe ich gerade so rausgewürgt. Hoffentlich habe ich meine Visage nicht verzogen.

„Das ist doch völlig in Ordnung."

„Na ja, in Berlin muss man sich ja schon fast dafür entschuldigen, wenn man hetero ist. Und wenn man deutschstämmige Eltern hat."

Danach hat die direkt losgewiehert. Hat sich kaum noch eingekriegt und dann gesagt: „Da kommt es aber sehr darauf an, in welchen Kreisen man unterwegs ist. Ich kann mir nicht vorstellen, dass Sie bei der Deutschen Bahn dafür diskriminiert werden, weil Sie nicht queer sind. Und keinen Migrationshintergrund haben."

„Na ja, mein direkter Vorgesetzter ist schwul und mit einem Kanadier verheiratet. Bei der letzten Betriebsfeier hat er mir deutlich gezeigt, dass er mich nicht gerade für spannend hält.“ Das musste ich blitzschnell erfinden, damit ich nicht doof dastehe.

„Das ist ja unglaublich, Frau Ziegler! Mit Ihnen kann ich mich wirklich gut unterhalten ... die sexuelle Orientierung und die Herkunft sind doch egal.“

„Da haben Sie recht. Hatten Sie jemals Probleme, als Sie mit einer Frau zusammen waren?“

„Wie meinen Sie das? Probleme mit der betreffenden Frau? Oder mit der Gesellschaft?“

„Mit der Gesellschaft!“

„Mit der Gesellschaft eigentlich nie. Ich habe immer sehr frei und unkonventionell gelebt. Niemand hat sich daran gestört.“

„Das freut mich für Sie.“

„Danke. Aber kommen wir nun zum Eigentlichen: Hier sind die Formulare der Standard-Mietverträge. Am besten trägt jede die Daten ein, die sie weiß, und dann tauschen wir, okay?“

Hätte ich Nein sagen sollen? Sie hat Zeit wie Heu und hat noch nicht mal die Verträge vorbereitet. Sowas von bequem! Wahrscheinlich hat ihr die Mama immer die Stullen geschmiert. Ich hatte so eine Freundin. Das Ninchen. Die musste daheim keinen Finger rühren. Und hat mir ihre Käseschrippen geschenkt. Weil die ihr Pausenbrot nicht auffuttern wollte. Meine Mutter habe ich morgens nur selten gesehen. Die hat vor sich hin geschnarcht. Oder sie war weg. Hat noch nicht mal angerufen, um mich zu wecken. Ich war aber froh, dass ich meine Ruhe vor der Alten hatte. Warum sie nicht zu Hause war, weiß ich nicht. Angeblich hat sie eine riesige Arztpraxis gescheuert. Ich glaube aber, dass sie die Beine breitgemacht hat. Gegen Taschengeld.

„Die Kaution beträgt zwei Kaltmieten und die Kaltmiete kennen Sie.“

„Gut – dann trage ich 1235 Euro Kaltmiete und 2470 Euro Kaution ein. Und als Nebenkosten?“

„Die sind im Moment noch hoch. Aber die Wärmedämmung und die neuen Fenster machen das Heizen billiger. Das sehen Sie dann in der nächsten Abrechnung. Im Moment beträgt die monatliche Pauschale 265 Euro.“

„Das ist doch okay. Außerdem heize ich eh nicht viel. Ich trage das so in den Vertrag ein. Frau Steimatzky, sind Sie bitte so nett und diktieren mir Ihre IBAN?"

Sie ist darauf angesprungen. Habe einen Zahlendreher bei der Kontonummer eingebaut. Nachdem wir mit der Ausfüllerei fertig waren, habe ich den Mietvertrag mit der falschen IBAN eingesackt. Nach den Unterschriften hat die Steimatzky noch eine Weile über die Lockdowns gejammert. Natürlich im Stehen. Meine armen Knie! Als ich mich endlich vom Acker machen wollte, hat sie gesagt: „Frau Ziegler, wäre es okay für Sie, wenn wir uns ab jetzt duzen?"

„Sehr gerne. Ich heiße Jennifer, das weißt du."

„Glückwunsch zu deinem neuen Domizil, Jennifer!"

„Danke für die Vermietung, Katharina!"

Dann hat die mich irgendwie komisch angeschaut und gegrinst. Hätte gerade noch gefehlt, dass sie eine Flasche Sekt aus ihrem Rucksack herauskramt und den Korken knallen lässt. Kohle für Schampus hat die nicht. Oder sie ist zu knickerig.

Habe null Bock auf Lichtenrade. Würde gerne die neue Bude feiern. Natürlich nicht mit der Steimatzky. Lieber eine Runde vögeln mit Shihab. Auf einer Decke auf dem Fußboden. Danach ultralang gemeinsam duschen. Leider habe ich die Schlüssel noch nicht. Wegen der Küche. Da kommen irgendwann Handwerker, die dann den IKEA-Scheiß zusammenfriemeln. Bin froh, dass ich keinen Möbelschraubern über den Weg laufe. Man weiß nie, wer wen kennt. Texte meinem Lover:

Hi Shihab, alles gut bei dir? Habe die Wohnung im Schillerkiez bekommen. Wie wäre es mit einem Champagner-Bad im Radisson Blue? Es kann aber auch Sekt sein. Und bei dir. Jennifer

Wenn ich Pech habe, fragt er mich nach dem zweiten Orgasmus, wovon ich die Miete zahle. Da muss ich schauen, dass er sofort wieder einen Ständer kriegt. Normalerweise kriege ich das hin. Oder er. Also wir. Eine dritte Runde und danach nichts wie weg.

Er möchte mehr mit mir. Scheffelt Kohle mit seinen Apps. Über 80.000 Eier im Jahr. Aber ich lasse mich nicht kaufen.

Und irgendwie richtig lieben tue ich ihn nicht. Aber was heißt das schon.

Mein iPhone vibriert. Schade, nur meine Mutter.

„Hi, Mama. Hocke gerade im Bus."

„Hast du die Wohnung gekriegt?"

„Da komm' ich gerade her. Alles paletti."

„Jenny, ich bin so stolz auf dich."

Drücke meine Alte direkt weg. Und simse, dass mein Akku leer ist. Wenn ich Jenny höre, wird mir kotzübel. Dass sie stolz auf mich ist, hat meine Alte noch nie abgelassen. Die darf nicht schnallen, dass ich nicht mehr bei der Bahn bin und ein Riesengebirge an Schulden habe. Das wäre ein Riesenschock für sie. Auch wenn sie schon einiges von mir gewohnt ist. Dass ich einen muslimischen Senegalesen geheiratet habe, zum Beispiel. Dann hat sie ihn besser kennengelernt und findet ihn nun supernett. Dass ich fremdgegangen bin, hat sie ihrem Schwiegersöhnchen natürlich abgenommen. War auch so. Aber dass schon vorher zwischen Charles und mir der Ofen aus war, hat sie mir nicht abgekauft. Der Liebesofen, der so gequalmt hatte. Manchmal konnte ich tagelang nicht sitzen. So wild haben wir es getrieben. So was wird Katharina noch nie erlebt haben. Sie ist hundertpro auch im Bett kontrolliert. Wahrscheinlich leckt sie mit Brille auf der Nase. Sie hat wenig Spaß im Leben, gönnt sich nichts. Deshalb sieht sie so abgenagt und ausgemergelt aus. Und das schon mit Anfang oder höchstens Mitte vierzig.

Mein Ex wird johlend auf einem Bein im Kreis hüpfen, dass ich endlich verdufte. Und dass mein ganzer Krimskrams verschwindet. Besonders die fünfzig Paar Schuhe. Deshalb hat er mich oft heruntergemacht. Wer was von den Möbeln behält, haben wir schon verhackstückt. Sogar ohne Stunk. Er bekommt das Ehebett, weil wir es nicht in der Mitte durchsägen wollen. Und ich kriege die graue Kuschel-Couch. Fürs Schlafzimmer bestelle ich mir gleich ein Kingsize Boxspringbett in irgendeinem Online-Shop, wo man nicht sofort blechen muss. Der Küchenkrempel und die Wohnzimmereinrichtung bleiben in der Lichtenrader Bude. Ich behalte dafür den fetten Kleiderschrank, die Glotze, die Schminkkommode, den Spiegel und die Waschmaschine. Was mir sonst noch fehlt, suche ich über eBay zusammen. Hauptsache Charles baut den Kleiderschrank auseinander und in der Schillerpromenade wieder zusammen. Und ein Kumpel von ihm mit einem Bulli spielt das Lastentaxi.

Charles will ohne mich voll brav werden. Meinen Segen hat er! Solange er mich nicht bei den Bullen anschwärzt, ist es mir egal. Wahrscheinlich hat er bald eine neue Braut. Und will dann ratzfatz die Scheidung. So lange warte ich. Will nicht, dass er in der Hasenheide oder im Görli abhängt und Drogen vertickt, weil er plötzlich illegal hier ist. Er soll seinen knackigen Hintern lieber weiterhin in den Friseurladen tragen. Da kommt nicht viel dabei rum, aber es reicht fürs Nötigste. Außerdem gefällt mir, dass ich verheiratet bin. Möchte nichts Festes im Moment. Denn irgendwann fängt jeder neue Partner an, mich auszufragen. Will wissen, was ich arbeite. Und wo. Dann muss ich mir etwas aus den Fingern saugen. Und man wundert sich dann, dass ich nie Kollegen treffe. Dass man mich nicht im Büro anrufen kann. Jetzt sitzen wegen Corona viele zu Hause vor dem Bildschirm. Aber es gibt Impfstoffe. Die Leute gehen bald in die Büros zurück, hängen nach dem Job abends manchmal gemeinsam irgendwo ab. Und dann hätte ich ein Problem mit einem neuen Typen, dem ich nichts von den Fälschungen erzählen kann. Wenn ich schlecht drauf bin, habe ich auf niemand Bock. Aber jetzt will ich die neue Bude feiern. Allein ist das grottenlangweilig. Shihab hat noch immer nicht Mäh gemacht. Auf meine Alte habe ich keine Lust. Mein Ex ist nicht da. Was tun? Könnte die Regale abstauben. Früher habe ich Herzchen für ihn in den Staub gemalt.

[Katharina] Meine Wohnung ist nicht nur gesaugt, sondern auch gewischt, sogar unter dem Sofa und dem Bett, weil ich Jennifer zu mir eingeladen habe. Ich freue mich auf sie, mag, wie sie erzählt, dass sie auf mich eingeht, dass sie Sprachen liebt. Sie brachte sich ein wenig Wolof bei – und das nur für einen Badeurlaub mit einer Bekannten in Dakar.

„Französisch hätte dir nicht gereicht?“, fragte ich sie bei unserem letzten Telefonat

„Nein – ich möchte den Kontakt zu Einheimischen und raus aus den touristischen Ecken."

„Cool. Ich lerne gerade das georgische Alphabet ... plane einen mehrwöchigen Aufenthalt in Tiflis und halte es kaum aus, wenn ich noch nicht einmal ein Straßenschild verstehe."

„Echt, du auch nicht? Deshalb reise ich ungern nach Asien. Ich kann diese ganzen Schriften nicht entziffern."

Ich möchte Jennifer meine übersetzten Romane und übertragenen Gedichte zeigen, denn sie interessiert sich für meine Arbeit. Das tun nur wenige. Die meisten meiner Bekannten – Patrizia, Ingeborg, Wibke und Stefan sind eine löbliche Ausnahme – haben sich noch nie die Mühe gemacht, eine meiner Übersetzungen zu lesen, während ich mir deren Erlebnisse mit streikenden Routern, demolierten Fahrrädern, dysfunktionalen Kaffeevollautomaten, verlorenen Fitnessuhren, toxischen Chefs und sich im Nichts aufgelösten DHL-Päckchen geduldig anhöre und die Fotos von deren Kindern, Enkeln und Haustieren mit Smileys und Herzchen like.

„Was erwartest du eigentlich von den Leuten? Etwa, dass sie sich voll und ganz auf dein Leben einlassen?", hatte mich einmal Wibke gefragt, als ich mich mal wieder über das Desinteresse einer neuen Bekannten an meinen Sprachprojekten echauffiert hatte.

„Gewiss nicht – aber ich lasse mich doch auch auf die Themen der anderen ein. Ich erkundige mich nach dem Geburtstermin und dem Geschlecht des neuen Wunders, merke mir, wie die Klassenleiterin des eingeschulten anderen Wunders heißt, frage nach, ob das Antibiotikum des nierenkranken Zwergdackels angeschlagen hat oder ob der uralte VW-Käfer wieder fährt."

„Tja, Katharina, deine Offenheit für jedes Thema finde ich toll. Aber das darfst du nicht von anderen erwarten!"

„Danke für das Feedback. Was rätst du mir?"

„Konzentrier dich mehr auf deine eigenen Themen und erwarte weniger!"

Die Vase mit Jennifers Blumenstrauß steht auf dem Glastisch. Die Tulpen sind noch straff, einige der Narzissen auch – die werfe ich noch nicht in den Biomüll. Die Anemonen sind hinüber. Sie werden sofort entsorgt. Normalerweise stelle ich keine Vase mit Schnittblumen auf, weil ich mir nicht das sichtbare Sterben in den Alltag holen möchte. Die Gedanken an meinen Vater, an das Verwesen seines Körpers genügen mir völlig als Memento mori. Und ich finde es immer noch entsetzlich, dass er unbedingt eine Erdbestattung wollte.

„Ab wann fressen sich Würmer in den Körper meines Vaters hinein?", hatte ich Frau Günther gefragt, nachdem ich mich für einen Sarg aus Eichenholz entschieden hatte, denn im Garten meines Elternhauses steht eine Eiche, die meinen Vater fast vor Gericht gebracht hätte. Der Nachbar hatte sich über das Laub und den Schatten beschwert und einige Äste absägen wollen. Daraufhin hatte mein Vater angeblich einen Satz von sich gegeben, der sich als Morddrohung auslegen ließ. Der Nachbar hatte einen Zeugen, mein Vater bedauerlicherweise nicht. Es wurde zwar kein einziger Ast des altehrwürdigen Baumes geopfert, aber seit diesem Vorfall, der mit einer Entschuldigung meines Vaters geendet hatte, war kein einziges Wort mehr über den Gartenzaun geflogen. Und mir war der Umgang mit Wibke verboten worden, was für mich schlimmer gewesen war als eine riesige Eiche mit drei abgesägten Ästen.

„Eine gute Entscheidung", hatte die Bestatterin gesagt. „Eiche ist lange haltbar. Bis sich da ein Wurm durchfrisst, ist der Leichnam längst verwest."

„Ein beruhigender Gedanke – danke!"

„Außerdem liegt der Sarg circa zwei Meter tief im Boden. Dort gibt es kaum Regenwürmer."

„Und falls doch, lässt es sich auch nicht ändern. Auch wenn es mir nicht gefällt, dass Würmer meinen Vater auffressen."

„Auch das ist ein Vorurteil. Würmer mögen kein Aas. Sie fressen lieber Pflanzenreste oder Mikroorganismen."

Frau Günther hatte mich mit ihrem ad hoc abrufbaren Wissen überrascht. Oder ich war nicht die Erste gewesen, die nach Würmern gefragt hatte. Trotz der tröstlichen Informationen käme für mich keine Verwesung infrage, eher ein Verbranntwerden mit anschließendem Tanz der Asche über dem Meer. Zu Asche geworden würde ich selbst in eisigem Ostseewasser nicht frieren.

Am liebsten hätte ich meinen toten Vater einäschern lassen und die Urne in seinem Garten bei der Eiche vergraben. Ich wollte jedoch seinen letzten Willen respektieren und keine Ordnungswidrigkeit begehen. Ich werde es nie verstehen, warum ich in Deutschland die Asche eines Haustieres behalten dürfte, aber nicht die Asche einer mir nahen Person.

In zwei Stunden kommt Jennifer. Ich schütte das modrige Blumenwasser in die Toilette. Als ich neues Wasser einfülle, sehe ich, dass der Badezimmerspiegel noch immer Schlieren hat. Die werden bleiben. Ich habe keine Lust auf eine erneute Putzorgie, auch nicht darauf, eine Runde durch meinen Kiez oder durch Kreuzberg zu drehen und mich zum x-ten Mal darüber aufzuregen, dass ich immer noch nicht ins fsk Kino gehen kann.

Es liegt wie seine Schicksalsgenossen seit fast einem halben Jahr im Koma und hofft, dass es zeitnah wiedererwachen wird. Und das ohne bleibende Schäden. Immer wenn ich eine schwierige Arbeit beendet oder eine Pause gebraucht hatte, hatte ich mich selbst in dieses Kino eingeladen. Inzwischen streame ich Arthouse-Filme auf MUBI. Ein schaler Ersatz. Ein schaler Ersatz für das Sitzen im großen Saal des fsk, wo vor und nach jeder Vorstellung ein Springbrunnen sprudelt, dessen Wasser sich in der Leinwand spiegelt.

Bevor im letzten Herbst die Lichter erneut erlöschen mussten und der Springbrunnen zum Austrocknen verdammt war, sah ich dort mit Ingeborg den Film *Schwesterlein*. Der Saal war gut gefüllt, denn viele wussten, dass es das letzte Wochenende mit Kultur in öffentlichen Innenräumen war. Nachdem wir den Filmsaal verlassen und den Betreiber*innen ein baldiges Wiedersehen gewünscht hatten, nahmen wir im Safran auf der Oranienstraße unsere Henkersmahlzeit ein, Sabzi und Borani. Der persische Besitzer saß nicht wie sonst gedankenverloren in einer Ecke, sondern grüßte mich, als ich mich auf dem Weg zum WC an ihm vorbeizwängte.

Mit Covid-19, mit dieser noch nicht zu Tode erforschten Krone, die das Glück von vielen frisst, habe ich kein Problem. Ein Virus wie viele andere vor ihm oder nach ihm. Ein trickreiches, verwandlungsfähiges Wesen. Vor Covid-19 habe ich keine Angst, aber davor, dass durch die Pandemie Kontakte wegbrechen oder gar zerbrechen könnten. Aus politischen Gründen? Aus Angst? Wegen meines fehlenden Mitgefühls? Immer noch erinnere ich mich an das letzte Gespräch mit meiner Lieblingsnachbarin, mit der ich vor der Pandemie regelmäßig spazieren ging.

„Gesund, negativ getestet und mit FFP2-Maske geht noch nicht mal ein Gang durch die Hasenheide mit mir?"

„Leider nein! Ich möchte mich keinem vermeidbaren Risiko aussetzen."

„Interessant – aber du gehst noch zu REWE oder zu Rossmann?"

„Das Einkaufen von Lebensmitteln und Drogerieprodukten lässt sich leider nicht vermeiden – im Gegensatz zu persönlichen Treffen mit dir."

„Du könntest online bestellen ... die Lieferungen vor deiner Wohnungstür abstellen lassen. Alles völlig kontaktfrei."

„Eigentlich eine super Idee, Katharina. Mich stört allerdings der aggressive Unterton."

„Sorry, aber hast du dir mal überlegt, wie ich mich als ein Single fühle, wenn mir wegen der Pandemie wichtige Sozialkontakte wegbrechen?"

„Das ist Jammern auf hohem Niveau!"

„Danke für dein Mitgefühl und ein langes Leben!"

„Deinen Zynismus kannst du dir schenken, aber ein langes Leben wünsche ich dir natürlich auch. Ganz besonders einen frühen Impftermin!"

Das Virus ist mein bester Freund, denn es zeigt mir, wem ich am Herzen liege und wem nicht. Umso mehr freue ich mich darüber, dass Jennifer meine Einladung annahm, obwohl sie mit ihrem Übergewicht zu einer Risikogruppe gehören dürfte. Wir schreiben uns seit dem Besichtigungstermin täglich mehrere WhatsApp-Nachrichten. Meistens dreht es sich um die Wohnung oder um unsere Jobs. Obwohl sie immer wieder ihre anspruchsvolle Berufstätigkeit erwähnt, dauert es selten länger als drei Stunden, bis sie antwortet. Sie geht auf meine Kämpfe mit Kunden ein. Mit Kunden, die mir literarisch schlechte Texte liefern, mit Kunden, denen ich hilflos ausgeliefert bin, mit Kunden, die meine abgelieferte Arbeit spät oder überhaupt nicht bezahlen. „Für den Fall, dass man sich nicht mehr verträgt, braucht man einen Vertrag", sagte Jennifer. Sie riet mir, einen Vertrag zu entwickeln. Einen Vertrag, in dem die Modalitäten der Zusammenarbeit im Allgemeinen und die Honorierung meiner Dienstleistungen im Besonderen geregelt sind. Sie meinte, dass es dafür sicherlich online Entwürfe gebe und sie etwas Passendes für mich runterladen könnte. Das wollte ich nicht, denn sie hatte sich die ganze Zeit über ihren Job beschwert, über den Stress durch stundenlange Online-Präsentationen, über die ständig krankgeschriebene, schwangere Kollegin, die sich vor der Hausgeburt fürchtet, weil sie sich aus Corona-Angst nicht traut, in einem Kreißsaal zu entbinden.

Nachdem ich Jennifer die Schlüssel für das Gebäude, die Wohnungstür, den Briefkasten und das Kellerabteil übergeben hatte – einen Schlüsselsatz außer dem Briefkastenschlüssel hatte ich für Notfälle behalten, was sie zu begrüßen schien – sagte sie: „Katharina, wir sind Mieterin und Vermieterin, aber wir sind auch zwei Frauen, die alleine leben. Und die wegen der Corona-Schutzmaßnahmen überwiegend zu Hause arbeiten und in der Nähe voneinander wohnen. Wir sollten uns privat kennenlernen ... Oder was meinst du?"

Das fand ich eine gute Idee, obwohl mir Stefan empfohlen hatte, das Private und das Geschäftliche strikt zu trennen. Ausgerechnet er, der seine Eigentumswohnung an mich, an seine langjährige geistige Komplizin und unerfüllte Jugendliebe vermietet hatte, hatte mir am Telefon davon abgeraten, mich mit meiner Mieterin zu duzen. Ich hatte das Thema gewechselt, denn ich wollte mich nicht mit Stefan, der sich seit seinem Umzug nach Cambridge Massachusetts Stephen nennt, streiten. Er war mir schon immer zu besserwisserisch, zu selbstgerecht, aber unsere Gespräche hatten mich beflügelt. Unsere Gespräche, in denen wir uns so tief in Sachthemen hineingeschraubt hatten, bis er sich oder ich mich oder wir uns beide im Dunkeln des Unbekannten verloren und gemeinsam versucht hatten, unsere Wissenslücken zu füllen. Manchmal hatten wir über Nebensächlichkeiten diskutiert, wie über die durchschnittliche Satzlänge einer Buchbesprechung im Feuilleton der ZEIT im Vergleich zu einem ähnlichen Text in der SZ. Ich sehe uns, wie wir vor vielen Jahren auf Stefans Mantel auf einer Wiese sitzen – eine Quantenphysik-Konferenz an der FU hatte uns einen gemeinsamen Nachmittag geschenkt – die Satzlängen in zwei Buchbesprechungen zählen und zu dem Schluss gelangen, dass wir das an mindestens einhundert weiteren Texten machen müssten, um zu irgendeinem validen Ergebnis zu gelangen. Wir entschieden uns für Remis und lachten über uns selbst.

Bei unseren spielerischen Wettkämpfen war es nicht nur um das Verlieren oder Gewinnen gegangen, sondern auch um den Wunsch, zu verstehen. Unsere geistigen Orgasmen – immer dann, wenn wir ein kognitives Rätsel gelöst hatten – hallten wochenlang in meinen Gehirnwindungen nach.

Dann hatte er Susanne kennengelernt, die sich Susi nennt und noch nicht Susan, obwohl sie Stefan nach Massachusetts folgte. Die Erkenntnis, dass er zum ersten Mal wisse, was Liebe sei, hatte ihn dazu gebracht, mit einem schnellen, zielgerichteten Hieb seine Ehe mit Charlotte zu zerschlagen. Und er hatte Susi von unserer tiefen Freundschaft erzählt und sie ihn darum gebeten, das noch zarte Ehepflänzchen davor zu schützen.

Ein Piepen, eine neue WhatsApp-Nachricht:

Liebe Katharina, hoffentlich geht es dir gut. Mir leider nicht. Ich habe nämlich eben einen Anruf vom Krankenhaus bekommen, meine Mutter wurde wegen Verdachts auf einen Herzinfarkt eingeliefert, ich fahre jetzt im Taxi hin und hoffe bloß, dass sie mich trotz der Abstandsregeln reinlassen. Wir müssen unser Treffen leider verschieben, ich melde mich, sobald ich mehr weiß.

[JENNIFER] Habe meinem Ex erzählt, dass ich die Schlüssel von der Traumwohnung im Schillerkiez habe. Ohne vorher einen Haufen Knete für die Kaution abzudrücken. Charles hat nicht gejubelt. Er ist ausgetickt. Ich soll sofort ganz abhauen. Meinen ganzen Krempel will er in der Wohnung nicht mehr sehen. Ich bin ein Stück Dreck. Lüge alle nur an. Die arme Vermieterin. Sie tut ihm leid. Das klingt nach Neid und kann mir am Arsch vorbeigehen. Klar, dass Charles sich nicht für mich freut! Der träumt von seinem alten Leben in Dakar. Da hatte er im Hotel von seinem Alten einen geilen Job. Warum er nicht zurückgeht, verstehe ich nicht. Vielleicht schämt er sich, dass seine Frau ihm Hörner aufgesetzt hat. Oder er kann damit angeben, dass er nun in Deutschland lebt. Dass Berlin immer mehr den Bach runtergeht, weiß in Dakar ja keiner. Wenn ich Charles wäre, würde ich nicht in Berlin klebenbleiben: geschrottete Ehe, schlecht bezahlter Job, zu wenig Deutsch für Besseres, abgefuckte Wohnung am Stadtrand.

Ich sollte mir nicht das Hirn über Charles zermartern. Was vorbei ist, ist vorbei. Nun habe ich jemand Neues am Bein: Katharina. Bei der bin ich heute Nachmittag eingeladen.

„Ich würde dir gern mein Domizil zeigen. Vielleicht magst du einen Blick auf die von mir übersetzten Bücher werfen", hat sie gesagt. Druckreif wie meistens.

„Ich würde diese ganzen todlangweiligen Bücher nicht mit der Kneifzange anfassen", hätte ich am liebsten darauf gesagt. Habe es mir natürlich verkniffen. Stattdessen habe ich Männchen gemacht. Und so getan, als ob ich es toll finden würde, unter der FFP2-Maske in den Öffis nach Luft zu japsen, um aus Lichtenrade nach Neukölln zu zockeln: erst im M76 bis zum U-Bahnhof Alt-Mariendorf schaukeln, dann hoffen, dass die U6 nicht gerade weg ist. Danach am Platz der Luftbrücke beten, dass der 104 kommt und mit mir bis zur Morusstraße tuckert. Von der Schillerpromenade aus wäre es viel näher. Da ich Charles nicht die Matratze unter dem Hintern wegziehen will, kann ich dort noch nicht pennen. Aber ich fahre eh nicht zum Rollberg. Am Telefon habe ich der Steimatzky natürlich gesagt, dass ich irre gespannt auf ihren Kiez bin. Da hat die gleich losgeblubbert vom Rollbergkino direkt ums Eck. Von irgendeiner alten Kesselhalle, wo ein Café drin ist. Von einem Museum für neues Zeugs, das KINDL und irgendwas mit Kunst heißt und endlich wieder geöffnet hat. Dann hat sie mir noch die Ohren vollgeheult, dass die Kinos immer noch geschlossen sind. Und dass wir nach der Wiedereröffnung unbedingt ins fsk gehen sollten. Und *Nomadland* anschauen, falls der Film dort läuft. Da habe ich mal wieder die Vorteile des Lockdowns bemerkt: Ich muss mit meiner Vermieterin nicht ins Kino. Kacke, die macht echt einen auf Freundschaft. Das ist mir zu viel, aber daran bin ich selbst schuld. Meine Strategie hat einfach zu gut funktioniert: persönliche Sympathie herstellen. Je mehr mich jemand mag, desto länger wohne ich mietfrei. Ich sollte Workshops anbieten: Wie werde ich ein erfolgreicher Mietnomade? Die wären bei diesen hochschießenden Mieten bestimmt ausgebucht. Aber ich züchte mir doch nicht meine eigene Konkurrenz ran. Und Geld würden Typen, die so was buchen, bestimmt nicht rüberwachsen lassen. Vielleicht wären Workshops für Vermieter besser: Woran erkenne ich Einmietungsbetrüger vor der Unterzeichnung des Mietvertrags? Das könnte laufen. Aber nicht unter meinem richtigen Namen!

Jetzt sitzt Katharina in ihrer Wohnung mit angedrehter Fußbodenheizung, sogar im Mai noch. Dass sie auf keinen Fall frieren möchte, wenn sie morgens auf dem Boden ihre Übungen macht, hat sie mehrmals gesagt. Frühes Aufstehen und Yoga! So was würde mir gerade noch fehlen: mich aus dem Bett quälen und in einen Hund hineinquälen. Dann hätte ich lieber einen richtigen Hund, der dann den Hund macht. Sie kann heute bis zum Abwinken ein nicht kläffender Kläffer sein und sich über den warmen Boden in ihrer kleinen Bude freuen. Die gehört so einem Quantenphysikfuzzi, der sich von ihr zurückgezogen hat. Mit dem hat sie ein Machtding laufen. Wahrscheinlich würde sie mich heute Nachmittag damit volllabern. Bloß nicht! Zum Glück besuche ich sie nicht. Gestern war der erste Mai und es ist höchste Zeit, dass meine Alte abkratzt. Das tut sie immer, wenn jemand Geld von mir will. Aber mit Scheibchentechnik, das ist glaubhafter. Ich habe der Steimatzky geschrieben, dass meine Mutter einen Herzinfarkt hatte, und prompt kam die Antwort:

Oh je!!! Selbstverständlich fährst du jetzt ins Krankenhaus. Wie geht es deiner Mutter? Bitte halte mich auf dem Laufenden und das Allerbeste für die Gesundheit deiner Mutter. Liebe Grüße von Katharina.

Eigentlich grottennett. Wenn ich ein Gewissen hätte, müsste ich mich schämen. Tue ich aber nicht. Die Ehrlichen sind immer die Dummen, sagt man. Und dumm bin ich nicht.

Danke für dein Verständnis! Ich sitze immer noch im Taxi. Meine Mama war bei einem Bekannten in Luckenwalde zu Besuch und ist jetzt dort im Krankenhaus. Ich melde mich heute Abend noch mal bei dir.

Hoffentlich chattet die nicht weiter. Habe keinen Nerv, so viel mit der zu texten, auch wenn sie voll nett schreibt. Sollte lieber mit dem Ausmisten und Packen meiner tausend Sachen anfangen. Charles hat Umzugskartons in den Flur gedonnert. Ein Wink mit der Zaunlatte. Mit seiner Latte winkt er nicht mehr. Charles' schwarzer Wonneständer wird von Shihabs hellbrauner Stange leider nicht getoppt. Ich fahre irgendwie auf Shihab ab, stehe aber seit Charles auf schwarze Ständer. Klingt das rassistisch? Soll es nicht sein. Jeder hat Vorlieben. Warum darf die Hautfarbe nicht dazugehören? Ich habe ja nichts gegen andere Farben! Viele sortieren mich aus, weil ich XXL bin. Und ich sortiere helle, kleine, schnell schlappe Schwänze aus. Obwohl es da natürlich auch Ausnahmen gibt. Aber wo gibt es keine Ausnahmen? Katharina würde jetzt von *empirischen Beobachtungen* faseln. Ich kenne solche Uniwörter. Ist ja nicht so, dass ich zu blöd für die Uni gewesen bin. Wollte nicht für Klausuren büffeln. Sonst hätte ich jetzt einen echten Bachelor in BWL von der FU. Habe mein Studium nach ein paar Monaten hingeschmissen und mir ein Bachelorzeugnis gefälscht. Ein Kumpel hat mir sein Zeugnis ausgeliehen. Als Gegenleistung habe ich dem beigebracht, wie er seinen dünnen Stängel länger hart bekommt. Das war eine richtige Win-win-Situation. Aus seinem Zeugnis habe ich mir mit Photoshop ein neues auf meinen Namen zusammengeschustert. Funktioniert nur als Kopie oder elektronisch. Aber wer will schon das Original sehen?

Sollte jetzt wirklich meinen Kram zusammenklauben oder wenigstens die Schuhe durchsortieren. Die Hälfte trage ich eh nie. Das hat Charles immer auf die Palme gebracht. Nur mit Kokosnüssen hat er nicht geworfen.

Scheiße, schon wieder was von Katharina. Dieses Mal zur Abwechslung auf dem Messenger. Hat die mich auf Facebook gestalkt?

K: Wie geht es deiner Mutter? Hoffe, es ist alles okay! LG

J: Es war tatsächlich ein Herzinfarkt, und der Arzt meinte, sie ist momentan nicht ansprechbar, ich kann also nicht zu ihr. Werde gegen 22 Uhr mit meinem Onkel nach Hause fahren.

K: Furchtbar!!! Hoffentlich kann deiner Mutter optimal geholfen werden und sie ist bald wieder ansprechbar. Ich kann mich gut in dich hineinversetzen. Du weißt, dass mein Vater letztes Jahr verstorben ist. Sag mir bitte Bescheid, wenn ich etwas für dich tun kann. Wir kennen uns zwar noch nicht allzu lange, aber ich denke, wir haben einen guten Draht zueinander.

Das ganze Geschreibsel von Katharina finde ich irgendwie abgedreht. Die ist doch kein Partner! Wenn sie ein Kerl wäre, würde ich sagen: Der ist in mich verknallt. Hoffentlich ist sie das nicht! Sie hat gesagt, dass sie lesbisch ist. Das kann mir egal sein. Ich hatte nur was mit meiner Mutter. Oder besser gesagt, meine Mutter mit mir. Aber daran denke ich jetzt lieber nicht. Sonst kriege ich wieder Hass auf die Alte. Und das bringt mich nicht weiter. Außerdem ist sie inzwischen wieder gesund in der Birne und alles ist lange her.

[Katharina] Ich sitze neben Ingeborg in ihrem ungewaschenen SUV. Sie hilft mir, die blauen Säcke mit dem Verpackungsmaterial der Küche aus dem Keller der Schillerpromenade zu holen und bei der Berliner Stadtreinigung zu entsorgen. Eine WhatsApp-Nachricht von Jennifer.

Hallo, ich sollte dich auf dem Laufenden halten: Leider hat meine Mutter die Nacht nicht überstanden. Sie hatte noch einen weiteren Infarkt. Ich habe mir diese Woche freigenommen und muss natürlich viel organisieren. Die Details vielleicht irgendwann. Ich bin im Moment nicht in der Lage, zu telefonieren.

Die Nachricht trifft mich. Und es trifft mich, dass sie mich trifft, obwohl sie mich nur peripher betrifft und mich nicht treffen sollte, da ich Jennifer erst vor knapp drei Wochen zum ersten Mal getroffen habe und wir keine Freundinnen sind. Neben der Betroffenheit über den Tod der Mutter frage ich mich zum ersten Mal, ob es sein könnte, dass Jennifer diese Geschichte erfunden hat, schiebe diesen Gedanken aber direkt zur Seite und sage zu Ingeborg: „Stell dir vor, meine Mieterin hat mir gerade mitgeteilt, dass ihre Mutter zwei Herzinfarkte kurz hintereinander nicht überlebt hat."

„Ach was! Hat sie noch einen Vater?"

„Nein, der starb schon vor ihrer Geburt."

„Wenn die Kinder aus dem Haus und die Eltern tot sind und wenn man sich dann keinen Köter einfängt, fängt das eigene Leben an."

„Ich bitte dich! Hast du denn überhaupt kein Mitgefühl, Ingeborg?"

„Hä? Ich kenne diese Frau doch gar nicht und weiß nicht, ob es stimmt. Der hast du doch die Wohnung übergeben, bevor sie dir die Kaution überwiesen hat. Apropos: Ist inzwischen Geld auf deinem Konto eingegangen?"

„Bisher noch kein einziger Cent."

„Das habe ich befürchtet, ehrlich gesagt. Was gedenkst du, nun zu tun?"

„Was soll ich denn tun? Ich werde meiner Mieterin später schriftlich kondolieren und abwarten, ob Geld ankommt. Laut Mietvertrag hat sie bis zum vierten Werktag Zeit. Und heute ist erst der erste Werktag vom Mai, obwohl wir den dritten haben."

„Da du das so genau eruiert hast, wartest du anscheinend auf die Miete. Hoffentlich siehst du jemals Geld", sagt Ingeborg.

„Selbstverständlich! Für die Ehrlichkeit und Zuverlässigkeit von Jennifer würde ich jederzeit meine Hand ins Feuer legen."

„Viel Spaß beim Verbrennen – kauf schon mal eine Brandsalbe! Spaß beiseite – ich finde es komisch, dass du deine Mieterin Jennifer nennst. Sag bloß, ihr duzt euch?"

„Inzwischen ja, warum denn nicht? Das hat Stefan übrigens auch gewundert. Ich sehe das Problem nicht. Jennifer und ich sind eben unkonventionell."

„Na dann warten wir mal ab, ob deine unkonventionelle neue Freundin dir ganz konventionell die Miete und die Kaution überweisen wird. Du weißt, dass ein durchschnittliches Begräbnis circa 10000 Euro kostet?"

„Ingeborg, ich kann mich noch an die Bestattungs- und Friedhofskosten für die Beisetzung meines Vaters erinnern."

„Ist sie ein Einzelkind?"

„Ich glaube ja. Es gibt aber einen Onkel. Der zahlt bestimmt etwas dazu."

„Interessant, dass du das alles weißt. Hast du was mit deiner Mieterin am Laufen?"

„Nein! Darum geht es nicht. Wir finden uns einfach sympathisch. Halt bitte hier an und warte auf mich. Ich gehe schnell in den Keller runter und hole die Müllsäcke."

Das habe ich mit Jennifer so abgesprochen. Sie ist nicht für die Entsorgung des Verpackungsmaterials der Küche zuständig. Ich stehe vor dem Altbau mit frisch gestrichener Fassade. Links neben der Eingangstür ist *Killt die Kapitalistenschweine* gesprayt, was mich schockt, auch wenn mir die rote Schrift auf der weißen Wand gefällt. Jeder heruntergekommene Altbau, der sich in einen Neubau verwandelt und dessen Wohnungen danach horrend hohe Miete haben, schürt den Hass. Ich persönlich habe niemanden vertrieben, die Wohnung unvermietet gekauft. Leider läuft es oft anders. Dennoch gefallen mir der Schillerkiez und der Rollberg besser als früher. Gentrifizierung stört mich nicht, auch wenn ich mir eine Kaltmiete von 19 Euro pro Quadratmeter selbst nicht leisten könnte. Ein Hoch auf die Widersprüche! Ich sollte dringend die Hausverwaltung anrufen. Das Graffito muss weg. Wo das erste bleiben darf, kommt meistens schnell das zweite und das dritte und so weiter hinzu. Wäre interessant zu erfahren, was Jennifer darüber denkt. Aber sie dürfte im Moment andere Sorgen haben. Sie weiß, dass ich heute den Müll abhole, wird aber bestimmt nicht zu Hause sein, sondern wahrscheinlich bei ihrem Onkel. Ich blicke zum Balkon hoch. Die Tür ist geschlossen.

Als ich die Haustür öffne, sehe ich, dass Jennifers Name noch nicht auf dem Klingelschild steht – nicht einmal provisorisch -, auch nicht auf dem Briefkasten. Der Eingangsbereich mit der Bank, den milchglasigen Leuchten und der restaurierten Stuckrosette begeistert mich immer wieder neu. Vielleicht hätte ich doch selbst einziehen sollen. Ich setze mich und schreibe:

Liebe Jennifer, bin gerade in deinem Haus, um die Müllsäcke zu entsorgen und habe deine Nachricht erst jetzt in Ruhe gelesen. Du hast einen entsetzlichen Verlust erlitten und ich kann mich gut in dich hineinfühlen. Mein herzliches Beileid! Ich würde dir gern beistehen. Melde dich, wenn ich irgendwie für dich da sein kann. Katharina.

Vor etwas mehr als einem Jahr tat mein Vater seinen letzten Atemzug und ich verpasste genau diesen Moment. Monatelang erzählte er mir jeden Mittag von den Eichhörnchen in den Bäumen, von den Fröschen und Goldfischen im Teich, vom Igel, der die Milch und die rohen Eier aufschleckt und von der Zugehfrau – die er Putze nannte – die nicht verstehe, dass er zwar Steimatzky heiße, sich aber dennoch dem ehemaligen Ostblock nicht verbunden fühle. Wochenlang lachte er gemeinsam mit mir über seine Freunde, die sich zu Hause verschanzten, die sich nicht mehr von ihm schachmatt setzen ließen und sich vor den gemeinsamen Wanderungen drückten – so nannte er seine kleinen, behäbigen Runden in Wassernähe – und die pausenlos von diesem neumodischen Virus sprachen, anstatt zu beten und vor dem Einschlafen ein Glas Rioja zu genießen. Tagelang, nachdem er von einem Moment auf den anderen nur beschwerlich atmen konnte und über neununddreißig Grad Fieber hatte, saß ich ohne Maske und ohne Sicherheitsabstand neben seinem Bett, flößte ihm Wasser ein und flüsterte manchmal mit einer frühberenteten Krankenschwester aus Patrizias Bekanntenkreis, die ihn in seiner gewohnten Umgebung pflegte, denn gegen eine Einweisung ins Krankenhaus hatte er sich gewehrt. Stundenlang bewachte ich in seinen letzten beiden Lebenstagen den immer flacheren und unregelmäßigeren Atem. Und gerade in dem kurzen Zeitraum, als sich sein Brustkorb zum allerletzten Mal hob und senkte, hatte ich meine Hand aus der seinen gelöst, weil ich auf die Toilette musste. Ein banaler Ausscheidungsprozess brachte mich um den entscheidenden Moment des Verscheidens meines Vaters.

„Das hat er eh nicht gemerkt“, tröpfelte mir Ingeborg später ins Ohr und ich fragte mich, woher sie das wusste und was sie mit dieser Bemerkung bezweckte. Wollte sie mich freisprechen, meine Betroffenheit wegwischen, genauso wie sie sie beiseiteschob, als ich über den Herztod von Jennifers Mutter erschrak? Oder wollte sie den Tod als solchen bagatellisieren, damit sie weniger betroffen wäre, falls es eines Tages jemanden treffen sollte, der ihr persönlich nahestand? Oder hatte sie bereits so viele Sterbende begleitet und so viele Tote gesehen, dass für sie die Vergänglichkeit der Existenz selbstverständlich war und sie sich von all den Todesunerfahrenen genervt oder sogar abgestoßen fühlte?

Stefan hatte ich zwar nur eine kurze Nachricht auf Telegram geschrieben und erwartete ein knappes „Mein Beileid“, doch er hatte sich noch gut an meinen Vater erinnert und mich sofort angerufen. Stefan hatte mir mit seinem zu dialektischen Gedankengängen fähigen Gehirn beigestanden: „Katharina, vielleicht musste es genau in diesem Moment geschehen, kurz nachdem du seine Hand losgelassen hattest. Du hast euren minutenlangen Abschied beendet. Du hast ihn im wahrsten Sinne des Wortes losgelassen. So konnte er gehen. In Frieden.“ Stefan war weder religiös noch hochbegabt in puncto Empathie, aber genau dieser Gedanke hatte mich erlöst von der Idee, dass ich meinen Vater im Stich gelassen habe. Er hat diese Welt unbegleitet verlassen, denn die Krankenschwester holte gerade etwas aus der Apotheke.

Als sie zurückkam, brach sie in Tränen aus und sagte: „Ihr Vater ist jetzt bei Gott! Er war so ein guter Mensch! So ein guter Mensch!“ Während ich immer noch fassungslos neben dem wie schlafend aussehenden Körper stand, der mein Vater und gleichzeitig nicht mehr mein Vater war. Ich wusste nicht, was ich nun tun sollte, denn jedes Tun schien mir so trivial, so schamlos, so unanständig banal wie der Toilettengang im ungünstigsten Moment.

Auch Jennifer scheint den Tod ihrer Mutter verpasst zu haben und ich frage mich, wie sie sich damit fühlt. Sie hat noch nicht auf meine Nachricht reagiert, was mich nicht wundert. Es gibt genügend Menschen, die ihr näherstehen als ich, und ich werde mich in den kommenden Tagen nicht bei ihr melden – auch nicht wegen der ausstehenden Miete und Kaution.

[JENNIFER] Es ist komisch mit der Steimatzky. Bei den letzten Buden, in denen ich vor meiner Zeit mit Charles umsonst gelebt habe, waren die Vermieterinnen anders. Sie haben höchstens genervt gemailt oder angerufen, weil die Miete nicht auf dem Konto gelandet ist. Und kühle Beileidswünsche zum Tod meiner Mutter abgelassen. Dann sind Mahnungen in meinem Briefkasten gelandet. Und sie haben mir mit rechtlichen Schritten gedroht. Die Steimatzky – äh Katharina – hat eine Engelsgeduld. Sie arbeitet an ihren Übersetzungen, aber sie hat den ganzen Tag Zeit, mit mir zu schreiben, oder möchte mit mir telefonieren. Sie ist oft auf WhatsApp. Irgendwie läuft ihr Job schlecht. Und sie ist allein. Verstehe nicht, warum. So übel sieht sie nicht aus. Ich finde sie etwas verklemmt. Und das ganze Getue mit ihrer Spracharbeit nervt bestimmt viele. Aber es gibt Hässlichere und Doofere!

Vor einer Woche habe ich ihr am Telefon gesagt, dass ich sie nett finde. Das gehört zu meiner Masche. Aber in diesem Moment habe ich das ehrlich gemeint. Wie abgefahren ist das denn! Das habe ich noch nie erlebt bei jemandem, den ich anschmiere. Sie hat es irgendwie drauf, dass ich gern mit ihr quatsche. Pech, dass ich bald in ihrer wunderbaren Wohnung hocke und sie wegen mir nur Ausgaben hat und keine Einnahmen. Sie muss ja auch die Nebenkosten zahlen. Das heiße Wasser. Und ich liege gern stundenlang in der vollen Wanne. Denke dann immer an den Atlantik am Plâge de Petit Ngor.

Die Wasserwellen waren so warm wie ein Bad in der Wanne. Aber mit einem Rhythmus. Und ohne dass man heißes Wasser nachlassen muss, wenn man lange drinbleibt. Ich bin keine gute Schwimmerin, aber mein Körper hat sich im Meer so leicht angefühlt. Und Charles hat am Strand gelegen. In Rufweite. Ich habe gewusst, dass er mich gerettet hätte. Wir hatten uns einige Male gesehen und kurz miteinander gesprochen. An einem stürmischen Tag war er der einzige Körper im Wasser gewesen. Ich habe seinen kleiner werdenden Kopf beobachtet. Er ist abgetaucht und aufgetaucht, abgetaucht und aufgetaucht. Als Charles aus dem Wasser rausgekommen ist, habe ich gegen den Wind geschrien: „Heute ist das Meer gefährlich. Hattest du keine Angst?"

„Warum soll ich Angst vor dem Meer haben? Es ist meine Mutter. Es hat mich geboren."

„Mich nicht. Ich gehe heute nicht rein."

Dann hat er gelacht. „Gehst du mit mir ins Wasser?" Dieser riesige Muskelkerl ist aus dem Meer gekommen. Und zu mir.

Schon damals habe ich circa 100 Kilo auf die Waage gebracht. Aber ich habe nicht an mein Gewicht gedacht. In diesem Moment habe ich Charles vor den weißen Wellen gesehen. Charles vor den wilden Wellen. Schwarz vor Weiß, Schwarz mit Weiß und über uns Blau. Super Bild. Nicht nur für Insta. Er hat sich vor mich gestellt und eine Räuberleiter gemacht. Bin auf seine Schultern geklettert. Dann ist er mit mir ins Meer zurückgelaufen. In die Wellen hinein. Wir sind nicht weit gekommen. Es ist eine hohe Welle über uns hinweggebrettert und hat uns umgeworfen. Ich habe Charles verloren. Und den Boden unter den Füßen. Ganz kurz war mein Kopf über Wasser. Dann die nächste Welle, die übernächste und die überübernächste. Ich habe immer mehr Wasser geschluckt und nicht mehr viel gesehen. Dann habe ich eine Hand gespürt. Sie hat mich an einem Arm gepackt und gezogen, gezogen, gezogen.

„Heute ist es gefährlich zu baden", hat Charles dann gesagt. Wir hatten uns nebeneinandergesetzt. Ich auf mein Hotelhandtuch, er auf den Sand.

Dafür hätte ich ihm am liebsten eine geknallt. Stattdessen habe ich gesagt: „Du bist böse."

„Es tut mir leid. Lass uns darüber reden!"

„Später – vielleicht. Ich muss jetzt aus der Sonne raus. Treffen wir uns heute Abend in der Bar vom Maison Akaba? Gegen 22 Uhr?"

„Dort arbeite ich vormittags und abends im Büro – woher weißt du das?"

„Das habe ich nicht gewusst."

„Das La Maison Akaba gehört meinem Vater."

„Was für ein Zufall!", haben wir dann beide fast gleichzeitig gesagt.

Ich habe Charles damals nicht geglaubt. Seinen Job im Büro vom Maison Akaba nicht. Dass sein Alter den Laden besitzt erst recht nicht. Typischer Afro-Zauber, habe ich gedacht. Der macht jetzt auf berufstätig. Und später muss ich seine Drinks bezahlen. Und nachdem er mich gevögelt hat, erzählt er mir was vom kaputten Handy. Ich soll ihm Geld für ein neues geben. „Die schwarzen Schönlinge zocken hier weiße Touristen ab. Jen, zum Glück bist du nicht blöd und kennst die Tricks", hatte auch Sabine gesagt, als wir im Flieger nach Dakar saßen. Sie hatte bestimmt recht. Trotzdem hat mir dieser Typ irgendwie gefallen.

Gegen zehn Uhr habe ich mich auf einem runden Hocker platziert und einen Bissapsaft mit viel Eis geschlürft. Extrem süß. Selbst für mich. Hätte mir besser eine Cola bestellt. Oder irgendwas Alkoholisches, was ich kenne. Einen Caipirinha. Charles ist tatsächlich um Viertel nach zehn eingelaufen. Seine weißen Zähne haben mich geblendet. Auch das Weiß in seinen Augen. Beim nächsten Date setze ich eine Sonnenbrille auf. Falls es ein zweites Date gibt. Das ist mir damals durch den Kopf gegangen.

Später erst, als wir in Deutschland waren und längst verheiratet, hat er gesagt, dass er mich am Anfang für eine Sex-Touristin gehalten hat. Und ich ihn für einen Schnorrer. Bingo! Wir waren beide in die Falle getappt. In die Falle der saudummen Klischees. Und sind bei unserem ersten Rendezvous wieder rausgekommen. Habe mein Schulfranzösisch ausgepackt. Und er hat langsam und deutlich gesprochen. Wir haben drei Stunden gequatscht. Kein Kuss, nichts. Auch kein romantisches Gesülze von ihm. Kein Baggern, nichts! Dann habe ich ihm seine Hände gestreichelt. Er meinte: „Nein – noch nicht, Jennifer!"

Und ich: „Warum? Magst du mich nicht?"

Er: „Ich brauche mehr Zeit, weil ich dich mag."

„Wow! Ich bin leider nur noch eine Woche hier."

„Dann müssen wir uns jeden Tag sehen." Nach diesem Satz hat er unsere Getränke bezahlt. Dann bin ich zum Hotelzimmer gelatscht. Dort hat Sab schon in unserem Doppelbett gepennt. Ich war froh darüber. Sie hätte mich nur doof ausgequetscht. Und mich für bescheuert romantisch gehalten.

Ich mochte, dass Charles ehrlich war. Und auch ich war bei ihm oft ehrlich. Auf jeden Fall in der ersten Zeit. Aber die Wahrheit hält man oft für eine Lüge. Immer wenn ich gelogen hatte, glaubten mir alle: meine Alte, meine Liebhaber, meine Lehrer, meine Klassenkameraden. Auch Katharina glaubt mir weiterhin. Und sie war wohl echt geschockt, dass meine Mutter gestorben ist. Es ist eigentlich schade, dass es nicht wirklich so ist. Denn dann hätte ich mich über Katharinas WhatsApp-Geschreibsel gefreut. Wie sie das formuliert hat! Voll schön. Fast wie ein Seelenklempner. Sie will mir *beistehen*. Ein cooler Ausdruck. Und sie kann sich gut in mich *hineinfühlen*.

Wer hat sich jemals in mich hineingefühlt? Charles hat mich von innen gefühlt. Aber das ist was anderes. Sie weiß, dass ich *einen entsetzlichen Verlust erlitten* habe. Wenn sie wüsste, dass ich gar nicht so traurig wäre, wenn die Alte wirklich abnippeln würde! Katharina habe ich bei der Besichtigung der Bude lang und breit erzählt, dass ich so an meiner Mama hänge. Und dass mein Papa vor meiner Geburt gegen einen Baum gefahren ist.

„Das muss für deine schwangere Mutter ja ein großer Schock gewesen sein", hat Katharina später mal dazu gesagt.

„Sie hat nie darüber geredet. Aber sie ist direkt nach Berlin getrampt und dort zu ihrem Bruder gezogen. Irgendwie hat sie es im Saarland nicht mehr ausgehalten."

„Könnte es ein Suizid gewesen sein?"

„Es sieht so aus."

„Gab es einen Grund?"

„Ich glaube, dass meine Mutter mir nicht die Wahrheit gesagt hat. Vielleicht ist mein Erzeuger einfach abgehauen. Ich habe aber keinen Vater vermisst, weil ich nie einen Vater hatte."

„Und der Onkel?"

„Der hat mir mal seinen eingeschrumpften Pimmel gezeigt und das habe ich meiner Mutter erzählt. Sie ist ausgeflippt. Dann sind wir ganz schnell ausgezogen. Sie war eifersüchtig auf ihn ..."

Das war für die behütete Tussi wohl zu viel. Sie hat sofort von den Außenrollos geredet, die mal hoch- und mal runterfahren. Fast gespenstisch. Sie wollte es mit der Hausverwaltung klären. Ich war froh, dass sie das Thema gewechselt hat. Wollte ja nur lügen und die Geschichte mit dem Onkel und der Mutter ist wahr. Muss echt aufpassen, dass ich nicht zu ehrlich werde. Denn die Schoko-Katzenzungen – und nicht nur die! – in der Möse von meiner Mutter glaubt mir eh keiner. Oder niemand will es glauben. In meiner Familie sowieso nicht. Mein Onkel hat mich nie angetatscht. Aber der war dann offiziell der Böse. Er ahnt, dass ich Geldprobleme habe. Bin aber auch für ihn bei der Deutschen Bahn angestellt. Wenn man lügt, muss man konsequent sein. Aber ich weiß, dass Katharina mir nicht ewig meine Geschichten abnimmt. Ich sollte mir einen zusätzlichen Typen angeln, mit dem ich manchmal reden kann. Mit Charles ist es aus, Shihab möchte etwas Festes. Deshalb darf ich ihn nur selten sehen. Und meine Mutter geht mir immer mehr auf den Zeiger. Sie ist in diesen Drosten verschossen und betet die ganze Zeit Corona-Fallzahlen runter. Außerdem geht sie trotz FFP2-Maske und erster Impfung nicht mehr freiwillig vor die Tür. Da sie im Moment mal wieder tot ist, hat das natürlich Vorteile. Hoffentlich kann ich ihr ausreden, in die neue Wohnung zu kommen und zu putzen. Das macht sie immer so gern. Weil ich ja so viel arbeite. Und weil sie sich langweilt. Zu viel Glotze geht nicht. Noch nicht einmal bei ihr. Und auch die Kreuzworträtsel werden ihr fad. Sie vermisst die alten Quiz-Sendungen, zum Beispiel *Dalli Dalli*. Das würde auf der Sonnenallee und am Kotti – und nicht nur da – *Jalla Jalla* heißen. Ihr fehlt auch *Der große Preis*. Und ganz besonders *Was bin ich?* Heute würde *Wer bin ich?* bestimmt besser laufen. *Das heitere Beruferaten* war die Lieblingssendung meiner Mutter bis kurz nach meiner Geburt. Sie ist voll auf den Robert Lembke abgefahren. Ich habe mir ein paar alte Folgen auf YouTube reingezogen. Wäre gern Kandidatin gewesen. Mit meinem aktuellen Job: Betrügerin. Ob das jemand erraten hätte?

Komme ins Studio, kritzle Jennifer Ziegler auf eine Tafel. Mache ein Kreuzchen bei selbstständig. Die Zuschauer vor der Glotze sehen den Beruf, was eigentlich bescheuert ist. So können die gar nicht miträtseln. Bevor es losgeht, muss der Kandidat eine typische Handbewegung machen. Was würde gut passen? Für einen traditionellen Dieb wüsste ich eine typische Geste. Das hat mir mal ein Kaufhausdetektiv verklickert, nachdem er mich erwischt hatte. Ich habe so mit sechzehn, siebzehn Jahren ständig Sachen mitgehen lassen. Vor allem Zeugs, das ich nicht gebraucht habe. Das war wie ein Sport. Oder wie eine Sucht. Ähnlich wie mein Schuh-Tick jetzt.

„Warum hatten Sie ausgerechnet mich in Verdacht?", habe ich den Detektiv gefragt. Und er hat irgendetwas von meiner Handhaltung gefaselt. Er erkennt Leute, die etwas klauen wollen. Die halten ihre Hände vorn eng an den Körper gedrückt. Als würden sie was dahinter verstecken. Das war mir noch nie aufgefallen. Das Mitgehenlassen von Dingen in echten Läden reizt mich nicht mehr. Es ist zu zeitaufwendig. Auch das Risiko ist zu groß. Die Relation zwischen Aufwand und Nutzen stimmt nicht. So akademisch würde es wohl die Steimatzky ausdrücken. Und hoffen, dass man sie für klug hält. Ich kenn Leute, die sich ihren Ofen mit Unizeugnissen schüren könnten und total blöd sind. Und ich kenn echt viele, die gar kein brauchbares Zeugnis haben und die trotzdem extrem schlau sind. Zum Beispiel Sabine. Sie ist voll fit im Kopf. Die würde bei so einem dummen IQ-Test viele schlagen, denen die Alten Nachhilfe gekauft haben. Damit sie nicht durchs Abi fallen. Und wenn der Notendurchschnitt fürs Medizinstudium zu schlecht ist, werden die von ihren Erzeugern nach Ungarn verschickt. Teilweise sogar zwangsweise. In Pécs kann man für 15000 Euro pro Semester Humanmedizin studieren. Für etwas mehr Zahnmedizin. Sogar auf Deutsch. Ich habe mir aus Spaß mal die Website von future-doctor.de angesehen. Zum Kaputtlachen. Schon allein dieser affige Name! Am Ende werden solche Leute zu Göttern in Weiß, scheffeln Kohle. Und bilden sich was darauf ein, dass sie nun Arzt oder Zahnarzt sind.

Vor der AOK-Karte durch die Ehe mit Charles habe ich großkotzig eine reiche Selbstzahlerin gespielt, wenn ich zum Arzt musste. Und dann habe ich immer gefragt, ob die Frau Doktor oder der Herr Doktor zufällig im Ausland studiert haben. Will ja nicht mein Leben oder mein Gebiss riskieren. Medizin hätte mich interessiert. Aber ich hatte gleich zwei Mankos: Ich war im Gymnasium zu faul. Und in meiner Familie konnte mir niemand ein Auslandsstudium schenken. Bin keine Helfertussi. Aber eine Krankheit zu besiegen, hat was. Irgendwie würde mich das anmachen. Katharina hat bestimmt ein gutes Abi gemacht. War fleißiger als ich und ist nicht blöd. Nur ziemlich naiv. Diese Naivität wird ihr nun ausgetrieben. Von mir. Und das auch noch kostenlos. Da kann sie gut auf die Mieteinnahmen verzichten. Bin der beste Coach in Sachen Lebenserfahrung. Für die Weichgespülten. Für die im Schongang Geschleuderten. Für die regelmäßig Gewindelten. Für die jahrelang Gesäugten. Für die, die nie länger als fünf Minuten schreien mussten, bis die Mama oder das Kindermädchen oder der Papa herbeigesprungen ist. Katharina hat hundertpro nicht morgens allein in einem breiten Bett gelegen. In einem abgedunkelten Raum. Mit einer vollgekackten

Hose. Und die Mama war irgendwo putzen. Oder hat rumgehurt, weil der Geldbeutel schon in der dritten Monatswoche wieder leer war. Oder weil sie Bock auf Sex hatte. Die Eltern von Katharina hätten ihr bestimmt ein Medizinstudium in Pécs oder anderswo bezahlt. Ich bin aber nicht neidisch. Auch nicht traurig, dass ich keine Frau Doktor bin. Das Stehlen im Internet, das Umsonstwohnen oder das Abzocken von liebesgeilen Männern ist auf jeden Fall unterhaltsamer. Und die Freiheit geht nicht flöten. Außerdem wäre Arzt bei *Was bin ich?* grottenlangweilig. Der Lembke hat immer Leute mit voll komischen Berufen eingeladen. Warum also keinen Betrüger? Welche Handbewegung würde ich beim heiteren Beruferaten machen? Ich könnte so tun, als ob ich tippe. Ohne Tastatur geht nämlich gar nichts. Und dann kommt vielleicht eine Frage wie „Müssen Sie bei Ihrer Berufsausübung mit einer Tastatur schreiben?" Das wäre ein klares „Ja". – „Brauchten Sie eine bestimmte Ausbildung, um diesen Beruf auszuüben?" Ein deutliches „Nein". – Aber was würde ich auf die Frage „Braucht man das, was Sie tun, im täglichen Leben?" antworten? „Ja"? „Das geht a bisserl weit", würde dann der Robert sagen. Und sein Lembke-Grinsen anknipsen. „Also nein." – „Könnte man Ihre Berufsausübung als Dienstleistung bezeichnen?" Das wäre wieder ein „Nein", aber gleichzeitig ein „Ja".

Meine Chats und Mailwechsel mit meinen Liebeskunden sind selbstverständlich eine Dienstleistung. Offiziell umsonst. Irgendwann brauche ich dringend Geld und wenn keine Knete kommt, steige ich aus. Auch der Steimatzky stehe ich zu Diensten. Ich gehe auf ihr Gesabbel ein. Und sie denkt, dass ich mich für sie interessiere. Dafür wohne ich kostenlos in ihrer Traumwohnung. Betrug nennt man es nur, weil die Steimatzky meine Dienste nicht gebucht hat. Und immer noch auf die Miete wartet. Auf die Kaution wahrscheinlich langsam nicht mehr.

Vielleicht würde jemand fragen: „Arbeiten Sie überwiegend allein und in aller Stille?" Noch ein „Ja". Für die Love-Chats stimmt das total. Und am Ende würde einer des Teams „Sind Sie Schriftstellerin?" fragen. Natürlich ein „Nein". Doch ich glaube, dass das gar nicht so falsch wäre. Ich erfinde ständig Geschichten und sogar völlig neue Personen. Und irgendwie mag ich Sprache – wie Katharina.

Welche Geste hätte wohl Sabine für Brandstifterin gemacht? Die Handbewegung, mit der man ein Feuerzeug anknipst? Oder mit der man ein Streichholz an der Reibefläche der Schachtel entzündet? Sab beim Lembke hocken zu sehen, wäre supergeil gewesen. Sab mit ihrer dauergebräunten Haut. Ihr algerischer Erzeuger, Solarium und die Winter auf der Südhalbkugel oder in Äquatornähe lassen grüßen.

Nach unserem Badeurlaub in Dakar vor drei Jahren war ihre Handynummer verschwunden. Urplötzlich. Und gestern habe ich ihre alte Nummer bei Telegram wiederentdeckt. Ich muss ihr unbedingt texten. Bin gespannt, wo sie gerade steckt. Und was sie so treibt. Vielleicht fälscht sie Corona-Tests oder Impfpässe. Davon lasse ich die Finger. Ein wenig Moral muss sein. Sogar bei mir.

Sabine ist mit allen Wassern gewaschen. Sie hat aber nie Privatpersonen geschadet. Wenn, dann höchstens indirekt. Oder es war ein Unfall. Und körperliche Gewalt war für sie tabu. Nach dem Hausbrand ist es ihr echt mies gegangen. Sie wollte nur ihre eigene Wohnung abfackeln. Aber die Feuerwehr ist zu spät eingetrudelt. Oder sie ist mit dem Feuerlegen übers Ziel hinausgeschossen. Jeder macht mal einen Fehler. Auf alle Fälle war sie ziemlich aus dem Häuschen, als sie bei mir aufgekreuzt ist. Wegen der Opfer oder wegen der Angst vor Strafe, weiß ich nicht. Vielleicht war es eine Mischung. Man hat keine Erklärung für den Brand gefunden. Da war sie natürlich die Hauptverdächtige. Und wegen ihrer Vorstrafen sowieso. Ihren wichtigsten Kram hatte sie aus der Wohnung geräumt, bevor sie das Feuerchen gelegt hat. Wie sie den Brand entfacht hat, hat sie mir bis heute nicht verraten. Die Aktion war auf alle Fälle ein riesiger Schuss in den Ofen.

„Warum hast du deine Bude abgefackelt, Sab?"

„Ich wollte mit den circa 500000 Euro von der Versicherung die Biege machen. Aus dem Business aussteigen. Selbstverständlich hatte ich offiziell in der Wohnung wertvolles Zeugs stehen. Und dafür auch die Bescheinigungen beschafft. Du weißt, dass ein Kumpel von mir viel Kohle mit Antiquitäten macht. Ganz zufällig hatte ich den Ordner mit den gefakten Rechnungen im Keller gelagert."

„Du bist so was von genial, Sab!"

„Schön, dass bei dir der Groschen endlich gefallen ist. Zurück zum Thema: Ich wollte nach Panama abhauen. Dort meinen Arsch in die Sonne hängen, Cocktails schlürfen, hin und wieder mit einem Typen abfeiern ..."

„Der ehrlich verdiente Ruhestand einer langjährigen Betrügerin."

„Bravo, du hast es gerafft!"

Ich konnte Sabine perfekt verstehen: ein letzter großer Coup und dann ab ins schwülheiße Paradies. Auf jeden Fall besser als die Fototapete mit den Palmen und dem Sonnenuntergang anzuglotzen. Bis einen der Krebs von innen auffrisst.

„Sab, du bist ja auch schon über dreißig Jahre im Geschäft."

„Ja, und die Haut wird auch nicht glatter."

„Dann musst du eben fetter werden."

„Jen, dein Weg ist nicht mein Weg. Und ich möchte weg ..."

„Du bist voll die Dichterin."

„Und du bist du nicht mehr ganz dicht, oder was?"

„Sorry, verstehe, dass du schlecht drauf bist. Vorsätzliche Brandstiftung, schwere Körperverletzung mit Todesfolge, Verdacht auf Versicherungsbetrug. Keine Bagatelldelikte."

„Du musst mir helfen!"

„Man muss nichts müssen. Das habe ich von dir gelernt."

„Jen, wenn ich kein Alibi für die Zeit des Feuerausbruchs habe, komme ich in den Bau. Ich hätte schon längst abhauen sollen. Aber dann hätte ich ja indirekt zugegeben, dass ich Dreck am Stecken habe. Deshalb bin ich hier und spiele das arme Opfer meines Wohnungsbrandes."

„Wo wohnst du im Moment?"

„Bei einem neuen Macker von mir. Bei Andi. Der hat keinen blassen Schimmer, wovon ich lebe. Und er betüddelt mich. Voll rührend. Den möchte ich da nicht reinziehen. Und ich war nach dem Feuerausbruch nicht bei ihm. Habe mir, komplett verkleidet, das ganze Spektakel aus der Entfernung angesehen. Dann habe ich in einem Park gepennt. Mein Handy hatte ich natürlich ausgeschaltet. Am Morgen bin ich dann zur Wohnung spaziert, als würde ich nach Hause kommen. Ohne Perücke und mit normalen Klamotten. Da bin ich dann zusammengebrochen. Und die Bullen waren sogar scheiß freundlich."

„Und was willst du jetzt von mir? Etwa ein Alibi für die Nacht nach der Tat?"
„Möchtest du, dass ich für eine lange Zeit im Knast lande? Ja oder nein?"
„Natürlich nicht, Schätzchen. Verstehe ich dich richtig? Dir geht der Arsch auf Grundeis. Und ich soll nun meinen Arsch hinhalten, damit du nicht in den Knast musst?"
„Exakt! Aber natürlich nicht für lau."
„Wie viel bekomme ich, wenn ich vor Gericht sage, dass wir die ganze Nacht zusammen waren?"
„Ich kann dir 5000 Euro in bar geben. 2500 jetzt gleich und 2500 nach der Verhandlung. Wenn alles klappt, feiern wir unseren geglückten Deal gemeinsam in Dakar. Dazu bist du natürlich eingeladen. Ich schreibe gerade mit einem schnuckeligen Typen. Er arbeitet dort in einer coolen Bar. Zumindest sagt er das."
„Wow! Du bist echt international drauf. Sollte ich auch mal probieren."
„Ja, ist voll der Spaß."
„Du wärst also in Dakar beschäftigt mit ...?"
„Er heißt Noel."
„Aha, dein Süßer nennt sich Noel. Weihnachten!"
„Wahrscheinlich heißt er in echt Mamadou oder Khadim ..."
„Westafrika hat mich bisher nicht angemacht. Aber klar bin ich neugierig."
„Du vergammelst bestimmt nicht als Mauerblümchen. Noel kennt viele Leute und der Laden, wo er hinter dem Tresen steht, soll krass beliebt sein. Gerade bei Einheimischen."
„Sab, dann ziehen wir das durch."
„Super. Ich kann also auf der Polizeiwache sagen, dass ich bei Frau Jennifer Ziegler genächtigt habe?"
„Ja, mach das! Dann werden die mich wahrscheinlich ausfragen."
„Klar, aber nicht sofort. Wir pennen jetzt eine Runde und morgen nach vier weichen Eiern zum Frühstück studieren wir deine Falschaussage ein."
„Weiche Eier – bloß nicht! Wir sind keine Weicheier. Ich kann dir aber gern Rührei mit Speck brutzeln."
„Willst du mich mästen, Schätzchen?"

„Bin froh, dass du wieder frech bist. Was erzählst du deinem Typen?“

„Andi weiß bereits, dass ich gelegentlich bei einer Freundin schlafe.“

Eben hat meine Mutter gesimst. Sie hat mich daran erinnert, dass am Abend *Let's Dance* kommt. Promis rutschen mit Tanz-Profis übers Parkett und die Jury rattert dann eine Bewertung runter. Meistens eine gute. Obwohl die Tanzerei echt unterste Sohle ist. Bewege mich ungern freiwillig. Außer beim Sex und hin und wieder im Stehen zu afrikanischen Trommeln. Wenn mich Charles auf eine Afro-Party geschleppt hat. Aber *Let's Dance* ist gar nicht so übel. Wenn ich Bock habe, schaue ich mir das gemeinsam mit meiner Mutter an. Das geht irgendwie. Wir trinken dabei süßen Sherry und futtern Ferrero Rocher. Das macht sie nur, wenn ich da bin. Sie hat Angst, dass sie so zulegt wie ich.

Ich sollte langsam schauen, wie ich meine Sachen in die Schillerpromenade kriege. Das muss ich hinter dem Rücken meiner Alten machen. Sonst will die mir noch helfen. Die ist mit Ende fünfzig und Normalgewicht viel sportlicher als ich. Und dann kommt die Steimatzky zufällig vorbei. Und ich muss ihr meine wiederauferstandene Mutter vorstellen. Das wäre voll peinlich! Leider sehe ich meiner Alten verdammt ähnlich. Bin eine jüngere und rundere Ausgabe von ihr.

Bin gerade dabei, die vielen Stiefeletten, Pumps und Ballerinas auf eBay zu verticken. Die sind alle wie neu, weil sie mir zu eng sind. Ich habe Katharina erzählt, dass ich zu viele Schuhe und überhaupt zu viele Klamotten habe. Ich soll sie den Pennern spenden, hat die dann gemeint. Sie hat natürlich *Obdachlose* und *Bedürftige* gesagt. Es gibt so einen Gabenzaun ganz in der Nähe von meiner neuen Wohnung in der Herrfurthstraße neben dem EDEKA. Da kann man alles hinstellen, was man nicht mehr braucht. Eine gute Idee eigentlich. Aber trotzdem ist mir das zu umständlich. Ich habe keine Lust, den ganzen Krempel von Lichtenrade zu diesem Zaun zu schleppen. Und es bleiben ja immer noch circa zwanzig Paar, die ich trage. Kann schlecht Shihab deshalb anrufen. Er macht sich dann wieder Hoffnungen, dass ich doch eine Partnerschaft mit ihm will. Also muss ich in den sauren Apfel beißen und meinen Onkel bitten. Der hat einen Schlitten. Und er hat keinen Kontakt zu meiner Alten. Zum Glück! In der nächsten Woche kommt mein Boxspringbett, das ich natürlich unter einem falschen Namen bestellt habe. Aber es merkt normalerweise keiner, wenn mal wieder ein anderer Name auf dem Klingelschild steht. Den Leuten im Haus ist das scheißegal. Und die Steimatzky wird hoffentlich nicht vorbeischauen. Den Müll hat sie aus dem Keller gehievt und einladen werde ich sie erst in ungefähr zwei Wochen. Dann ist das Bett da und das meiste verstaut. Bin gespannt, ob sie mich besuchen kommt und weiter einen auf Freundschaft macht. Bald tickt sie aus. Wartet nicht ewig schweigend auf ihre Kröten. Ein paar Tage habe ich noch Luft. Meine Mutter lasse ich in ihrem saarländischen Kaff verscharren. Damit bin ich natürlich beschäftigt. Wenn sich die Steimatzky trotzdem meldet und nachfragt, habe ich die Miete und die Kaution selbstverständlich schon längst überwiesen. Leider an eine falsche IBAN, die tatsächlich existiert. Und N26 schafft es nicht, das Geld zurückzuholen. Das wird mir die Steimatzky abkaufen. Hundertpro.

[**Katharina**] Was ist wichtiger: regelmäßige Mieteinnahmen oder ein engmaschiger Austausch, den ich bisher nur aus den ersten Wochen meiner erotischen Unfälle, aus der einen oder anderen Partnerschaft kenne? Und natürlich mit Stefan – früher. Und mit Patrizia – seit der Pandemie im Zweiwochenrhythmus als Zoom-Konferenz – und immer noch mit Ingeborg und Wibke, die mich sogar in ihr hessisches Dörfchen eingeladen hat und das, obwohl sie mit zwei Kids im Homeschooling im Dreieck springt.

Jennifer Ziegler ist meine Mieterin. Jennifer Ziegler ist ein Mensch, den ich erst seit wenigen Wochen kenne. Jennifer Ziegler hat sich in mein Hirn eingegraben, ohne einen Funken von Verliebtheit auszulösen.

Auch wenn inzwischen alle immer lauter „Betrug, Betrug, Betrug“ oder „Mietnomadin, Mietnomadin“ deklamieren und vier Wochen nach der Schlüsselübergabe noch kein einziger Cent auf dem Konto eingegangen ist, auch wenn ich diese ganze Verkettung von Zufällen immer weniger glaube, habe ich Jennifers Einladung angenommen. Trotz der Stimmen aus dem Freundeskreis, die darin übereinstimmen, dass Jennifers Angaben nicht stimmen, spaziere ich mit guter Stimmung an einem milden Maiabend vom KINDL-Gelände in die Schillerpromenade.

Als ich am *Rollberg-Kino* vorbeilaufe, werfe einen Blick auf die Schaukästen, in denen immer noch keine neuen Filmplakate hängen; finde es Cineast*innen und Filmhausbetreiber*innen gegenüber ungerecht, dass Friseursalons seit März wieder öffnen dürfen, Kinos aber noch nicht. Obwohl ich die Filme im *Rollberg* etwas zu mainstreamig finde, trauere ich dem beleuchteten, roten Kino-Schriftzug nach.

Auf der Hermannstraße sehe ich meinen Stammfriseursalon, erinnere mich daran, wie aufgeregt ich war, als ich im März nach monatelanger Verwahrlosung und halbherzigen Versuchen, mein schulterlanges Haar mit Hilfe eines Bekannten zu kürzen, in Manuelas strahlende Augen sah und sie fragte: „Willste noch oder haste schon?"

„Hä?"

„'N Knutscher von deiner Friseuse?"

„Oh! Hast du Entzugserscheinungen?"

„Und wie, Mädel! Ick hab' euch alle furchtbar vermisst! Die Asche vom Staat rettet mein Bankkonto, aber mir hat meine Arbeit echt gefehlt."

Da ich die einzige Kundin in ihrem Salon war, nahm ich meine medizinische Maske ab und Manuela gab mir einen Kuss direkt auf den Mund – den ersten Kuss seit Beginn der Pandemie.

„Es ist heute aber leer. Wie kommt's?"

„Die Oldies trauen sich noch nicht, aber das wird schon wieder. Die brauchen die Manu, um ihren Kummer loszuwerden."

Manuela ist ein Berliner Urgestein und beherrscht zwei Sprachen: Berlinerisch und Türkisch, denn die Liebe hatte sie in den Neunzigern für acht Jahre nach Bodrum verschlagen. „Junge Frau, die Augenbrauen und morgen den Rest? In einer Stunde schließ ick den Laden."

„So machen wir es, Manu."

„Gut, ick leg dich jetzt flach!"

„Fantastisch! Bin lange nicht mehr von einer Blondine mit kleinen Brüsten flachgelegt worden, Schätzchen."

„Na, na, dann werde ick mal deine wilden Brauen zupfen. Hoffentlich tut's nicht weh."

„Da gibt es Schlimmeres, Manu. Ein bestimmtes Virus – das heißt, die Angst davor."

„Hör mir bloß auf mit Corona! Das bringt mich nicht um. Aber die Politik macht mich kirre."

„Mir geht es ganz genauso, Manu, aber jetzt zupf bitte los!"

Ich laufe an Manuelas Salon vorbei, den ich Jennifer auf jeden Fall empfehlen werde. Ihre ausufernden Locken könnten eine Formung gut gebrauchen. Es wundert mich, dass sie trotz ihrer gehobenen Position anscheinend monatelang nicht beim Friseur war. Aus Angst vor einer Ansteckung mit Covid-19? Irgendwie würde das nicht zu ihr passen, aber im Grunde kenne ich sie kaum. Aber wer weiß, vielleicht testet sie all die Testzentren aus, die wie Pilze entlang der Hermannstraße und in den Nebenstraßen aus Handy-Läden, Kiosken, Wettbüros und Apotheken sprießen – sogar aus der Indoor-Kartbahn am KINDL-Zentrum.

Von der Hermannstraße aus biege ich in die längst wieder zum Leben erweckte Herrfurthstraße ein. Die spärlich gesäten Abfallbehälter sind von Pizzaschachteln umgürtet, zwischen denen sich mehr oder weniger zerknautschte Dosen lümmeln, während die Flaschen meistens direkt von den Flaschensammlern weggebracht werden. Wer diesen Job akribisch betreibt, kann im Schnitt pro Tag fünfundzwanzig Euro verdienen.

Hannes, ein ehemaliger Liebhaber von Lisa-Chantal, die ihren jeweiligen Lieblingsmann allerdings Alltags- und Bettassistent zu nennen pflegt, gab seinen Fassadenreiniger-Job mehr oder weniger freiwillig auf. Als ambitionierter, disziplinierter Pfandflaschenzurückbringer und Sozialtransferleistungsempfänger hat er seitdem doppelt so viel zum Leben als zuvor. Darüber hinaus kann er sich als Hartzer Opern- und Museumsbesuche en masse leisten. Auch wird er nicht mehr von seinen Kollegen gemobbt. Die zunehmende Höhenangst, die ihn in die Praxis eines Psychologen gebracht hatte, hat ihn nicht nur von seinem waghalsigen Beruf erlöst, sondern ihm auch Mut gemacht, sich weiterhin als Gasthörer in Philosophievorlesungen zu setzen. Sein Intelligenzquotient liege weit über dem Durchschnitt, habe der Behandler zu ihm gesagt. Laut Lisa-Chantal sei Hannes nun glücklich, weil er seine geistigen Höhenflüge als Pfandflaschenzurückbringer stressfrei genießen könne.

Irgendetwas habe ich falsch gemacht – da gebe ich Stefan recht – dass ich es mit Abitur, Hochschulabschluss in Romanistik und Linguistik und Weiterbildung zur zertifizierten Übersetzerin für Spanisch und Französisch kaum schaffe, mehr als 20000 Euro brutto jährlich zu verdienen. Das einzig Positive ist, dass mich die Künstlersozialkasse aufgenommen hat. Dennoch ist noch viel Luft nach oben. Ich muss unbedingt Jennifer um Rat fragen, wie ich mein Selbstmarketing verbessern könnte. Vielleicht findet sie meine Alleinstellungsmerkmale. Meine lustvolle Beziehung zu Sprache? Meine Leidenschaft für jedes einzelne Wort? Der toughen und gleichzeitig sanften PR-Managerin fällt hoffentlich Griffigeres ein! Egal, ob ihre Mutter tatsächlich verstorben ist oder nicht, diese Business-Lady wird ihre Schulden ausgleichen und mich bestimmt gern beraten – schon aus Angst, dass ich sie an die noch offenen 3970 Euro erinnere.

Jedes Mal, wenn ich an der Genezarethkirche und am verstorbenen Café Selig vorbeispaziere, denke ich an die bewegten und bewegenden Nachmittage mit Patrizia: Damals, als unser Austausch intensiv war und Patrizias Lächeln erblühte, wenn wir gemeinsam ein passendes deutsches Wortspiel für eine spanische oder französische Stelle im Original gefunden hatten, eines unserer Lieblingsrituale, bei trockenem Wetter eine Runde übers Tempelhofer Feld zu walken. Der Wind wehte unsere schnell gewechselten Sätze von ihr zu mir und wieder zurück. Danach brauchte Patrizia dringend einen Kakao mit Sahne. Diese Belohnung für unseren zügigen Ritt auf dem Zement der ehemaligen Start- und Landebahnen nahm sie am liebsten im Café Selig ein, während ich mit einem stillen Mineralwasser wunschlos glücklich war.

Ich wische die Erinnerungen zur Seite, als ich die Schillerpromenade erreiche und den Spielplatz sehe, wo jede Menge Kinder auf einem Holzgerüst mit farbigen Brettern herumklettern. Das Haus 32a empfängt mich mit der neu erblühten Eitelkeit einer in die Jahre gekommenen Schönheit, die nach einem mehrmonatigen Aufenthalt in einer Beautyfarm kaum wiederzuerkennen ist und ihren Marktwert nahezu verdoppelt hat. Darin besteht das Geheimnis einer Kernsanierung. Eine Prozedur, die weder billig noch risikofrei ist, – bei Gebäuden wie bei Menschen. Ein zweites Graffito ist dazugekommen, ein violettes Anarchiezeichen, mit dem ich leben könnte. Bevor ich bei Jennifer läute, frage ich mich zum wiederholten Mal, warum ich nicht selbst eingezogen bin. Die hohen Mieteinnahmen? Die Unlust, mitten in der Pandemie einen Umzug zu organisieren? Die Angst, Stefan komplett zu verlieren, wenn ich aus seiner stylischen Neubauwohnung ausziehe?

Vor dem Einzug in seine Immobilie verbrachte ich viele Jahre in der Nähe des Neuköllner Rathauses. Ich schätzte es sehr – und mag es immer noch – dass ein Gang durch die Sonnenallee einem kostenlosen Arabischkurs glich und dass mich der Dialekt von Ibu, der mein Notebook wieder in Gang gebracht hatte, an meine Zeit in Beirut erinnerte. Er amüsierte sich über mein Standardarabisch und sagte: „Du zahlst fünf Euro weniger, weil du weißt arabische Zahlen." So hatte mein Fremdsprachenfetischismus ausnahmsweise eine lukrative Nebenwirkung und ich beschloss, sein Geschäft in der Karl-Marx-Straße auch beim nächsten Problemfall zu beehren.

Trotz der Tatsache, dass der Abfall im Hof meiner damaligen Wohnung im Sommer naturgemäß bis in den fünften Stock hochstank und die Treppenhausbeleuchtung wochenlang defekt war, war ich zufrieden in meinem alten Domizil schräg gegenüber von einem Lidl. Im Keller performten die Ratten, aber auch das hatte mich nicht gestört. Da ich prinzipiell mit wenig Dingen auskomme, verzichtete ich fröhlich und freiwillig auf die Nutzung des Kellerabteils. Mein Vater, der es in diesem unsanierten Altbau ohne Aufzug nicht hoch in meine Dachwohnung geschafft hatte, hatte stets betont, dass er sich für seine einzige Tochter sowohl einen gehobeneren Kiez als auch eine gehobenere Bleibe wünschen würde. Damit meinte er sein Einfamilienhaus in Spandau Haselhorst, wo ich sogar eine Einliegerwohnung gehabt hätte. Ich hatte nicht mehr versucht, ihn zu überzeugen, dass mich meine türkischen, bulgarischen und italienischen Nachbarn und die biodeutsche Silvie, die eine Schnapsfahne vor sich hertrug, aber jedes meiner Päckchen annahm und aufpasste, dass sich niemand im Hinterhof an meinem Fahrrad vergriff, lieber mochte als seinen Nachbarn, der die Schatten spendende Eiche hasste. Sogar in einem Schloss mit Orangerie in Spandau wäre ich nicht glücklicher gewesen als in meiner Bleibe in einem heruntergekommenen Hinterhaus, wo Mehmet, der gleichzeitig der Hauswart war, meine mindestens vierzehn Kilo schwere Reisetasche in die Wohnung getragen hatte und sich über mein Dankeschön wunderte. Auch Stefan konnte meinem Domizil, in fußläufiger Nähe zur ZEIT-Dossier-verdächtigen, berühmt-berüchtigten Rütli-Schule, etwas abgewinnen, zumindest bevor ihn der nächste Karrieresprung nach Cambridge Massachusetts gelockt hatte. Damals wohnte er noch in Köln im rentnerruhigen Rodenkirchen in einem Haus, das er gemeinsam mit dem Architekten geplant hatte und das von einem japanischen Garten umgeben war. Die 120qm-Wohnung in einem Jugendstilhaus in Klettenberg war zu eng geworden. Die zwei schulpflichtigen Kids brauchten dringend eigene Zimmer und Stefan einen schallgedämmten Rückzugsort auf dem Dachboden, wo er vorhandene Formeln mit neuen Ideen verknüpfen konnte und buchstäblich über dem trivialen Familienleben schwebte. Lediglich Charlotte wollte nie einen eigenen Raum, was weder Stefan noch ich verstanden. Leider war der Rheinblick der *Villa Professor Doktor Hoffahrt* knapp verfehlt. Aber laut Stefan gäbe es keine perfekte Situation, auch nicht in der Quantenphysik, wo alte Gewissheiten durch neue Messungen hinweggebeamt werden. Seit er von einem Tag auf den anderen bei Susanne eingezogen war, die immer noch in ihrer Studentenbude in Ehrenfeld gewohnt hatte, hatte er mein Berliner Bohème-Domizil, wie er meine Bleibe zu nennen pflegte, nicht mehr betreten. Er musste sich nicht mehr mental und emotional vom Familienleben erholen. Er lebte mit Susanne und weiterhin für die Quantenphysik. Und er hatte sich zu einem Bierexperten entwickelt.

Bei unserem letzten Treffen hielt er – in Anwesenheit seiner zweiten Frau – einen detaillierten Vortrag über untergärige und obergärige Biersorten, worüber ich spottete, was dazu führte, dass Susanne mit einem „Ich halte dich nicht mehr aus, Katharina! Ich halte deine Aggressionen gegen meinen Mann nicht mehr aus!“ aus dem Restaurant stürzte.

Stefan blieb sitzen, griff nach einem Skript und sagte in aller Ruhe: „Ich brauche jetzt geistigen Input. Ihr seid mir beide im Moment zu durchgeknallt.“

„Ich kann dich verstehen, aber versteh bitte, dass mich dein Bierreferat genervt hat, Stefan.“

„Katharina, man muss auch mal was aushalten, was einen nicht interessiert.“

„Spannend, dass ausgerechnet du das sagst!“

„Ich kenne meine Schwächen und arbeite daran.“

„Das ist ja etwas völlig Neues! Susanne bringt deine Persönlichkeitsentwicklung in Quantensprüngen voran.“

„Bitte lass die Quantenphysik aus dem Spiel – da fehlen dir die strukturellen Grundlagen. Aber grundsätzlich muss ich dir zustimmen. Meine neue Liebste lässt sich weniger bieten als Charlotte.“

„Gut so! Etwas anderes: Hat man dir inzwischen deine Immobilie übergeben?“

„Ja, auch deshalb sind wir doch in Berlin – hast du das vergessen?“

Da ich mir nicht sicher war, ob ich mich in der Tat nicht mehr daran erinnerte oder er vergessen hatte, die Wohnungsübernahme zu erwähnen – sie waren hauptsächlich wegen Susannes Teilnahme an der Taufe ihrer dritten Nichte aus den USA nach Berlin geflogen – entschuldigte ich mich. „Sorry. Hat es geklappt?“

„Ja. Der Gutachter hat keine schwerwiegenden Mängel im Sondereigentum entdeckt. Von der Verfassung des Gemeinschaftseigentums, vor allem der Tiefgarage, sage ich lieber nichts. Möchtest du einziehen? Du hast kein Auto und die Wohnung selbst ist top.“

„Ich bin ambivalent, aber vielleicht würde es mir wirklich guttun, aus diesem heruntergekommenen Haus herauszukommen, obwohl ich es irgendwie liebe ... auch den Kiez ...“

„Das weiß ich und das verstehe ich aus deiner Sicht.“

„Im Gegensatz zu meinem Vater!“

„Darüber haben wir schon häufig diskutiert. Meine Eltern verstehen auch vieles nicht. Die sind immer noch entsetzt, dass ich Charlotte und die Kinder verlassen habe. Sie lehnen Susanne nach wie vor ab und hetzen gemeinsam mit meiner Ex die Kinder gegen sie auf. Echt anstrengend, aber lass uns lieber das Thema wechseln – normalerweise kriegt sich meine Süße nach zwei bis drei Stresszigaretten wieder ein. Dann kommt sie zurück und tut so, als ob nichts gewesen wäre."

„Spannend, dass du das Rauchen bei Susanne akzeptierst. Bei mir hast du es damals gehasst."

„Tja, times are changing. Willst du ins Sudhaus ziehen oder nicht? Ich muss morgen nach Köln. Habe einen Termin mit den Kindern, wenn Charlotte ihn nicht sabotiert. Und Susanne bleibt noch eine Nacht in Berlin bei ihrer Schwester. Übermorgen fliegen wir von Frankfurt aus in die USA zurück."

„Bis wann soll ich mich entscheiden, Stefan?"

„Am besten bis vorgestern. Entweder du nimmst die Wohnung oder ich lasse die Schlüssel bei Laura, damit sie einen Makler beauftragen kann."

„Laura? Du meinst Susannes Schwester?"

„Ja."

„Das könnte ich auch machen, aber du scheinst der Schwester deiner Süßen mehr zu vertrauen als mir. Lassen wir das! Immerhin würdest du mich als deine Mieterin akzeptieren. Wenn mir die Wohnung gefällt, sage ich zu."

Ich erinnere mich daran, wie just in diesem Moment Susanne an unseren Tisch zurückkehrte und entspannt meinte, dass sie mit ihrer Schwester telefoniert habe und sich in einer halben Stunde mit ihr treffen werde. Ich war perplex. Ist das Weglügen von Konflikten – die Verabredung stand bereits vorher fest und Susanne hatte ihr Handy auf dem Stuhl liegen lassen – das Geheimnis einer funktionierenden Partnerschaft?

Und Stefan, der um Genauigkeit und Klarheit extrem bedachte Stefan, spielte mit und sagte: „Perfekt, meine Süße. Dann lauf ich mit Katharina kurz den Rollberg hoch und zeige ihr die Wohnung."

Darauf breitete sich ein Schweigen über unserem Tisch im Tandoori Palace aus, wo ich mit den beiden zum Mittagessen verabredet gewesen war und wo ich an mindestens zwei

Werktagen pro Woche ein berlingünstiges Menü unter sechs Euro genoss. Stefan mäkelte weder an der Art der Zubereitung noch an der Qualität der Zutaten, obwohl ihn der niedrige Preis zuerst misstrauisch gemacht hatte. Susanne zog abschiedslos von dannen, nachdem Stefan mit einer gönnerhaften Geste und dem Satz „Die läppischen einundzwanzig Euro bezahle ich aus der Portokasse" die Rechnung für uns drei beglichen hatte.

„Sag mal, ist Susanne etwa eifersüchtig auf mich? Du und ich haben kaum noch Kontakt und leben über 6000 Kilometer voneinander entfernt."

„Du musst meine Frau verstehen. Sie spürt unsere gemeinsame Wellenlänge und fühlt sich im Moment schlecht, weil sie sich nicht zutraut, auf Englisch zu arbeiten."

„Und weil du sie deswegen runtermachst. Oder hast du dich auch in dieser Hinsicht geändert? Charlotte hat sich ständig beklagt, dass du sie nicht anerkennst. Und auch an den Kindern zu viel herummäkelst. Ich saß ja oft genug dabei. Und ich weiß, dass sie recht hatte."

„Deine Analysen meines Verhaltens sind nicht mehr erwünscht, Katharina. Mit Susanne ist vieles anders, auch wenn du es nicht wahrhaben willst."

„Okay – ich habe es verstanden. Wenn sich die ersten Gewitterwölkchen über eurem Ehehimmel zusammenbrauen, weißt du, wen du anrufen kannst."

„Danke – ich denke allerdings, dass es dazu nicht kommen wird. Und wenn, dürfte Susanne so ein Gespräch mit dir keinesfalls mitbekommen. Es wäre für sie ein Vertrauensbruch."

Wir liefen in schnellen Schritten den Hügel zum KINDL-Areal hoch. Der Neubau gegenüber vom Jobcenter in einem Gewerbegebiet mit einer Kartbahn, einem kollektiven Garten und der KINDL-Brauerei, die sich zum größten Teil in ein Zentrum für zeitgenössische Kunst und in ein stylisches Café mit ausgedienten Braukesseln verwandelt hatte, war eine Insel des bildungsnahen Bürgertums inmitten eines sozialen Brennpunkts.

„Dieses Problemquartier wird sich immer mehr gentrifizieren", sagte ich zu Stefan. „Du hast ein gutes Objekt ausgewählt."

„Ja, wenn ich es eines Tages verkaufen werde, werde ich gewiss kein Minus machen. Apropos: Ist es für dich in Ordnung, wenn wir den Mietvertrag auf zehn Jahre befristen? Bis dahin ist dein Vater höchstwahrscheinlich nicht mehr auf dieser Welt, du erbst das Haus und kannst dir etwas Eigenes kaufen."

„Danke, dass du so warmherzig das Ableben meines Vaters einkalkulierst. Aber dein Vorschlag ist okay, wenn ich keine Kaution bezahlen muss und die Kaltmiete unter 600 Euro ist."

„Du hättest BWL studieren sollen, Katharina. Aber es mussten ja zwei Orchideenfächer sein. Okay, sagen wir 14 Euro pro Quadratmeter Kaltmiete jetzt und alle zwei Jahre einen Euro pro Quadratmeter mehr. Ein fairer Deal, oder nicht?"

„Das nennt man Staffelmiete! Ich bin trotzdem einverstanden, falls du eine Küche einbauen lässt."

„Fine – I agree."

Seine eingestreuten Anglizismen fand ich lächerlich, aber sie passten bereits 2018 zu diesem Teil von Neukölln. Wer wirklich auffallen wollte, musste einwandfreies Deutsch sprechen und statt „Ich war auf einem megacoolen Event in einer hippen Location" „Ich war auf einer besonders ansprechenden Veranstaltung in einem sehr beliebten Veranstaltungsort" sagen. In dieser Hinsicht würde Jennifer bestimmt mit mir übereinstimmen. Von ihr habe ich bisher abgesehen von dem einen Ausrutscher, als sie über ihren Onkel sprach, meistens passables Deutsch und kaum Anglizismen gehört.

Von Stefans heller Eineinhalb-Zimmer-Wohnung mit einem kleinen Balkon, der auf eine kaum befahrene Straße hinausgeht, mit Fußbodenheizung, mit Wannenbad, wo sogar eine Waschmaschine Platz findet, war ich sofort hin und weg. Bei Räumen kenne ich ein Begeisterungsgefühl auf den ersten Blick. Bei Sprachen ist es der erste Klang und bei Menschen der erste gesprochene Satz, eine Mischung aus Stimme und Inhalt.

Stefan kontaktierte nach meiner Entscheidung für das Sudhaus direkt ein Küchenstudio – IKEA erschien ihm grundsätzlich inakzeptabel – gab mir die Schlüssel, damit ich die Küchenbauer und die diversen Lieferungen in Empfang nehmen konnte und war damit einverstanden, dass ich die erste

Miete erst dann überweise, wenn ich für die Donaustraße keine mehr bezahlte. Auf der einen Seite kam er mir wie in alter Freundschaft entgegen, auf der anderen Seite musste ich mir in der Folge immer wieder anhören, wie viel Geld er in die speziell angefertigte Kitchenette mit hochwertigem Kühlschrank und Induktionsherd investiert habe. War das Letztere auf Susannes Einfluss zurückzuführen? Und das Erstere ein Versuch, sein Gewissen reinzuwaschen und sich selbst vorzubeten, wie gut er zu seiner lesbischen Langzeitfreundin Katharina immer noch war?

Das Kindergeschrei vom Spielplatz beginnt mich zu nerven und ich drücke auf die einzige namenlose Klingel. Jennifer öffnet mir sofort.

[JENNIFER] Dass Katharina die Einladung in meine Bude nicht abgelehnt hat, ist krass. Keine Kohle und sie freut sich trotzdem auf meine Gemüsesuppe. Keine Kohle, aber Kohlsuppe. Nicht ganz. Stehe in der öden Küche, schäle Karotten, Ingwer und einen Kürbis. Versuche, das nackte Gemüse zu zerkleinern. Hätte meine Vermieterin besser zu einer Pizza eingeladen. Aber da sie so dünn ist, steht sie bestimmt auf Grünzeug, frisst keine Süßigkeiten, keine Chips. Säuft wahrscheinlich noch nicht mal Alkohol. Wegen der Kalorien! Damit komme ich klar. Tue einfach so, also ob ich das gut finde. Es ist zwar nicht ganz glaubwürdig bei meiner Figur, aber mein Übergewicht könnte ja gesundheitliche Gründe haben. Außerdem gefällt es mir inzwischen. Magere Frauen kommen nicht auf der ganzen Welt an. Außer sie haben Geld. Dann werden sie gemolken, obwohl sie dürre Kühe sind. Charles war nicht hinter meinem Geld her und nicht nur hinter meinem Allerwertesten. Der mochte mich wirklich. Vielleicht erzähle ich Katharina von Dakar. Das wäre ausnahmsweise wahr. Nicht so anstrengend wie lügen. Ich sollte Romane schreiben, aber da kommt normalerweise nichts bei rum. Und ohne Schotter geht nichts. Die verschönte Altbauwohnung ist mein Hauptgewinn. Und Katharina immer noch auf meiner Seite. Aber ich muss aufpassen. Könnte sein, dass ihre Freunde sie vollsoßen, dass da was nicht stimmt. Die Geschichte mit der gestorbenen Mutter hat sie mir natürlich abgenommen. Alle glauben das. Oder sie trauen sich nicht, es anzuzweifeln. Meine Mutter habe ich inzwischen um die vierzig Mal sterben lassen. Nicht nur, wenn die Miete fällig war. Auch bei den Männern, denen ich online die große Liebe vorgaukele. Auf seriösen Dating-Plattformen. Zahle sogar für einen Premium-Account, weil sich das rechnet. Und schreibe natürlich nicht als Jennifer. Da wäre ich ja schön blöd. Nenne mich Vanessa. Arbeite auf einer Intensivstation. Bekomme demnächst die zweite Impfung.

Mein letzter Fang hat sich Reinhard genannt. Ein Landschaftsgärtner. „Du bist mein Garten der Lüste", hat der mal geschrieben. Zum Abkreischen. Mit ihm habe ich wochenlang gechattet. Und affengeile Fotos hin und her geschickt. Meine Bilder waren natürlich aus dem Internet runtergeladen. Ob seine echt waren, weiß ich nicht. Als dann meine Mutter an Krebs gestorben ist, hat der mir 5000 Euro rüberwachsen lassen. Als Zuschuss für die Beerdigung. Ich hatte ihm nur kurz angedeutet, dass ich mich leider nicht mit ihm treffen kann. Ein einfaches Sargmodell verschlingt ein vierstelliges Sümmchen. Und ich muss deshalb Extra-Schichten schuften. Vor allem an den Wochenenden. Der war voll entsetzt und wollte meine IBAN. Es war wie bei Sterntaler. Ich hatte mein letztes Hemdchen für ihn ausgezogen und am nächsten Tag war mein überzogenes Girokonto im Plus. Danach hat er natürlich nicht mehr lockergelassen. Er hat um einen Video-Chat gebettelt. Das war für mich die rote Linie. Kunden dürfen mich nicht sehen. Auch nicht meine Stimme hören. Reinhard wurde immer penetranter. Er hatte wohl kalte Füße bekommen, dass er 5000 Mäuse in den Wind geschossen hat. Hat er auch. Ich habe seine Nachrichten für achtundvierzig Stunden stumm geschaltet. Und ihm danach geschrieben, dass mich der Tod meiner Mutter extrem umgehauen hat. Dass ich zusammengekracht bin und meine Schwester mich aufgenommen hat. In einem Kaff in der Prignitz. In ihrer Hütte gibt es keinen DSL-Anschluss. Die mobilen Daten sind unter aller Kanone. Er soll an mich denken. Nicht nur beim Wichsen. Das habe ich wieder gelöscht. Ich vermisse ihn und melde mich, wenn ich zurück in der Zivilisation bin. Das habe ich natürlich nicht getan. Irgendwann hat er aufgegeben. Auch sein Profil war verschwunden. Oder er hat mich blockiert. Das traue ich ihm aber nicht zu. Vielleicht hat er seine große Liebe gefunden. Das wünsche ich ihm. Er war eine ehrliche Haut. Leider strohdoof. 5000 Euro tun verdammt weh. Nicht nur einem Landschaftsgärtner. Die schmeißt man nicht einfach so aus dem Fenster.

Auf internationalen Plattformen treibe ich mich auch rum. Da kann man Managerfuzzis über fünfzig anbaggern, die gern mit einer knackigen Mittezwanzigjährigen mit Silikonbusen und aufgespritzten Lippen bei irgendeinem wichtigen Business-Dinner oder auf einer Messe aufkreuzen. Das ist vor Corona perfekt gelaufen. Solche Typen sind nämlich großzügig. Besonders, wenn sie sich verknallen. Ohne das geplant zu haben. Das Beste ist dann der Trick mit dem Flugticket. Ich möchte ihn besuchen, bin aber gerade abgebrannt. Wichtig ist, kein Geld zu verlangen. Man muss einfach nur bedauern, dass das Liebes-Date nicht klappt, weil die Knete fehlt. Natürlich bin ich todtraurig, dass ich nicht kommen kann. Meistens läuft der Kontakt dann aus oder bricht abrupt ab. Dann hat es der Kunde vielleicht geschnallt. Oder war selbst ein Hochstapler. Oder eine andere Tussi ist schneller zu ihm gejettet. Manchmal kommt das Angebot, das Flugticket zu zahlen. Das nehme ich als Vanessa nicht an. Es ist ihr peinlich. Sie muss es überschlafen. Danach schickt sie dem Liebsten eine sehnsüchtige und traurige Message, dass sie lieber das Flugticket selbst zahlen möchte. Und dass sie dafür Geld zurücklegt. Einer von zehn Business-Säcken wird weich. Außerhalb der EU überweisen die das Geld gern über Western Union. Und Vanessa Bach muss dummerweise zugeben, dass sie eigentlich Jennifer Ziegler heißt und sich nur anders nennt. Jemand hat sie nämlich mal furchtbar gestalkt. Die letzte Hürde. Macht misstrauisch. Es gibt aber immer welche, die Geld für ein Flugticket rüberwachsen lassen. Das sind normalerweise keine hohen Beträge. 750 Euro kommen im Durchschnitt dabei rum. Der Stundenlohn ist nicht übel. Circa vierzig Euro – natürlich steuerfrei. Ich führe Buch mit einer Excel-Tabelle: Start/Ende des Kontakts, aktueller Status, aufgewendete Zeit, Ergebnis in Euro. Das macht Katharina gewiss nicht. Vielleicht besser so. So weiß sie nicht, wie mies bezahlt ihre Sprachklempnerei tatsächlich ist. Ich verstehe nicht, warum sie sich auf literarische Übersetzungen versteift. Aber das soll nicht mein Problem sein. Hauptsache mein Geschäft brummt. Auf jeden Fall vor den Coronamaßnahmen. Durch Flugtickets kommt fast nichts mehr rein. Die Zahlungen für Särge und so weiter laufen noch, aber auch schlechter als 2019. Geil ist, dass ich beim Chatten immer flotter werde. Für die Hälfte vom Geschreibsel habe ich Textbausteine. Auf Deutsch, Englisch und Französisch. Manchmal muss ich natürlich auf das Alltags-Blabla der Kunden eingehen. Und wenn ich Textbausteine hineinbastle, darf ich die Nachricht nicht zu schnell abschicken. Wirkt sonst verdächtig. Für plötzliche Todesfälle habe ich inzwischen Standardantworten. Sogar in drei Versionen: Atheist, Christ, Muslim. Einmal ist Vanessa bei einem Kleinbauern aus Oberbayern etwas voll Peinliches passiert. Sie hat eine Frieda für seine Schwester gehalten. So hat aber sein Hausschwein geheißen. Auf jeden Fall ist in den Mails und Chats immer der Name Frieda vorgekommen. Und Vanessa hat gewusst, dass Alois mit seiner Schwester den Hof der alten Eltern führt. Und als Frieda gestorben ist und er voll fertig war, hat sie ihm einen Standardtext geschickt:

Vanessa: Liebster Alois, Gott hat die Verstorbene zu sich genommen und ihre Seele möge Frieden finden. Der Tod einer engen Verwandten ist immer schmerzlich. Leider kann ich in diesen schweren Stunden nicht bei dir sein und auf der Beerdigung nicht an deiner Seite stehen. Ich denke die ganze Zeit an dich und lasse dich nicht mehr los. In Liebe.

Danach ist er offline gegangen, was ungewöhnlich war. Und ist mehrere Stunden off geblieben. Deshalb hat sie eine kleine Nachricht nachgeschoben:

Vanessa: Ich mache mir große Sorgen um dich. Bitte melde dich.

Wieder Funkstille. Dass bei einem echten oder erfundenen Todesfall jemand abtaucht, ist normal. Aber so lange? Vanessa hatte mit Alois vorher täglich gechattet. Nach einer Woche ist folgendes eingetrudelt:

Alois: Verarschen kannst du gern andere. Mich nicht mehr! Frieda war meine liebste Sau. Meiner Schwester Anni geht es zum Glück gut.

Vanessa: Liebster, das tut mir echt leid. 1001 Bussis. Den Namen deiner Schwester hast du nie erwähnt. Über Frieda hast du oft geschrieben. Auch dass sie auf dem Sofa neben dir sitzt.

Funkstille. Der war raus. Aber der hätte wahrscheinlich eh zu wenig Zaster gehabt. Er musste sich nicht nur eine neue Sau suchen. Auch eine andere Wichsvorlage, die sich bei seinem Bauernleben nicht todlangweilt.

Geld trudelt nicht nur über Western Union ein. Auch auf meinem N26-Konto. Wenn die IBAN stimmt, ist es egal, wenn der Name des Empfängers teilweise falsch ist. Auf jeden Fall kommt die Kohle bei Vanessa Ziegler perfekt an. Mit einem falschen Nachnamen habe ich es noch nicht ausprobiert. Sollte aber auch klappen.

Praktisch ist, dass mir Sprachen zufliegen. Mache darum kein großes Getue wie die Steimatzky und habe nie Vokabeln gepaukt. Stand in Englisch und Französisch trotzdem niemals schlechter als zwei. Auch im Abi. Gelernt habe ich nicht, nur französische und englische Liebesromane gelesen. Die habe ich in einem heruntergekommenen Laden mitgehen lassen. Der hat vor ein paar Jahren dichtgemacht. Da ist jetzt ein Fahrradshop mit einem komischen Namen drin. Habe ich vergessen. Irgendwas mit Lust. Ich glaube, dass der Besitzer vom Krämerladen froh war, die Bücher loszuwerden. Manchmal habe ich sogar fünfzig Cent für so einen gedruckten Liebesscheiß bezahlt. Wollte ja nicht, dass der Typ misstrauisch wird und mir die Bullen aufhalst. Die *romans d'amour* oder *love novels*, die ich nächtelang verschlungen habe, helfen Vanessa bis heute. Bei der Kommunikation mit ihren ausländischen Kunden. Vanessa, das klingt nach einer Unterdreißigjährigen. Das läuft besser als Ü30. Die Steimatzky wäre bestimmt dumm genug, ihr echtes Alter anzugeben. Und normale Fotos von sich freizuschalten. Die Krankenschwester Vanessa hat im Netz haufenweise Verehrer. Im Moment stapeln sich auf ihrer Station Coronakranke. Ein Drittel der Kollegen macht auf krank. Oder hat den Virus tatsächlich. Sie macht viele Nachtschichten. Das muss so sein wegen der Zeitverschiebung. Zum Beispiel wegen der zwei, drei Stunden mit den Emiraten oder wenn ein Kunde gerade in Südostasien ist.

Dann ist es praktisch, dass Vanessa ab Mittag MEZ Zeit hat. Da ihre Mutter immer da ist, kann sie nicht telefonieren. Sie opfert sich nämlich total für ihre krebskranke Mama auf. Sie hat sie zu sich geholt und teilt ihr Ein-Zimmer-Apartment mit ihr. Vanessa sucht einen Mann, der Geduld hat. Sie ist zu oft enttäuscht worden. Sie möchte echte Liebe, Heirat und später auch Kinder. Es muss aber der Richtige sein. Dass es seltsam ist, dass so eine simple Frau wie diese Vanessa so gut Französisch und Englisch kann, fällt den Typen wohl nicht auf. Mit Ausnahme von Shihab, der hat schnell geschnallt, dass da was faul ist. An diesen Chat erinnere ich mich bis heute.

Shihab: Vanessa, hast du mal im Ausland gelebt?

Vanessa: Ich verstehe deine Frage nicht. Es tut mir leid.

Shihab: Warum ist dein Französisch so gut?

Vanessa: Mein Französisch ist nicht gut. Schatz, ich mache bestimmt viele Fehler.

Shihab: Das ist keine Antwort.

Vanessa: Meine Mutter hat nach mir gerufen. Ich texte dir später.

Shihab: Interessant, dass deine Mutter dich immer dann braucht, wenn du auf eine Frage keine Antwort weißt. Ich bin sicher, dass du deine Mutter nicht pflegst.

Vanessa: Ich gehe jetzt off. Bis später.

Vanessa musste natürlich wieder online gehen. Aber erst nach zwei Tagen.

Vanessa: Wie geht es dir? Hoffentlich besser als meiner Mama. Sie verliert immer mehr Kilos. Der Arzt hat gesagt, dass sie zu schwach ist, um die Chemotherapie fortzusetzen. Sie möchte aber nicht sterben. Ist erst dreiundfünfzig Jahre alt. Jetzt schläft sie gerade. Deshalb kann ich dir schreiben. Küsse.

Shihab: Hast du das aus einem französischen Roman abgeschrieben?

Vanessa: Natürlich nicht! Warum verletzt du mich?

Shihab: Weil ich fühle, dass du lügst. Und das verletzt mich.

Dazu ist mir nichts eingefallen. An so einem Punkt war ich noch nie mit einem Kunden. Viele sind weggetaucht. Vielleicht weil ihnen das Ganze irgendwie Spanisch vorgekommen ist. Aber Shihab hat mich durchschaut und mir getextet, dass er mich durchschaut hat. Das hat mich so was von gereizt. Trotz Charles. Mit ihm war nach zwei Jahren fast noch alles in Ordnung. Er ist mit mir auf Feiern gegangen. Hat nie andere Bräute angeglotzt. Hat immer brav im Friseurladen malocht. Wir haben von dieser Knete die Miete, Internet und Strom brav bezahlt. Aber die Lust war weg. Die Luft war raus. Der Ofen aus. Irgendwie war es zu einfach mit ihm. Er war nicht einfach, überhaupt nicht blöd. Der Alltag war zu einfach. Er hat sich nie groß für meine Betrügereien interessiert. In unserem ersten Jahr hat er den Spaß, den wir durch meine Kohle hatten, genossen. Mal haben wir uns ins Hotel Palace einquartiert. Im Ruheraum vom Wellnessbereich habe ich Charles einen runtergeholt. Hat keiner gemerkt. Oder keiner hat was gesagt. Danach haben wir uns in unserem Hotelzimmer aufgebrezelt. Haben dann im Restaurant für über hundertfünfzig Euro gefuttert, sauteuren Cabernet Sauvignon gesoffen. Eigentlich nur ich. Er als Muslim trinkt nur wenig Alk. Zum Glück war er noch klar im Kopf. Beim Zahlen hat er mit einem 200 Euro Schein gewedelt und dem Kellner 20 Euro Trinkgeld gegeben. Der ist fast umgefallen. Hat die Kohle natürlich gern eingesackt. Charles hat mich dann in den Aufzug gehievt und in unsere Suite geschleppt. War schade, dass ich am nächsten Morgen beschissene Laune hatte. Und Charles war stinksauer, dass meine Sauferei ihm den Spaß verdorben hat. Und dass das Geld weg war. Fast für nichts. Danach haben wir so was nicht mehr gemacht. Er wusste natürlich, dass ich mit meinem Job weitermache. Es war ihm egal. Solange ich keine Leute übers Ohr haue, die er kennt. Und solange ich ihn nicht mit einem Kunden betrüge. Das ging vor Shihab für mich nicht. Nicht nur wegen Charles, auch wegen mir. Mache keinen Escort-Service. Habe nichts gegen Nutten, aber für mich ist das nichts.

Nach dem letzten Chat mit Shihab hatte ich Angst, dass er mich blockiert. Oder sein Profil löscht. Ich habe ihm eine meiner fünf Handynummern geschickt. Er hat mich am Abend angerufen. Sein korrektes Deutsch hat mich umgehauen. Das hat er im Goethe Institut gepaukt. In Casablanca. Da hat er damals noch gelebt. Wollte aber aus Marokko raus. Hätte als Informatiker zu wenig Chancen dort. Das Diplom könnte er übers Bett hängen. Es interessiert keinen. Noch nicht mal seine Eltern. Die hätten ein Rad ab. Kämen nicht klar damit, dass er nicht verheiratet ist. Vermuten das Schlimmste. Aber Männer interessieren ihn nicht. Er möchte am liebsten in Berlin leben, wo es viele Start-ups gibt. Hat Bewerbungen laufen. Deshalb auch das Deutschlernen, obwohl er auf Englisch arbeiten würde. Und perfekt Französisch spricht. Und natürlich marokkanisches Arabisch. Das hat er mir alles gleich bei unserem ersten Telefonat verklickert. Es war mir zu viel. Mich kotzt es an, dass man beim Kennenlernen *Was kann ich?* und *Wer bin ich?* spielen muss. Weiß selbst manchmal nicht, wer ich gerade bin. Wenn Vanessa die Mails an ihre Kunden schreibt, glaubt sie an das, was sie schreibt. Das ist richtig unheimlich, denn Jennifer Ziegler will auf keinen Fall noch einmal heiraten und Kinder schon gar nicht. Sie ist auch ohne Schwangerschaftsbauch fett genug. Shihab hat natürlich nach meinen Eltern gefragt und was ich so mache. Es war ja klar, dass ich keine Krankenschwester bin und keine krebskranke Mutter zu Hause pflege. Ich habe dann meinen toten Alten und meine fitte Alte erwähnt. Und dass ich Freelancer bin. Ist ja nicht gelogen. Ausnahmsweise.

„Wer bist du, Jennifer? Bitte sag mir jetzt die Wahrheit!", hat er gesagt. Sein Satz war perfekt: Wörter, Grammatik, Aussprache. Alles richtig.

„Ich kam am vierten März 1988 im Kreißsaal der Marienhausklinik St. Josef Kohlhof im Saarland zur Welt. Alles klar?"

„Ich habe jedes Wort verstanden. Danke, dass du langsam und Standarddeutsch sprichst."

„Gern – wenn ich will, kann ich das."

„Wenn du willst, könntest du viel."

„Was zum Beispiel? Küssen?"

„Das ist noch nicht interessant für mich. Ich habe noch kein Vertrauen in dir."

„Kein Vertrauen in dich! Das hat dir Vanessa geschrieben!"

„Ja – aber du hast auf Französisch geschrieben. Und es war eine Lüge."

„Und was ist mit dir? Soll ich dir alles glauben?"

„Natürlich. Ich heiße Shihab Abbassi, bin fünfundvierzig Jahre alt, Diplom-Informatiker und möchte dich kennenlernen."

Dieses Spiel fand ich lustig. Und dann habe ich etwas ganz Verrücktes getan: Ich habe mit der Wahrheit weitergemacht.

„Ich heiße Jennifer Ziegler, bin dreiunddreißig Jahre alt, arbeite als Betrügerin und möchte dich ebenfalls kennenlernen."

Das Wort Betrügerin kannte er nicht. Das fand ich megawitzig. Ich habe ihm meinen Job erklärt. Und ich war mir sicher, dass sein Handy-Akku plötzlich leer ist. Oder die Verbindung weg.

„Danke für deine Erklärungen. Ich habe in einer Woche ein zweites Job-Interview bei Digital Adventures. Sie wollen mich persönlich kennenlernen. Zum Glück ist es im Moment möglich, von Marokko nach Deutschland zu reisen."

„Wow! Ich muss jetzt aufhören. Wenn du magst, schreib mir in Zukunft an jennifer.ziegler88@wex.de. Das ist meine private Mail-Adresse. Oder willst du lieber an Vanessa schreiben?"

„Ich finde Jennifer interessanter als Vanessa. Aber Vanessa ist die bessere Person. Am besten, ich schreibe an die zwei."

„Das ist eine perfekte Analyse und eine gute Idee, Shihab. Ich warte auf deine Mails. Bin neugierig, was du wem schreibst."

Das Gespräch hat mich voll umgehauen. Auch wegen Charles. Von dem wusste Shihab noch nichts. Er hat mich nicht gefragt, ob ich verheiratet bin oder so. Vielleicht ist er selbst ein Fake. Dreht nur den Spieß um. Aus Rache, weil ich ihm als Vanessa so eine gequirlte Scheiße geschrieben habe. War super aufgeregt, wie es weitergeht.

Er ist wirklich Software-Entwickler. Eine Woche nach unserem Telefonat hat er tatsächlich direkt nach dem Interview ein Angebot von der IT-Firma bekommen. Hat sechs Wochen danach angefangen, Apps zu entwickeln. Gemeinsam mit einem Brasilianer, einer Iranerin, einer Kroatin und mehreren

Briten denkt er sich auf Englisch Brillen-Apps für einen Kunden in Shanghai aus. Und er sieht die Kollegen nicht live. Nur als Zoom-Kacheln auf dem Monitor.

Nach dem Vorstellungsgespräch hat er mir nur eine Mail geschickt. An Jennifer Ziegler. Wir haben uns direkt in den Hackeschen Höfen getroffen. Auf der Terrasse vom Oxymoron habe ich schon oft gesessen. Manchmal habe ich bezahlt. Manchmal die Zeche geprellt. Hin und wieder habe ich mir davor oder danach im Höfe-Kino einen französischen oder englischen Film angeschaut. Aus Spaß. Das darf ich nicht Katharina verraten. Sonst fährt die noch mehr auf mich ab. Die rennt bestimmt nur in OmU-Filme. Schon, um damit anzugeben. Letztes Jahr im Sommer hatte das Oxymoron wieder auf. Und niemand hat mich erkannt, als ich auf Shihab gewartet habe. Und wenn, hätte ich alles geleugnet. Und direkt mit einer Anzeige wegen Verleumdung gedroht. War aber nicht nötig. Shihab hatte ausgerechnet das Oxymoron vorgeschlagen. Ich fand das lustig, weil ich dort schon so oft war. Er hat in seinem perfekten Deutsch zwei Milchkaffees bestellt. Die Bedienung hat uns dann auf Englisch gefragt, was wir essen wollen. Das Bestell-Blabla wurde auf Englisch auch nicht spannender. Shihab war dann echt froh, dass wenigstens ich mit ihm Deutsch gesprochen habe.

Er hat noch mal wiederholt, dass er mir den ganzen Scheiß nicht abgenommen hat. Dass er aber meinen Schreibstil mochte. Auch dass ich ihn immer gefragt habe, wie sein Tag war und nicht nur von mir erzählt habe. Das mache ich bewusst. Da fahren Männer und Frauen drauf ab. Im Moment extrem Katharina. Er hat dann aber diese Lügen nicht mehr lesen wollen. Und war erstaunt, dass ich mit ihm telefonieren wollte. Er hätte nicht gedacht, dass ich so sympathisch rüberkomme. Und in echt findet er mich viel interessanter als auf den falschen Bildern. Ich war nach unserem Treffen voll geplättet. Ein großes Wow! Und gleichzeitig ein Super-GAU. Von Charles wusste er damals noch nichts. Und Charles nichts von ihm.

Zum Glück musste er nach dem Vorstellungsgespräch direkt wieder nach Casablanca. Als ich ihn einen Monat nach unserem persönlichen Treffen besucht habe, ist meine Ehe zusammengekracht. Charles hat nämlich mein iPhone orten lassen. Und danach Telefonterror gemacht. Ich musste Shihab reinen Wein einschenken. Er war nicht begeistert. Hat aber nicht Schluss gemacht. Wir haben fünf Tage fast die ganze Zeit in seiner Bude verbracht. Die hatte wegen der Klimaanlage eine Temperatur wie im Kühlschrank. Katharina wäre auf der Stelle erfroren. Die meiste Zeit waren Shihab und ich in der Kiste. Oder gemeinsam unter der Dusche. Von Casablanca habe ich nichts gesehen. Abgesehen vom Flughafen, der Corniche und dem Meer. Noch nicht mal ein Restaurant. Er hatte wie für eine Großfamilie eingekauft. Die warmen Mahlzeiten haben wir uns liefern lassen. Jeden zweiten Tag Couscous. Meistens mit Lammfleisch. Saulecker!

Ich weiß immer noch nicht, was mich bei Shihab so angemacht hat. Und immer noch anmacht. Im Bett ist er Durchschnitt. Guter Durchschnitt. Als wir noch auf Wolke sieben waren, hat er beim Liebemachen zu viel gelabert. Es war Liebemachen. Damals in Casablanca auf jeden Fall. Einmal ist er mitten beim Sex aufgestanden. Ist durch seine Wohnung getigert. Mit einem zerfledderten Heft zurückgekommen. „Hör zu, Jennifer!"

„Was kommt jetzt?"

„Mein erstes Gedicht auf Deutsch und für dich: Wenn sie da ist, ist sie fort. Wenn sie fort ist, ist sie da. Wir sind getrennt. Wir sind zusammen. Was wird kommen, weiß nicht die Spree, auch nicht das Meermittelmeer."

Das hat mich irgendwie berührt. Aber ich kann nicht gut mit Gefühlen. Und schon gar nicht mit Gedichten. Habe nur gesagt, dass man es auf Deutsch noch besser schreiben könnte. Obwohl es ohne Fehler war. Danach hat er sich angezogen. Ich glaube, das war für ihn das Ende. Wir treffen uns immer noch. Nur ist er nicht mehr romantisch. Er ist ein Liebhaber und irgendwie auch ein Freund. *Friendship with benefits* hat er es vor Kurzem genannt. Das ist für mich in Ordnung. Allerdings glaube ich, dass er immer noch gern enger mit mir zusammen wäre. Aber da müsste mehr von mir kommen. Mehr Gefühl. Im Moment kommt da nichts. Bin froh, dass ich endlich aus dem Alltag mit Charles raus bin.

Aus Shihab werde ich bis heute nicht ganz schlau. Er ist schlauer als ich. Das passiert mir selten. Ich kann zwar meinen Allerwertesten nicht mit einem echten Bachelor oder Master abwischen wie Katharina, aber in der Schule war ich immer eine der Besten. Meine Alte hat sich nicht für meine Noten interessiert und ich mich auch nicht. Es hat irgendwie trotzdem geklappt. Shihab hat neulich gesagt, ich soll wieder zur Uni gehen und dann einen echten Abschluss machen. Und dass ich in seiner Maisonette-Wohnung in der Sophienstraße wohnen könnte. Aber dann wäre ich meine Freiheit los. Und bin auch noch nicht ganz mit Charles fertig.

Bin gespannt, ob Katharina mich auf die Miete und auf meine Mutter anspricht. Und ich muss aufpassen, dass ich den Bogen nicht überspanne. Am Telefon hat sie gestern gesagt: „Ich denke nicht, dass du den Tod von deiner Mutter erfunden hast, oder?" Das hat mich gewundert. Und dann musste ich die Verletzte spielen und sagte erst mal nichts.

„Entschuldigung – ich weiß, dass ich dir unrecht tue."

Mein Schweigen hatte gewirkt. Perfekt! Und dann habe ich gesagt: „So was würde ich niemals erfinden. Dann hätte ich Angst, dass es eintrifft."

Darauf Katharina: „Ich frage mich manchmal wirklich, was wahr ist und was nicht. Aber ich habe entschieden, dir zu glauben." War echt froh, dass wir keinen Video-Call hatten. Sonst hätte die mein Grinsen gesehen. Wenn sie gleich hier ist, muss ich auf meine Gesichtsmuskeln aufpassen. Sie wird sich eh wundern, warum man vom Tod meiner Mutter in meiner Wohnung nichts sieht. Kein Foto mit einer Kerze. Nichts. Da habe ich natürlich schon Ausreden bereit. Auch schwarz angezogen habe ich mich und die Augen nicht geschminkt. Leider kriege ich es nicht hin, verheult auszusehen oder auf Knopfdruck feuchte Augen zu bekommen. Da sind mir Schauspieler haushoch überlegen. Aber man kann nicht alles können. Und Gemüse schnipseln können die meisten auch besser. Scheiße, jetzt hat es geläutet. Habe noch nicht mal den Tisch gedeckt.

[Katharina] Der vollste Raum in Jennifers Domizil ist das Badezimmer. Unzählige Cremedöschen, Parfümfläschchen,

Lippenstifte, Nagellacke, Bürsten, Haarreifen tummeln sich dort. Auf der Ablagefläche über der Badewanne höre ich Shampoos, Waschgele und Badeessenzen flüstern: „Nimm mich, öffne mich und lass mich auf dich gleiten, lass mich neben dir ergießen und ins Wasser fließen." Ein riesiger rosafarbener Föhn, um den Bürsten und Kämme in lockerer Ordnung kauern und auf Jennifers Hände lauern, liegt auf der Waschmaschine neben einem Kunstwerk aus zerknüllten Handtüchern.

Wenn das meine Mutter sähe, würde sie sich auf der Stelle von Asche in Fleisch zurückverwandeln. Meine Mutter, für die ich viel zu jungenhaft war, weil ich nur *Cool Water Men*, einen einzigen Kajalstift und eine Allround-Hautcreme benutzte. Meine Mutter, die von Jennifer begeistert gewesen wäre, von ihrem strebsamen, sanften Wesen, ihrem engelhaften Anlitz.

„Wie gefällt dir die Wohnung jetzt, ich meine mit Möbeln?",

„Die wenigen Möbel sehen in den hohen Räumen echt gut aus. Ganz mein Geschmack!"

Da sie mir erzählt hatte, dass sie ihre gesamte Einrichtung ihrem Ex geschenkt habe, wundere ich mich nicht über die spärlichen Einrichtungsgegenstände, mich wundert nur, dass im Wohnraum ein gebrauchtes Sofa thront und dass sie mich sogar ins Schlafzimmer führt.

„Die Lieferung vom Bett war ein Drama. Die Packer ließen es unten im Hausflur stehen. Zusammen mit den Palletten."

„Scheint aber trotzdem in die Wohnung hochgeschwebt zu sein."

„Ich war völlig neben der Spur. Zwei Typen von der WG sind zum Glück gerade nach Hause gekommen und haben es in den ersten Stock getragen. Und mir geholfen, es ins Schlafzimmer zu schieben.

„Und was ist mit den Paletten passiert? Hast du die vor dem Haus ausgesetzt?"

„Nein, das ist nicht meine Art. Hier stapelt sich überall der Sperrmüll. Da brauche ich nicht noch meinen Kram dazustellen. Die Paletten hab' ich einzeln ins Kellerabteil geschleppt."

„Du allein?! Chapeau! Schwer und sperrig, oder?"

„Ging so. Wie findest du das Schlafzimmer?"

Mein Blick fällt auf eine Schminkkommode und einen weißglänzenden, sechstürigen Schrank, in dem ich wallende, grelle Kleider aus Dakar und ihre Business-Garderobe vermute. An der Wand lehnt ein riesiger Spiegel, der genau über das überbreite Bett passen würde.

Plötzlich sehe ich Jennifer nackt im Kingsize Bett, ihre helle, sommersprossige Haut, ihre Pobacken, zwei symmetrische fleischige Hügel geteilt von einer steilen Spalte. Unter ihr liegt ein kaum sichtbares männliches Wesen, das gegen den Erstickungstod ankämpft, während sie „Stoß zu! Härter! Härter!" mit einer strengen Stimme ausstößt, mit einer Stimme, die ich bisher noch nie an ihr hörte. Weder Ekel noch Erregung fühle ich und verstehe nicht, warum mich Jennifer zu derartigen Fantasien inspiriert, obwohl ich sie völlig unerotisch finde. Ich kann nur Frauen ab etwa 30 mit einem klar umgerissenen Körperschema und markanten Gesichtszügen begehren, Frauen, die zügig und mit geradem Rücken durch die Welt schreiten. Jennifers waberndes Fleisch erschlüge mich, ihre wallenden Brüste erdrückten mich.

Ein Hauch von Suppengeruch dringt in meine Nase.

„Wie war der Spaziergang vom Rollberg in den Schillerkiez?", fragt sie mich und lotst mich in die Küche.

„Bei dem herrlichen Maiwetter ganz wunderbar. In der Herrfurthstraße chillen überall Leute. Vor dem Sahara-Imbiss war eine lange Schlange. Und auf der Wiese vor der Genezareth-Kirche wird gepicknickt. In großen Gruppen und ohne Mindestabstand. Die 7-Tage-Inzidenz fällt und fällt. Wir lassen uns nicht mehr einsperren."

„Aber Katharina – so kannst du das nicht sagen! Wir sind hier nicht in China. Uns sperrt niemand ein."

Diese Bemerkung erschien mir undifferenziert, sie roch nach Facebook. Ich erwiderte nichts darauf und stellte mir vor, welchen Spontanvortrag Stefan über die Vor- und Nachteile der chinesischen Zero-Covid-Strategie gehalten hätte. Und dass dann Jennifer und viele andere, die ähnlich unterkomplexe Aussagen in die Welt hinausschießen, dringend nach einer geruhsam köchelnden Suppe hätten sehen oder auf die Toilette hätten gehen müssen oder – falls im Freien – ein Eichhörnchen gesehen hätten. Ein Hoch auf all die

Eichhörnchen, ebenso auf all die Vögelchen, Schmetterlinge, Rehlein, Hündchen, Kätzchen und andere Entzückensausrufe auslösende Kreaturen, deren urplötzliches Erscheinen so manches anstrengende Gespräch erstickt.

Ich verzichte auf die Eröffnung eines intellektuellen Duells noch vor dem Auslöffeln der Suppenteller und würde lieber wissen, ob Jennifer ihre erste Covid-Schutzimpfung erhielt. Da ich selbst noch ungeimpft bin und mich noch nicht einmal um einen Termin bemüht habe, frage ich sie nicht. Im Gegensatz zu unserem Treffen bei der Wohnungsbesichtigung und beim Unterschreiben des Mietvertrags hat sie heute eine FFP2-Maske übergestülpt. Immerhin erlaubt sie mir, selbst zu entscheiden, ob ich mich ebenso maskieren möchte oder nicht. Ich entscheide mich – und das nicht nur wegen der bevorstehenden Suppe – für maskenfreie, maskenbefreite, unmaskierte Stunden.

„Bist du schon geimpft?", fragt sie mich.

„Welche Farbe hat dein Morgenstuhl?"

„Ich wollte dir nicht zu nahetreten. Aber das ist heute doch die erste Frage, wenn man jemanden trifft, oder?"

„Mag sein, aber ich habe im Moment auf dieses Thema keine Lust. Ich mag das Leben …"

„Aber genau dann solltest du dich um deine Gesundheit sorgen."

„Oder gerade deswegen nicht. Angst ist ein schlechter Ratgeber und nicht gut fürs Immunsystem."

„Das haben schon viele gesagt. Wie kannst du dir so sicher sein?"

„Ich weiß es nicht. Das sagt mir mein Körpergefühl. Und bin nicht die Einzige, die das so empfindet."

„Mag sein, Katharina. Dann lass dich wenigstens wegen der anderen impfen."

„Dazu gibt es noch zu wenige Studien. Ich werde mich impfen lassen, aber aus anderen Gründen. Ich gehe nämlich davon aus, dass man die Ungeimpften früher oder später vom öffentlichen Leben aussperrt."

„Das sehe ich nicht. Und wenn, na und! Sind ja selbst schuld, wenn sie sich nicht impfen lassen. Es gibt ja bald genug Impfstoff für alle. Ab Juni schaffen sie die Priorisierung ab. Ich suche schon jetzt täglich auf *Doctolib* nach einem Termin für *Biontech* oder *Moderna*."

„Bietet die Bahn nicht eh für ihre Mitarbeiter Impfungen an?! Eine Bekannte hat mir davon erzählt." Das stimmte nicht, aber ich war neugierig auf ihre Reaktion.

„Davon weiß ich noch nichts. Muss ich mal nachhaken. Hast du Hunger mitgebracht? Ich hoffe, du magst Karotten-Kürbis-Ingwer-Suppe. Völlig vegan."

„Du wirst es nicht glauben: Ich esse sogar hin und wieder ein Stück Fleisch – ohne schlechtes Gewissen!"

„Dann haben wir wieder was gemeinsam. Es freut mich, dass du so normal bist."

Darauf erwidere ich lieber nichts, obwohl ich mich nicht als normal betrachte. Was meinen Ernährungsstil betrifft, könnte sie mit dieser Bezeichnung allerdings recht haben, denn statistisch betrachtet ist der Vegetarismus und erst recht der Veganismus ein seltenes Phänomen und das sogar in Berlin, wenn man die Ernährungsgewohnheiten der Gesamtpopulation untersuchen würde.

Wir setzen uns auf zwei Barhocker an einen schmalen, hohen Tisch in der Küche. Erstaunlicherweise erklimmt Jennifer ihren Stuhl, ohne ihn umzuwerfen und hält sich wacker im Gleichgewicht. Im Gleichtakt löffeln wir die Gemüsebrühe mit Karotten- und Kürbisstücken in uns hinein. Ich vermisse Cayenne-Pfeffer und Brot.

„Katharina, schmeckt es dir?"

„Das Süppchen ist sehr lecker. Hast du vielleicht Fladenbrot oder Weißbrot dazu?"

„Leider nein. Aber du kannst dir ruhig einen Nachschlag nehmen."

„Sehr gern!"

Sie selbst hält sich erstaunlicherweise zurück. Ist sie auf Diät? Hat sie bereits zu Abend gegessen? Oder stopft sie nachts in Fressanfällen Süßkram in sich rein? Die Frage, warum sie adipös ist, schwebt über den Tellern. Jennifer klettert vom Hocker herunter und reißt das Küchenfenster auf, ohne mich zu fragen, ob mich das stören könnte. In der Küche dürfte es höchstens 20 Grad haben. Ich sehe große

Schweißflecke unter Jennifers Achseln, obwohl sie nur ein kurzärmeliges T-Shirt trägt.

„Komm, lass uns ins Wohnzimmer gehen. Dort ist es gemütlicher."

Sie hat inzwischen wieder ihre Maske aufgesetzt und die Teller in die Spüle gestellt. Wenn sie nicht geschwindelt hat, freut sie sich schon aufs meditative Spülen. Wir lassen uns nebeneinander auf einer voluminösen, hellgrauen Couch nieder, gegenüber von einem Fernseher mit dem größten Flatscreen, der mir jemals über den Weg lief. Je größer der Monitor, desto flacher die Sendungen, die man anschaut, denke ich mir. Und erfreue mich an der Doppeldeutigkeit von flat, wobei seicht oder oberflächlich auf English anders heißen dürfte. Ich bin nicht ganz sicher, würde am liebsten direkt Stefan texten, halte mich aber zurück, auch wegen Susanne, die auf jedes Piepen seines Smartphones hysterisch reagiert – nicht nur wegen mir, auch wegen seiner Kinder, was nicht nur ich für hyperneurotisch halte. Da mich Stefan um mehr Zurückhaltung bat, halte ich mich selbst davon ab, ihm zu schreiben, und frage mich, wie er Susannes Misstrauen aushält und wie lange noch.

„Hier sitze ich oft bis Mitternacht an meinem MacBook und beantworte berufliche Mails. Seitdem ich überwiegend im Home-Office arbeite, kann ich kaum noch abschalten."

„Und der Fernseher hängt nur zur Dekoration an der Wand?"

„Katharina, natürlich schaue ich mir mal die Tagesschau oder eine Serie an, aber das dann eher sehr spät oder am Wochenende, falls ich ein Wochenende habe."

„Ich habe keinen Fernseher, aber ich bin vor der Pandemie jede Woche circa zweimal ins Kino gegangen. Hier in der Nähe gibt es viele Arthouse-Kinos."

„Netflix und Amazon prime sind auch nicht schlecht. Aber klar, es fehlen die Kinobesuche."

„Etwas anderes: Hast du dich inzwischen hier gut eingelebt?"

„Na ja, wie du gesehen hast, stehen noch jede Menge volle Umzugskartons im Flur rum. Aber ich bin jetzt zum Glück drin. Und daran ist nichts mehr zu rütteln."

„Das weiß ich, Jennifer, und falls du irgendwann auch die Miete und die Kaution überweisen solltest, gibt es keinen Grund, dass ich dich raushaben möchte."

Als hätte sie geahnt, in welchem Moment das Thema Mietrückstand kommt und den Abend minutiös durchchoreographiert, summt in diesem Moment das iPhone. Sie nimmt den Anruf an, wechselt sofort in einen starken Dialekt über. Ich bräuchte einen Simultandolmetscher. Da sie aus einem saarländischen Dorf stammt, gehe ich davon aus, dass es jemand aus der Familie ist. Um Themen wie Tod, Beerdigung oder Erbe scheint es nicht zu gehen, denn ich höre mich allmählich ein. Den letzten Satz, dass sie Besuch habe und nicht weitertelefonieren wolle, verstehe ich einwandfrei.

„Das war mein Onkel."

„Dann war das Saarländisch!"

„Ja, das haben wir beibehalten, obwohl wir seit Ewigkeiten in Berlin wohnen. Wir finden das ulkig", sagt sie.

„Wie eine Geheimsprache ..."

„Ja, aber auch in Berlin gibt es Saarländer, und nicht nur im Bundestag."

„Wie kommt dein Onkel mit dem plötzlichen Tod seiner Schwester klar?"

„Von Trauer merke ich da nichts. Meine Mama und er sind seit meiner frühen Kindheit zerstritten."

„Verstehe, du hast den Vorfall kurz erwähnt."

„Du hast ein erschreckend gutes Gedächtnis, Katherina."

„Warum erschreckend?"

„Vergiss es. War nur so dahingesagt. Der sogenannte Vorfall war unwichtig. Schlimm war, was meine Mutter daraus gemacht hat. Ihr Bruder hat sich nicht an seiner Nichte vergangen."

„Das habe ich verstanden, es ist mir aber zu persönlich. Ich glaube, du wolltest mir etwas anderes erzählen."

„Ja, genau. Es ging um meinen Onkel. Und darum, dass er nicht groß trauert. Er und ich haben gerade ein großes Drama mit meiner Tante. Die ist in unserem Dorf geblieben und nie umgezogen. Hockt mit meinem bescheuerten Cousin in ihrem Elternhaus und macht mich nach dem Tod meiner Mama verrückt. Weil sie unbedingt will, dass ihre Schwester auf dem Dorffriedhof beerdigt wird."

„Warum kann sie das denn allein entscheiden? Es gibt doch noch deinen Onkel, oder?"

„Der findet das auch nicht richtig, sagt aber nichts dagegen. Der hat keine Eier in der Hose. Der ist ein richtiger Schlappschwanz."

Ich wundere mich über die Ausdrucksweise. Familien sind Produktionsstätten von Verachtung, Wut und Hass. Dazu passt, dass Jennifer umgangssprachliche und abwertende Formulierungen verwendet. Die richtige Sprachebene zu treffen, ist eine der großen Herausforderungen bei literarischen Übersetzungen.

„Ist deine Mutter noch nicht beerdigt? Ich dachte, sie liegt auf dem Friedhof beim Südstern?"

„Da liegst du komplett falsch! Da war nur ein kleiner Gedenkgottesdienst dort in der Kapelle, weil sie in der Nähe gewohnt hat."

„Wann ist die Beerdigung?"

„Die ist am nächsten Mittwoch. Die Überführung des Leichnams übernimmt das Bestattungsinstitut.

„Klar, habe nicht gedacht, dass du mit dem Sarg deiner Mutter im Auto ins Saarland fährst. Wohin eigentlich genau?"

„In ein kleines Dorf in der Nähe von Kirkel. Kennst du sicher nicht!"

Da ich die Suppe ohne Brot verzehren musste, merke ich, dass ich nicht gesättigt bin, möchte aber nicht nach einem erneuten Nachschlag fragen. Stattdessen habe ich Lust, zurückzuschlagen: „Oh, wie schön! Du stammst auf der Nähe von Kirkel. Dieser Name ist leicht zu merken: Zirkel mit K am Anfang. Eine Freundin von mir ist von dort. Vielleicht kennen deren Eltern deine Familie."

Ihre Miene verändert sich nicht. Kein leichtes Zucken, nichts. Entweder hat sie mir die Lüge geglaubt oder sie hat sich gut unter Kontrolle.

„Tja, Zufälle gibt es ... Ich freue mich übrigens überhaupt nicht auf mein Heimatdorf. Es wird dort unangenehm für mich."

„Wie heißt denn das Dorf?"

„Katharina, das tut jetzt wirklich nichts zur Sache! Ich habe Angst vor der Zeit dort …"

„Wie meinst du das?"

„Sei bloß froh, dass du dich nach dem Tod von deinem Vater nicht mit der Verwandtschaft um das Erbe streiten musstet."

„Da hast du recht – es gab ein Testament und alle nahen Verwandten und die Frau meines Vaters sind eh verstorben."

„Die Frau deines Vaters? Meinst du damit deine Mutter?"

„Ja, aber darüber möchte ich nicht reden. Erzähl mir lieber von den Problemen mit deiner saarländischen Verwandtschaft."

Daraufhin monologisiert sie über die verwandtschaftliche und erbrechtliche Situation rund ums Elternhaus der Mutter. Dieses wurde von ihren Großeltern zu gleichen Teilen an die drei Kinder vererbt, also an ihren Onkel, an ihre Tante und an ihre Mutter. Durch deren Tod ist Jennifer zur Nacherbin geworden. Jennifers Tante und ihr leicht geistig behinderter Sohn hätten sich seit Jahren darin eingeigelt – während der Pandemie noch extremer als zuvor – und zahlen eine bescheidene Miete. Jennifer möchte, dass das Haus zeitnah verkauft wird. Das will die Tante auf keinen Fall, weil der neue Eigentümer dann Eigenbedarf anmelden könnte. Dann müssten sie und ihr Sohn raus. Der helfe manchmal in den Höfen der Umgebung aus. Da man ihn kenne, klappe das gut. Wenn die Tante das Haus nicht verkauft, wollen Jennifer und ihr Onkel ausbezahlt werden. Nun lassen sie das Haus begutachten und setzen der Tante die Pistole auf die Brust: entweder Geld oder Verkauf der Immobilie.

Ich frage mich, warum sie mir das in dieser Ausführlichkeit erzählt. Damit ich sie für eine potentielle Erbin halte und gelassen darauf warte, dass sie eines Tages die Mietschulden begleichen wird? Die Darstellung dieses Erbfalls ist mir zu perfekt und deshalb unglaubwürdig. In diesem Moment befürchte ich, dass die Mutter nicht gestorben und dass die Sache mit der falschen IBAN ebenso eine Erfindung ist. Jennifer erklärte mir in den vergangenen Tagen in unzähligen WhatsApp-Nachrichten, dass sie die Kaution und die Mai-Miete an eine falsche, aber existierende IBAN überwiesen habe und dass ihre Direktbank noch nicht in der Lage gewesen sei, das Geld zurückzuholen. Daraufhin habe sie mir die Juni-Miete im Voraus überwiesen, aber die unfähige Bank habe auch diese Überweisung – dieses Mal angeblich mit einer richtigen IBAN – noch nicht durchgeführt. Während unseres Chattens glaubte ich ihr oder wollte ihr glauben.

„So genau will ich das eigentlich gar nicht wissen."

„Ja, aber du hast mich gefragt, warum ich so ungern nach Kirkel fahre."

„Etwas anderes: Du kommst mir überhaupt nicht traurig vor. Warum hast du von deiner verstorbenen Mutter kein Foto mit einer Kerze aufgestellt?"

In der ganzen Wohnung befindet sich nichts, was an die Verstorbene denken lässt. Jennifer sagt daraufhin, dass der Verlust für sie so unfassbar schrecklich sei und dass sie nicht ständig an den Tod ihrer Mama erinnert werden wolle. Das kann ich sogar verstehen.

„Ich habe aber trotzdem ein paar Erinnerungsgegenstände an meinen Papa in der Wohnung stehen. Und ich trage seine Armbanduhr. Sie schlackerte an seinem Armgelenk bis zu seinem letzten Atemzug. Ich habe sie direkt an mich genommen und trage sie seitdem. Das Armband ließ sich zum Glück enger machen."

„Das ist ja alles schön und gut! So weit bin ich noch nicht. Mein Onkel kümmert sich um die Wohnungsauflösung, aber das meiste ist noch unverändert. Ich war nur einmal kurz drin. Es war sonderbar, hat gerochen wie immer. Meine Mama war irgendwie noch da. Ihre Kaffeetasse stand auf dem Wohnzimmertisch. Neben der Fernbedienung. Ich habe nichts angerührt."

„Ich habe nach dem Tod meines Vaters zehn Tage allein im Haus meines Vaters verbracht."

„Schrecklich! Das war sicher der reine Horrortrip!"

„So schlimm war es nicht – ich habe tagelang Fotoalben durchblättert und Schränke durchwühlt. Es war eher wie eine Reise in die Vergangenheit. Meine Mutter war plötzlich wieder da. Wie auferstanden. Mein Vater hat ihre Sachen nie entsorgt, obwohl sie schon seit knapp zehn Jahren tot ist."

„Dann sind wir nun beide Waisenkinder, Katharina."

Dieser Satz rührt mich. Dieser Satz beschämt mich. Wie hatte ich den Tod von Jennifers Mutter anzweifeln können? Wie hatte ich mich in den Chor der Skeptiker*innen und Zweifler*innen einreihen können? Dennoch bilde ich mir ein, eben eine weibliche Stimme gehört zu haben. Ein Anruf ihrer Mutter, die sich nach dem Wohlbefinden ihres frisch umgezogenen Töchterleins erkundigt? Warum hat Jennifer das iPhone nicht so lange summen lassen, bis es von selbst verstummte? Aus Angst vor meinem Blick auf das Display? Auf das Wort Mama? Eine interessante Situation. Frau Mama meldet sich telefonisch aus dem Jenseits, aber auch dafür hätte Jennifer eine plausible Erklärung erfunden. Bestimmt hätte der Onkel oder sonst irgendwer vom Handy der Verstorbenen aus telefoniert.

„Wie war das nun genau mit dem Sterben deiner Mutter? Konntest du denn überhaupt zu ihr? Mein Vater lebte zum Glück allein und durfte diese Welt in seiner gewohnten Umgebung verlassen. Ich war die ganze Zeit bei ihm, obwohl er Corona hatte. Angesteckt habe ich mich nicht, aber über dieses Risiko habe ich nicht nachgedacht."

„Das habe ich dir alles schon geschrieben. Sie war nach dem ersten Infarkt nicht mehr ansprechbar und auf der Intensivstation. Da durfte und wollte ich nicht rein, weil sie in einem Mehrbettzimmer gelegen hat. Und ich noch nicht geimpft bin."

„Das mit dem Mehrbettzimmer wusste ich nicht. In welchem Krankenhaus war sie denn?"

„In dem von Luckenwalde halt. So groß ist die Auswahl nicht!"

In diesem Moment glaube ich, ein Stirnrunzeln wahrzunehmen. Hat sie den Namen der Klinik vergessen? Ich hatte ihn recherchiert. „Das KMG-Klinikum in Luckenwalde hat immerhin eine kardiologische Abteilung oder warst du etwa gar nicht dort?"

„Was soll dieses Verhör, Katharina?"

„Das ist kein Verhör, Jennifer! Ich habe mir Sorgen um deine Mutter gemacht und nachgesehen, ob sie in guten Händen ist. Hatte ja genügend Zeit genau vor einer Woche, als du mir abgesagt hattest."

In diesem Moment sieht sie mich an und sagt: „Katharina, es tut mir leid, dass ich nicht kommen konnte. Und noch mehr tut es mir leid, dass ich mir eine falsche IBAN aufgeschrieben habe. Du kannst dich bestimmt daran erinnern, dass du sie diktiert hast, als wir die Verträge ausgefüllt haben."

„Tja, das habe ich nicht vergessen. Ich kenne meine IBAN auswendig und kann nichts dafür, dass du sie falsch notiert hast. Das nächste Mal kontrolliere ich das nach."

„Das würde ich dir sehr empfehlen. Wenn ich eine Vermieterin wäre, würde ich die Verträge vor dem Termin ausfüllen und die Daten überprüfen."

„Wenn weiterhin keine Miete von dir kommt, werde ich sehr gerne auf diesen Tipp zurückkommen. Das Thema mit der IBAN haken wir ab. Interessant bleibt, warum die zweite Überweisung mit der Juni-Miete im Voraus auch noch nicht da ist. Erneut eine falsche IBAN? Sollte ich mir Sorgen um deine Konzentrationsfähigkeit machen?"

„Du kannst leicht spotten, aber warum das Geld noch nicht da ist, verstehe ich leider auch nicht. Ich habe dir meinen Mail-Wechsel mit der N26 weitergeleitet. Ärgere mich ja selbst darüber. Demnächst eröffne ich ein Konto bei der Postbank, lasse einen Dauerauftrag für die Mietzahlungen einrichten. Mich nervt das ganze Getue! Glaubst du etwa, dass ich nichts anderes zu tun habe, als …"

„Als was?! Als der Eigentümerin zu erklären, wo die Kaution und die Miete bleiben?!"

„Katherina, ich kann deinen Ärger nachempfinden. Auch, dass deine Geduld am Ende ist. Aber ich muss jetzt dringend eine berufliche Mail beantworten. Es geht um die Terminierung von meinem Assessment in Frankfurt."

„Du wolltest doch übermorgen nach Kirkel fahren?"

„Ja! Ein Karriere-Assessment plant und organisiert die Personalabteilung nicht von heute auf morgen. Diese Welt kannst du nicht verstehen."

An diesem Punkt würde ich am liebsten ins vollgestopfte Badezimmer rennen, um die Suppe der Kloschlüssel zu übergeben. Wie kann sie behaupten, dass ich zu blöde sei, ihre Berufswelt zu verstehen? Woher weiß sie, was ich verstehe und was nicht? Ihre Überheblichkeit erinnert mich an Stefans

„Katharina, lass bitte die Quantenphysik aus dem Spiel. Da fehlen dir die strukturellen Grundlagen."

„Danke für deine Einladung und die leckere Gemüsesuppe. Ich gehe jetzt nach Hause und sage dir Bescheid, wenn Geld auf meinem Konto eingeht."

Sie bringt mich zur Tür, zieht sich ein Lächeln übers Gesicht. Im Treppenhaus ist es noch kühler als in der zugigen Wohnung. Obwohl ich fröstle, zieht es mich in den Keller, zieht es mich zu den Paletten. Zum Glück habe ich die Schlüssel dabei. Trotz der Kernsanierung steigt mir ein feuchter, modriger Geruch entgegen. Es ließe sich eine Leiche aufbewahren. Vielleicht hätte ich Jennifer raten sollen, den Leichnam ihrer Mutter hier zu lagern. Dann sparte sie die Kosten für die Kühlung. Dieser Gedanke verstört mich. Ich gehe durch den engen, spinnwebigen Gang bis zum passenden Abteil. Ein absperrbares, circa zwölf Quadratmeter großes Rechteck aus Draht, in dem sich tatsächlich vier Holzpaletten befinden. Es steht offen. Ich gehe hinein und sehe einen Wurm, obwohl ich weiß, dass es hier unten keine Würmer gibt. Er ist riesengroß und hat Jennifers Augen. Er lacht mich an, bittet mich, auf seinem Körper die Paletten aus dem Keller nach oben zu rollen. Er brauche Platz für einen zweiten Kleiderschrank und für vier Umzugskartons voller ungetragener Schuhe. Ich lege die erste Palette auf ihn und wir befördern sie gemeinsam durch den Gang. Er windet sich die Kellerstufen hoch, scheint das Gewicht der Palette nicht zu spüren. Wir lassen sie vor dem Haus liegen. Intakte Holzpaletten dürften schnell ein neues Zuhause finden – mit hoher Wahrscheinlichkeit ein helleres und trockeneres als das Kellerabteil. Nach fast getaner Arbeit, als sich der Wurm für die letzte Palette in das Kellerabteil hineinwindet, sperre ich die Tür ab. Er bettelt, und ich bleibe hart. Er weint, und ich stelle mich taub. Es ist Mitternacht. Er wird dortbleiben, die Notdurft unterdrückend, dürstend, hungernd, frierend. Ich höre ihn schreien und heulen, während ich die Treppe hochgehe bis in den ersten Stock in Jennifers Wohnung. Dort esse ich noch einen Teller lauwarme Suppe und versuche, den Smart TV in Gang zu bringen, was mir tatsächlich gelingt. Auf YouTube tippe ich Rachel's Music ein, scrolle durch die vorgeschlagenen Stücke, klicke auf *Water from the same source*. Dann trinke ich den restlichen Ingwertee und lasse Wasser in die Wanne einlaufen. Der Wurm nagt sich ins Holz der letzten Palette, während ich die Schaumbaddüfte durchprobiere.

Nach circa zehn Minuten wird es mir im Keller zu kalt. Ich laufe nach draußen. Jennifer steht auf dem Balkon und telefoniert. Als ich „Gute Nacht, Mama" höre, gehe ins Haus zurück, setze mich auf die unterste Treppenstufe und texte:

> *Bin schon zu Hause! Danke für den schönen Abend, die leckere Suppe und viel Energie für deine schwierigen Aufgaben in Kirkel – ich drücke dir die Daumen, dass alles wunschgemäß klappt. An welchem Tag genau wird deine Mutter beerdigt? Liebe Grüße und schlaf später gut!*

Vorsichtig öffne ich die Tür. Es ist still. Ich gehe eng an der Hauswand entlang bis zur nächsten Abbiegung. Dann renne ich los, renne und renne, bis ich das Sudhaus erreicht habe. Jennifer ist inzwischen offline. Es gibt einen blauen Haken unter meiner Nachricht. Normalerweise hätte sie mir schon längst geantwortet.

[JENNIFER] Allmählich wird es brenzlig. Es war eine Schnapsidee, die Steimatzky einzuladen. Mit der Erbschaftsgeschichte in Kirkel habe ich mich fast um Kopf und Kragen geredet. Jennifer, du hast den Bogen gewaltig überspannt. Und vorher das dämliche Gequatsche über Corona. Hätte ich mir sparen können. Ob die wirklich eine Bekannte aus Kirkel hat? Hoffentlich spioniert die nicht meine Tante aus. Wie konnte ich so blöd sein und das richtige Kaff sagen? Mir ist die Verwandtschaft schnurzpiepegal. Trotzdem wäre es nicht witzig, wenn sie Wind davon bekommen würde, dass ich meine Mutter sterben lasse. Meine Tante würde glatt ihre Schwester anrufen und sagen: „Hanna, stell dir vor, was deine Jenny für einen Stuss erzählt. Die hat so einer Frau in Berlin gesagt, dass du gestorben bist. Zwei Herzinfarkte hintereinander."

Will nichts erklären müssen. Meiner Mutter nicht. Meiner Tante nicht. Meinem Onkel nicht. Der leiht mir gelegentlich Geld. Fragt nicht, warum ich so klamm bin. Oder wofür ich es brauche. Das rechne ich dem hoch an. Kann nur hoffen, dass niemand durch Kirkel spaziert und nach dem Haus meiner Tante sucht. Dummerweise war die nie verheiratet. Heißt also immer noch Ziegler. Steht so im Telefonbuch. Ist nie umgezogen und hat seit zig Jahren die alte Festnetznummer. Wenn die Steimatzky misstrauisch ist, könnte die mir nichts dir nichts die Nummer meiner Tante in Kirkel finden. Das möchte ich nicht hoffen. Ich muss die Steimatzky wieder auf Spur bringen. Sonst kriegt die raus, dass sich meine Alte pudelwohl fühlt. Und dann ist Schluss mit lustig und die erste Kündigung landet im Briefkasten. Sie kann mich ab dem vierten Werktag im Juni kündigen. Außerordentlich. Und dann wird die mir eine Frist stellen, bis wann ich die Wohnung übergeben muss. Das mache ich nicht. Das habe ich noch nie gemacht. Man muss nur die ganzen Nachrichten, Mails und Anrufe an sich abprallen lassen. So weit ist es noch nicht. Die Steimatzky checkt bestimmt ihren Kontostand und auch ihr Smartphone. Im Halbstundentakt. Mindestens. Ich habe ihr immer noch nicht geantwortet. Fahre offiziell morgen ins Saarland. Darf auf keinen Fall das Einkaufen vergessen, denn ich möchte der Steimatzky ab Dienstag nicht über den Weg laufen. Das wäre voll daneben: Bin in einem Dorf, fetze mich mit meiner Tante, bringe meine Mama unter die Erde. Wie kann ich dann im REWE rumhatschen?

Bei meiner Tante gibt es kein Internet. Das schreibe ich jetzt der Steimatzky. Mist, schon wieder eine Nachricht:

Jennifer, wie geht es dir und wann wird deine Mutter beerdigt?

Nach unserem Gespräch ist es mir leider ziemlich mies gegangen, konnte dir nicht gleich antworten. Das Reden über meine saarländische Verwandtschaft tut mir nicht gut. Ein kurzes Update: Habe eben ein Konto bei der Postbank online beantragt. Wenn es freigeschaltet ist, richte ich einen Dauerauftrag für deine Miete ein. Freue mich darauf, dass ich zukünftig in Bankmails nicht mehr mit „Hey Jennifer“ angesprochen werde, wie bei den Service-Agenten der N26. Sie haben auf meine Nachfrage immer noch nicht reagiert. Wünsche dir einen entspannten Start in die Woche. Fahre morgen Mittag mit meinem Onkel nach Kirkel. Du kennst den traurigen Anlass. Die Beerdigung meiner Mama ist am Mittwoch. Das habe ich dir bereits gesagt.

Katharina hat die Nachricht direkt gelesen. Hatte also recht, dass sie gewartet hat. Und jetzt tippt sie bereits eine Antwort. Was für ein Tempo – furchtbar! Wenn meine Kunden so schnell wären wie sie, würde ich gar nicht mehr aus dem Schreiben rauskommen. Und das Stundenhonorar wäre gleich Null. Sollte ich mal in puncto Wohnung ausrechnen. Ohne die Telefonate und das Treffen von gestern, sieht es gut aus.

> *Werde am Mittwoch an dich denken und wünsche dir schon jetzt viel Kraft in diesen schweren Stunden. Dass du dabei bist, ein Konto bei der Postbank zu eröffnen, finde ich sehr gut. Die Idee mit dem Dauerauftrag für die Miete auch. Stell dir vor, ich kenne spannendere Themen als der Miete nachzulaufen. Bisher hat die N26 es übrigens noch nicht geschafft, die von dir beauftrage Überweisung mit der Juni-Miete auszuführen. Wann kommt eigentlich die Kaution? LG K.*

> *Das habe ich befürchtet, Katharina. Ich werde denen sofort noch einmal schreiben. Ab morgen bin ich übrigens drei Tage überwiegend offline. Auf dem Land bei Kirkel funktionieren die mobilen Daten sehr bescheiden und im Haus meiner Tante gibt es keinen Internetzugang. Melde mich nach meiner Rückkehr wieder bei dir. Wahrscheinlich am Samstag oder Sonntag. Eine schöne Zeit für dich! LG J.*

Dass die Steimatzky mich an die Kaution erinnert, ist ein gutes Zeichen. Sie glaubt immer noch, dass bald Zaster zu ihr rüberwandert. Hoffentlich textet die jetzt nicht nochmal. Und falls doch, ignoriere ich ihr Geschreibsel. Danach ist meistens Ruhe. Ab morgen habe ich ein paar Tage frei vom Generve um die Miete. Mache das Berufshandy aus. Bin dann nur noch für meine Mutter, Charles und Shihab erreichbar. Brauche dringend Urlaub von meinem Leben als Mietnomadin. So nennt man das. Das wertet mich ab. Bin Einmietungsbetrügerin mit langjähriger Berufserfahrung und stolz auf meine neue Doppelstrategie: *Gehobene Objekte plus Mindestdauer der Einmietung sechs Monate*. Das wäre bei der Schillerpromenade bis Ende Oktober. Sollte klappen. Wenn ich der Steimatzky nach der Kündigung 3000 Euro in bar vor den Latz knalle. Und ihr was vorheule, dass mich meine Familie ausnutzt. Und ich allein für die Beerdigung blechen muss.

Wo die Knete herkriegen? Meinen Onkel anpumpen? Nur im äußersten Notfall. Bei dem habe ich schon über 5000 Eier Schulden. Shihab hätte die Knete. Den frage ich nicht. Sonst hält er gleich einen Vortrag. In seinem Goethe-Deutsch. Über das Zusammenleben in seiner Maisonnette-Wohnung und dass ich nochmal auf die Uni soll. Kenne ich auswendig. Zum Abgewöhnen. Bin voll genervt. Habe in den letzten Tagen zu viel mit Katherina getextet und gequatscht. Die ganze Räumerei und der Umzug haben auch Zeit weggefressen. Und Vanessa hat sich nicht im Netz getummelt. Ihr müssen bald neue Typen ins Netz schwimmen. Dann kann man hoffen, dass ein aufgegeilter Kerl den Sarg für die Mama sponsert.

Lege mich jetzt hin, bevor ich zum Einkaufen schleiche. Meine Knie tun höllisch weh. War gestern zu lange wegen der Katharina-Suppe auf den Beinen. Zum Glück bin ich noch über Charles krankenversichert. Das „Ich bin Selbstzahlerin" hat vor der Ehe immer schlechter funktioniert. Trotz Max-Mara-Jackett. Und einer dazu passenden Hose. Und den Mokassins von Charlotte Olympia. Es gibt immer mehr Leute, die nicht angemeldet sind. Die keinen festen Wohnsitz haben. Die nicht versichert sind. Wie ich fast zehn Jahre lang. Von 2008 bis 2018. Da bin ich von einer Bude in die nächste gezogen. Mal sechs Wochen bei einem Lover, dann House-Sitting. Danach drei Monate lang auf Malle. In einer deutschen Kolonie auf einer Finca von irgendwelchen Kumpels von Kumpels. Da ging die Post ab. Jeder, der Geld für ein Flugticket zusammenkratzen konnte, ist aus Berlin auf die Insel gehüpft. Wir machten Remmidemmi rund um die Uhr. Die Nachbarn haben uns natürlich bei den Besitzern verpfiffen. Aber ich hätte nach einem Vierteljahr eh wieder rausgemusst. Danach bin ich ein halbes Jahr bei meiner Alten untergekrochen, weil ich das Praktikum bei der Bahn gemacht habe. Da wollte ich keinen Stress mit irgendeinem Stecher oder irgendeiner Vermieterin. War nicht lustig, bei der Alten zu hausen. Auf dem Sofa im Wohnzimmer. Nicht für eine Million Euro hätte ich es neben ihr im Bett ausgehalten. Oder vielleicht doch. Wer wird nicht gern Millionär? Gibt es diese blöde Show noch?

Meine Alte weiß das bestimmt. Für wie viel Geld ich das bei ihr nochmals machen würde, was ich als Kind gemacht habe, weiß ich nicht. Werde das auf dem Leichenschmaus meiner Alten erzählen. Damit sich die Tante Hildegard so aufregt, dass sie der Schlag trifft. Und der Onkel Rudi endlich weiß, dass er recht hat mit dem Hass auf seine Schwester Johanna. Falls die da noch leben. Meine Alte ist sowas von zäh. Die lässt sich nicht so hängen wie ich mich. Frisst auch nicht so viel. Ob sie noch herumhurt, weiß ich nicht. Gleitgel oder sowas habe ich in ihrem Bad nicht gesehen. Auch keine Hormonpillen gegen das Austrocknen. Und von einem Typen hat die ewig nichts mehr erzählt. Fährt nur noch auf Weiber ab, wie die Steimatzky. Hoffentlich lernen die sich nie kennen. Das wäre der Super-Gau! Über Sex rede ich mit meiner Alten nicht. Es reicht völlig, dass sie durch mich Sex hatte. Habe natürlich nicht geschnallt, was da abgeht.

„Miez, miez, miez, wo ist mein Miezekätzchen?“, hat die manchmal gesagt, als sie im Bett gelegen hat. Das Kätzchen war ich. In ihrem Loch hat ein ausgepackter Mars-Riegel gesteckt. Den habe ich rausziehen sollen. Aber das hat der noch nicht gereicht. Die süße Mieze musste sie sauberschlecken. Die Schokolade war weich. Und da war viel zu tun. Irgendwann hat sich die Alte komisch auf und ab bewegt. Das war mir als Kind irgendwie unheimlich.

„Schlecki schlecki, lecki lecki, schlecki, schlecki, lecki, lecki“, hat die immer wieder gesagt und ich habe weitergeleckt. Irgendwann gabs komische Geräusche. Und ganz viel auf und ab. Dann bin ich abgehauen, meistens in die Küche und habe den schmierigen Schokoriegel aufgegessen. Habe das wohl gemacht, weil die Alte danach voll süß war. Sowas von entspannt. Nicht am Kreischen und Zetern wie sonst. Das ist so gegangen, bis ich acht oder neun war. Da war ich mal mit meiner Alten beim Friseur. In der Neuen Revue habe ich Fotos von Mösen gesehen. Dann ist es mir speiübel geworden. Habe den halben Salon vollgekotzt. Meine Mutter hat nicht kapiert, was los war. Hat nur auf mir herumgehackt, dass ich die schöne Stunde mit ihrer Moni kaputtgemacht habe. So hat ihre Lieblingsfriseuse geheißen. Die war manchmal bei uns. Hat auch bei uns gepennt. Natürlich auf der Couch. Im Bett neben der Mutter war ich. Aber zu dieser Zeit hat das „Miez Miez Miez, wo ist mein Miezekätzchen?" Knall auf Fall aufgehört. Nach meiner Kotzerei im Frisörladen hat Monika im Doppelbett neben der Alten geschlafen. Und ich auf der Couch im Wohnzimmer. Das war das Paradies. Wenn ich von der Schule nach Hause gekommen bin, war Moni manchmal noch da. Auf dem Küchentisch haben Spaghetti aus einer Schüssel herausgeraucht. Und ein Topf mit Tomatensauce aus echten Zwiebeln und Tomaten hat danebengestanden. Voll lecker. Meine Alte hat nur Konservendosen warmgemacht. Mir sind die Dosenravioli aus den Ohren rausgekommen. Monika hat mich immer lieb gefragt, wie es in der Schule gelaufen ist. Meine Alte nie. Die hat sich die Bettdecke über den Kopf gezogen und hat mich angebrüllt, wenn ich was von ihr wollte. Freiwillig aufgestanden ist nur nach dem „Schlecki schlecki, lecki, lecki". Da hat sie manchmal sogar einen Kuchen gebacken. Mit Moni ist alles besser geworden. Das ist etwas fünf Jahre lang gegangen. Dann hatte sie meine Alte satt und ist nicht mehr gekommen. Da war ich 13 oder 14. Meine Alte hat mir verboten, zu Moni in den Salon zu gehen. Habe ich aber trotzdem gemacht. Leider ist sie weggezogen und wir haben uns aus den Augen verloren. Muss mal auf Facebook nachgucken. Monika Müller heißen sicher viele. Dummerweise.

Nach dem Rausschmiss aus dem Praktikum, bin ich weg von der Wohnung meiner Alten. Hatte wieder einen Typen zum Miteinanderpennen. Konnte in seiner Bude pennen. Aber auch das hat nicht gehalten. Ich habe ihn nicht mehr ausgehalten oder er mich nicht. Es waren so viele, dass ich das durcheinanderbringe. Auch die Namen meiner Lover bekomme ich nicht mehr zusammen. Komisch eigentlich. Mein Gedächtnis funktioniert sonst super. Sonst könnte ich nicht so gut lügen. Irgendwann wollte ich nicht mehr über jedes Stöckchen springen. Das war der Start der von mir belagerten Wohnungen. Hat einmal sogar länger als ein Jahr geklappt. Da war die Vermieterin abgekratzt. Und die Erben hatten es nicht geschnallt, dass ich keine Miete bezahlt habe. Das war praktisch, aber die Bude hatte nur Ofenheizung. Es war selbst für mich im Winter zu kalt. Danach hat es noch viel Hin und Her gegeben. Mit Typen. Mit Wohnungen. Im Februar 2018 bin ich mit Sabine nach Dakar gejettet. Und Charles ist aus den Wellen gekommen. Da habe ich gedacht, dass wäre jetzt was für immer. Die große Liebe. Mein Hollywood. Wars aber nicht. Sowas gibt es wohl nicht. Für mich. Auch nicht mit Shihab, obwohl ich den immer noch spannend finde. Und umgekehrt. Aber Zusammenleben will ich nicht mehr. Da habe ich bei Katharina mal die Wahrheit gesagt. Lieber allein und manchmal scheiße drauf als mit jemandem zusammen ein paar Monate glücklich und danach meistens scheiße drauf. Perfekt ist beides nicht. Nach der Trennung von Charles geht das alte Leben wieder los. Rein – raus – rein – raus – rein – raus – schneller – langsamer – schneller – langsamer. Fast wie beim Vögeln, aber weniger geil. Ein neuer Kerl kommt mir nicht in die Schillerpromenade rein. Höchstens der kleine Hund von meinem Onkel. Weil der genervt von seinem Yorkshireterrier ist. Bello ist eine echte Quietschhupe. Müsste ich eigentlich der Steimatzky beibiegen. Haustierhaltung. Aber da die mich sowieso rausklagt, ist es egal. Hoffentlich wartet die noch länger geduldig auf die Miete. Sie hat mich gestern übel ausgequetscht. Hat die mich durchschaut oder was? Warum tut die dann trotzdem noch so freundlich? Lügt die wie ich? Oder ist die balla balla? Die Nachricht von gestern Nacht finde ich daneben. Sie muss sich nicht extra für eine alberne Suppe bedanken. Und mir viel Kraft in diesen schweren Stunden wünschen. Will die mich austesten? Gut, dass ich nicht darauf reagiert habe. Keine Antwort ist die beste Antwort. Manchmal. Bei Shihab bestimmt nicht. Der wird misstrauisch, wenn ein paar Stunden nichts von mir kommt. Und wenn er sieht, dass ich sein Geschreibsel gelesen habe. Sollte die Einstellungen für Lesebestätigungen bei WhatsApp ändern. Aber dann würde ich bei anderen auch nicht mehr sehen, ob sie meine Nachricht angeklickt haben. Und das will ich meistens gern wissen.

Humple jetzt los. Verfickte Knieschmerzen! Muss mir für fünf Tage was zum Essen und zum Trinken holen. Sehe gerade, dass der Baileys fast leer ist. Vanillesahnepuddings sind auch keine mehr da. Und ich brauche dringend fünf Macadamia Nut von Häagen Dazs. Zum Glück hat die Steimatzky eine Kühlgefrierkombination in die Küche gestellt. Etwas Bargeld habe ich noch.

Hinke zum REWE, obwohl der weiter weg ist als der Aldi. REWE hat eine Riesenauswahl. Manchmal auch geile Musik. In die Aldis, Lidls und Nettos kann Katharina gehen. Ich liebe REWEs. Und die höheren Preise sind mir schnuppe. Da können andere die Schnute verziehen. Normalerweise kommt immer wieder neue Kohle durch meine Kunden rein. Oder ich verticke ein paar Laptops, die ich nicht bezahlt habe. Die liegen alle noch in den Umzugskartons. Originalverpackt. Wollte auf keinen Fall, dass die Steimatzky sie sieht. Robbi freut sich immer, wenn ich mit neuen Geräten auf der Matte stehe. In der Pandemie laufen die supergut und sein Laden war immer auf. Lockdown hin oder her. Er hat beim Lockdown eine Handy-Nummer an die Tür gepappt. Und dann die Kunden reingelassen. Hat niemand gerafft. Oder raffen wollen. Die Bullen haben hier im Kiez anderes zu tun. Die Heinis vom Ordnungsamt auch. Robbi will nicht wissen, woher ich die Dinger habe. StGB 259 ist kein Pappenstiehl. Man kriegt bis fünf Jahre Bau für Hehlerei. Oder saftige Geldstrafen.

Nächste Woche sollte ich wirklich zum Arzt. Es ausnutzen, dass ich noch über Charles krankenversichert bin. Der ist auf dem Absprung. Und voll neidisch auf meine neue Wohnung. Ihm sind fast die Augen aus dem Kopf gefallen, als er sie gesehen hat. Er hat mir einen Karton mit alten Schuhen vorbeigebracht. Den hatte ich im Keller vergessen. Dann hat der Idiot doch glatt gemeint, dass er sich nicht mehr im Friseurladen versklaven lässt. Und dass er in Dakar ein besseres Leben hatte. Er will die Brocken hinschmeißen, seinen Vater bitten, dass er ihm ein Ticket nach Dakar zahlt. Und dann „Tschüss Deutschland“. Aber vorher möchte er die Scheidung.

„Dann müssen wir ein Jahr getrennt leben“, habe ich zu ihm gesagt.

„Wir sagen, du wohnst bei deiner Mutter. Du bist nicht registriert.“

„Angemeldet heißt das auf Deutsch.“

„Scheiß Deutsch!“

„Ich habe dich nicht nach Deutschland geprügelt. Du bist freiwillig gekommen und geblieben.“

„Ja, aber ich will jetzt weg. Und ich will nicht mehr mit einer bösen Frau verheiratet sein."

„Das hat dich früher nicht gestört."

„Da war auch noch Liebe da ..."

„Also ficki ficki, lecki?"

„Nein – Liebe."

Wenn ich nicht mehr verheiratet bin, ist meine AOK-Karte futsch. Werde versuchen, Charles wieder ins Boot zu holen. Aber heute nicht mehr. Nur in den REWE muss ich noch. Ohne zwei Vanillesahnepuddings kann ich nicht einschlafen.

[Katharina] Jennifer hat sich endlich gemeldet und sich für die nächsten Tage abgemeldet. Falls sie lügt, lügt sie gut. Ob sie tatsächlich „Gute Nacht, Mama" gesagt hat, weiß ich nicht. Es hätte auch „Gute Nacht, Hanna oder Anna" sein können. Noch weniger weiß ich, was ich in Jennifers Kellerabteil zu suchen hatte. Warum habe ich mich über die Holzpaletten gefreut? Weil sie beweisen, dass Jennifer nicht lügt, zumindest nicht durchgängig? Ein Punkt für sie. Ein Punkt für mich, für meine Menschenkenntnis, für meine soziale Wahrnehmung. Ein Punkt gegen den Chor meiner Berater*innen. Ein Punkt gegen Stefan, der mir wiederholt meine an Dummheit grenzende Naivität vorwarf. Er wisse, dass ich nie einen Cent von Frau Ziegler erhalten werde, sie sei nicht bei der Deutschen Bahn angestellt, eine Freundin von Susanne arbeite dort zufällig in der Abteilung Human Ressources und habe Zugang zu den Personaldaten, sie könne ihre Bekannte bitten, zu checken, ob es eine Jennifer Ziegler gebe. Das wäre selbstverständlich eine streng vertrauliche Information, aber er wolle alles tun, dass ich wieder zu Sinnen komme.

Auf der Sachebene funktioniert Stefan als perfekter Berater und Unterstützer, aber ohne jegliches Mitgefühl. Ich spüre Häme und mir fehlt – gerade in dieser misslichen Lage – irgendeine Form von Bestätigung. Er tat sich schon immer schwer damit, zu loben und Komplimente zu machen. Eine Dauerbaustelle zwischen ihm und Charlotte, besonders beim Umgang mit den Kindern. Er versteht nicht, was den anderen fehlt. Er fühlt sich durch die Vorwürfe genervt und in der

Vergangenheit auch davon, dass ich in dieser Hinsicht auf Charlottes Seite war.

„Katharina, es ehrt dich, dass du Charlotte verteidigst. Aber ich verstehe euch nicht. Ich erwarte doch auch nicht, dass man mich andauernd lobt."

„Es sind nicht alle wie du, Stefan. Denk doch mal über eine Eheberatung nach."

„Beratung ist ein passendes Stichwort. Charlotte hat mich vor ein paar Wochen zu ihrer eigenen Psychotherapeutin mitgeschleppt. Sie war natürlich auf Charlottes Seite. Völlig unprofessionell. Aber sie hatte eine gute Idee. Ich soll jede Woche einen Wertschätzungsbrief schreiben."

„Einen was?!?"

„Du bist psychotherapeutisch genauso wenig bewandert wie ich, Katharina. Vielleicht, weil du gesund bist."

„Danke! Das ist wohl das größte Kompliment, was du mir jemals gemacht hast. Aber ich weiß immer noch nicht, was du da schreiben sollst."

„Die logische Ableitung der Bedeutung dieses Ausdrucks solltest du hinbekommen. Ich soll in einem Brief formulieren, was ich an Charlottes Verhalten gut finde, bzw. in der jeweils vergangenen Woche gut gefunden habe."

„Das muss eine furchtbare Aufgabe für dich sein, Stefan! Ich glaube, ich würde an Charlotte mehr Positives finden als du!"

„Das macht mich nachdenklich. Mir fällt wirklich erschreckend wenig ein."

Darüber denke ich nach, während ich mein Girokonto checke. Kein Geld von Jennifer. Auch das Honorar von meiner letzten Übersetzung steht noch aus, obwohl ich bereits eine Mahnung geschrieben habe. Vielleicht sollte ich *Tell me why I don't like Mondays* youtuben oder vor die Tür gehen oder den True Crime Podcast *Wahre Verbrechen* ausprobieren. Eine Empfehlung von Patrizia. Sie mutierte zusammen mit Bernadette zu einer Hobby-Kriminalistin, was ich seit unserem letzten Zoom-Meeting weiß.

„Hi Patrizia, kannst du mich hören?"

„Ja, ich kann dich perfekt hören. Was machst du so? Wir haben gerade uns eine Folge von *Wahre Verbrechen* angesehen. Eine super Ablenkung."

„Eine Ablenkung wovon?“

„Lebst du hinter dem Mond? Von Corona natürlich. Vom aktuellen Hauptkiller, den wir verfolgen und nicht verhaftet kriegen. Und der uns alle kriegt, früher oder später. Da ist der Landwirt, der seine Frau erschlug und in der Jauchegrube versenkte, fast eine Entspannung.“

„Patrizia, was ist so spannend an einer Straftat?“

„Das ist eine typische Katharina-Frage! Du denkst, dass alles interessant sein muss. Es ist unterhaltsam. Das reicht uns.“

„Okay. Interessant, dass euch Morde und andere Gewalttaten unterhalten.“

„Na ja, dich unterhält gerade deine zahlungsunwillige oder zahlungsunfähige Mieterin.“

„Das stimmt, es ist irgendwie unterhaltsam, mich mit Jennifer zu unterhalten, obwohl sie keine Mörderin ist. Aber dieser Podcast wäre trotzdem nichts für mich. Höchstens auf Spanisch oder Französisch. Dann würde ich vielleicht ein paar neue Formulierungen lernen.“

„Hör doch mal eine Folge von *Wahre Verbrechen* an! Bevor du diesen Podcast als seicht abwertest ...“

„Patrizia, das habe ich nicht explizit getan. Ich verstehe nur nicht, dass ihr euch mit Kriminalfällen unterhaltet, anstatt euch miteinander zu unterhalten.“

„Ein Hoch auf deine Wortspiele! Bernadette und ich unterhalten uns nach der jeweiligen Folge miteinander über das Verbrechen und finden das durchaus unterhaltsam.“

Dann lachten wir. Ein Mikrofon-Lachen. Besser als nichts, aber mit unechtem Klang.

Verbrechen haben mich bisher nicht interessiert, aber ich hatte auch noch nie die Fantasie, einen zahlungssäumigen Menschen in einem Kellerabteil einzusperren. Zu meiner Ehrenrettung fällt mir nur ein, dass es kein Mensch war, sondern ein überdimensionaler Wurm. Anstatt meinen Kontostand erneut zu prüfen, gebe ich *Würmer* in die Google-Suchleiste ein und lande sofort bei einem Wikipedia-Eintrag. Unter der Kategorie *Bedeutung* finde ich Folgendes:

„Einige parasitäre Würmer, die als Eingeweidewürmer bezeichneten Bandwürmer, Fadenwürmer und Saugwürmer, können beim Menschen oder auch bei anderen Lebewesen

Wurmerkrankungen hervorrufen, aber es gibt auch viele für den Menschen unschädliche Würmer bzw. auch solche, die nützlich sind (z. B. der Regenwurm, der die Qualität des Bodens, den er bewohnt, verbessert). Wegen des heterogenen Ursprungs der verschiedenen Würmer sind die Lebensräume und -weisen natürlich ebenso unterschiedlich. Würmer kommen nicht nur an Land vor (wie der oben erwähnte Regenwurm), sondern auch marin, wie beispielsweise die Bartwürmer, die selbst an den extremen Standorten der Tiefsee in großer Zahl überleben können. Würmer haben in Ökosystemen oft eine große Bedeutung als Destruenten (Abbau von organischer Substanz), sind aber auch selbst oft Nahrung für fleischfressende Tiere ...“

Ich denke an meinen Vater, der laut Frau Günther nicht den Würmern anheimgefallen und dessen Verwesungsprozess in vollem Gange ist. Ich denke an Jennifer, die mich auf den ersten Blick an einen Wurm erinnert hat. Ich denke an die Holzpaletten, über die ich mich freute. Jennifer sagte die Wahrheit und könnte so ebenfalls die Wahrheit gesagt haben, was das Sterben der Mutter betrifft und die Probleme mit den Überweisungen und der N26. Das Vorhandensein der Paletten sei nur eine hinreichende Bedingung für die generelle Glaubwürdigkeit von Jennifer Ziegler, würde Stefan womöglich sagen. Es gebe viele Menschen, die nur in eng begrenzten Situationen lügen und ansonsten – aus Bequemlichkeitsgründen – bei der Wahrheit blieben. Meinte er damit sich selbst?

Erneut checke ich mein Konto. 850 Euro von meinem Kunden sind endlich eingegangen. Von Jennifer kein Cent. Ich checke meine Mails. Eine Reaktion auf meinen Reminder. Die Überprüfung meiner Übersetzung in der Sprachabteilung des Verlages sei positiv ausgefallen. Man entschuldige sich für die verzögerte Begleichung der Rechnung. Es habe ein technisches Problem mit dem Abrechnungssystem gegeben. Für weitere Projekte würde man gerne auf mich zukommen.

Ein potenzieller weiterer Wurm ist vom Tisch. Es bleibt ein Wurm namens Jennifer Ziegler. Ist er mein höchstpersönlicher Parasit? Bin ich sein Wirt und möchte es nicht wahrhaben? In welcher Welt lebe ich? In einer Welt der Guten und Gerechten? Dazu sagte Patrizia in einer unserer garantiert antiseptischen Zoomereien:

„Katharina, dir ist in deinem Leben noch nichts wirklich Schlimmes passiert. Du schließt aus, dass du zum Opfer einer Betrügerin wirst. Genauso wie du ausschließt, dass du zum Opfer eines gefährlichen Virus wirst."

Corona hat mich bisher in Ruhe gelassen. Das heißt nicht, dass das so bleibt. Vielleicht sollte ich meinen Hausarzt anrufen und nach einem Impftermin fragen. Ich brauche keinen Besuch von einem Virus, ein Wurm namens Jennifer Ziegler reicht völlig. Mein persönlicher Wurm befindet sich in nächster Nähe und ich könnte ihm zufällig im Supermarkt begegnen. Er fährt angeblich morgen mit dem Onkel ins Saarland. Sollte ich mich in den Hausflur setzen und abwarten, ob tatsächlich ein Wurm mit Reisegepäck die Treppe herunterkriecht? Wahrscheinlich mit einem bis zum Platzen vollgestopften Rucksack und mindestens einem Koffer. Für jeden Tag ein neues Paar Schuhe und frische Wäsche. Und dann noch einen schwarzen Hosenanzug oder gar ein Kostüm für die Beerdigung, falls diese Aussage der Wahrheit entspricht.

Als Wohnungseigentümer darf man sich ungestraft im Gemeinschaftseigentum aufhalten. Nur das Sondereigentum ist tabu. Wahrscheinlich auch das Kellerabteil. Glücklicherweise hat mich gestern Abend niemand gesehen. Und wenn ich jemand getroffen hätte, hätte ich etwas erfunden. Was Jennifer kann, falls sie tatsächlich ihre eigene Wahrheit erschafft, schaffe auch ich. Das schaffte ebenso meine Mutter, die sich geschmeidig durchs Leben log. Wenn ich nicht ins Bett wollte, stellte sie die Uhren vor.

„Komm, es ist schon acht! Ab in die Heia", sagte sie, als es gerade sechs war. Ich ging zwar noch nicht in die Schule, aber ich kannte die Zahlen, verglich den Standort der Zeiger an den verschiedenen Uhren im Haus, spürte, dass etwas nicht stimmte, dass ich verstummen und mich in Luft auflösen sollte, dass es besser wäre, wenn ich nicht mehr da wäre. Auch an meinen Großvater dachte ich, der eines Tages eingeschlafen und dann verschwunden blieb. Der Schlaf war etwas, was Menschen auf ein Nimmerwiedersehen entfernt. Deshalb sollte ich endlich in den Schlaf gehen und weg sein. Für meine Mutter, für meinen Vater, der sowieso die meiste Zeit weg war und für meinen Opa, der mein Wegsein nicht mehr mitbekommen hätte, der aber der einzige Mensch in meinen ersten Lebensjahren war, der sich über mein Dasein gefreut hatte.

Da meine Mutter nicht alle Uhren in unserem Haus, sondern nur die im Kinderzimmer und im Wohnzimmer manipuliert hatte, hatte ich irgendwann die Idee, dass die Uhren ein Eigenleben führten, dass zwei der Uhren den anderen davonrannten. Oder dass die Zeit als solche das Problem sei. Vielleicht liefen die Uhren richtig, nur die Zeit in meinem Zimmer und im Wohnzimmer war eine andere als die Zeit in der Küche, im Schlafzimmer meiner Eltern und im Treppenhaus. Dann müsste ich mich zwar in meinem Zimmer und im Wohnzimmer ins Bett begeben, in den anderen Räumen jedoch nicht. So teilte ich meiner Mutter mit, dass ich nur in meinem Zimmer und im Wohnzimmer schlafen müsse, aber im übrigens Haus noch spielen dürfe, was sie für Unsinn hielt.

„So ein Blödsinn! Ab ins Bett und basta!"

Am darauffolgenden Tag hatte ich die Idee, den Wecker, der auf dem Nachttisch im Elternschlafzimmer tickte, in mein Zimmer zu befördern. Ich setzte mich vor die Uhr und beobachtete das Vorrücken des kleinen Zeigers und das allmähliche Nachrücken des großen Zeigers, bis meine Mutter die Tür aufriss: „Was machst du mit dieser Uhr? Die gehört doch ins Schlafzimmer."

„Ich schaue die Zeit an. Warum gibt es zwei Zeiten in meinem Zimmer?"

Meine Mutter schüttelte den Kopf und brachte den Wecker an seinen ursprünglichen Platz. Ich fühlte, dass etwas seltsam war in diesem Haus. Mit den Uhren, mit der Zeit und mit meiner Mutter, mit mir. Und ich wusste, dass es wichtig war, alles genau zu beobachten.

Erneut überprüfe ich die Bewegungen auf meinem Postbankkonto. Wieder kein Geld von Jennifer. Es ist unglaublich, mit welcher Dreistigkeit sie mich belügt, denn keine Bank würde mehr als fünf Werktage brauchen, um eine Inlandsüberweisung durchzuführen, falls das Konto gedeckt ist. Und noch unglaublicher ist, dass irgendein ein Teil von mir immer noch glaubt, dass Jennifer die kommenden Tage in einem Dörfchen bei Kirkel verbringt und dort ihre Mutter unter die Erde bringt. Ich renne in der Wohnung hin und her, starre auf mein Handy. Nichts von Jennifer. Natürlich nicht. Sie hat sich abgemeldet. Packt für Kirkel. Falls sie packt und falls sie es packt, rechtzeitig zu packen. Vielleicht packt sie keine Dinge ein, sondern die Umzugskartons aus, faltet sie zusammen, trägt sie in den Keller und legt sie auf die Holzpaletten. Ich könnte zu ihrer Wohnung laufen, läuten und ihr vorschlagen, die Paletten auf die Straße zu tragen. Ihre Reaktion wäre spannend. Ob sie mir öffnen würde? Oder vom Balkon schreien, dass sie gerade in einem lebenswichtigen Meeting stecke. Oder sie würde mich mit einem Lieferando-Boten verwechseln, die Tür öffnen und statt einer Familienpizza die Vermieterin begrüßen.

„Oh Frau Steimatzky, sorry – ich meine Katharina -, was willst du denn hier?"

„Ich brauche dringend Geld! Wir gehen jetzt gemeinsam zu einem Bankautomaten und du ziehst 500 Euro. Falls dein Konto nicht heillos überzogen ist ..."

„Das machen wir nicht. Und bitte verlassen Sie jetzt meine Wohnung, Frau Steimatzky. Und unterstehen Sie sich, die Wohnung in meiner Abwesenheit zu betreten."

„Ich werde meine an Sie vermietete Immobilie bestimmt nicht unerlaubt betreten, Frau Ziegler. Aber die Miete möchte ich trotzdem."

„Die bekommen Sie. Sie wissen, in welcher Lage ich bin. Ich finde es unmöglich, dass Sie mich so unter Druck setzen."

„Es geht nicht nur um Sie, Frau Ziegler!"

„Verlassen Sie jetzt meine Wohnung!"

„Ich werde mein Eigentum erst dann verlassen, wenn Sie mir beweisen, dass Ihre Mutter gestorben ist. Und dass Sie bei der Deutschen Bahn arbeiten und keine Schulden haben. Totenschein, Arbeitsvertrag, Schufa – alles ausschließlich im Original. Sie haben diese Dokumente bestimmt zu Hause. Ich habe Zeit mitgebracht ..."

„Sie haben kein Recht auf diese Dokumente. Der Tod meiner Mutter ist meine Privatsache. Schufa und Arbeitsvertrag hätten Sie vor der Unterzeichnung des Mietvertrags verlangen sollen. Nun ist der Vertrag rechtswirksam."

„Ihr juristisches Fachwissen ist verdächtig. Aber auch ich habe mich informiert. Bei *Haus & Grund*. Diesen Verein kennen Sie bestimmt. Dort lassen sich Ihre Opfer beraten."

„Bitte, gehen Sie jetzt. Ich muss gleich den Pfarrer anrufen. Wir besprechen die Rede über das Leben meiner Mama. Lassen Sie mich in Ruhe ..."

„So kurzfristig? Die Beisetzung ist doch schon übermorgen. Das Zeitmanagement des Dorfpfarrers lässt zu wünschen übrig."

„Katharina, deinen Spott kannst du dir schenken. Hau ab, aber hoppla!"

„Die Rückkehr zum Du und die veränderte Sprachebene sind beeindruckend, Frau Ziegler. Auf Wiedersehen!"

Ich stelle mir vor, wie sie feuchte Augen bekommt und spüre weder Mitleid noch Wut. Ich spüre Hass. Auf Jennifer. Auf meine Naivität. Auf den Zwang, permanent den Kontostand zu kontrollieren. Auf den pandemischen Stillstand. Auf die Zoom-Meetings mit Patrizia. Auf Stefans neues Leben mit Susanne in den USA.

[JENNIFER] Der rosa Spitzen-BH ist wieder da. Juhu! Den hatte ich beim ersten Mal mit Shihab an. In seinem Apartment an der Corniche. Er wollte unbedingt, dass ich nach Marokko fliege, bevor er nach Berlin zieht.

„Jennifer, wir kennen uns einen Monat. Ich möchte dich ausziehen. Aber noch in Casablanca. Kommst du mich besuchen?"

„Darf ich rein?"

„Was möchtest du damit ausdrücken?"

„Wir haben Pandemie. Darf man einreisen?

„Ab September ist es wieder für ausländische Touristen möglich ..."

„Geil!"

„Entschuldigung, das habe ich nicht verstanden."

„Super! Ich werde kommen ..."

Der Flug nach Casablanca war nicht easy. Und das nicht mit easyJet, sondern mit Air France. Drei Stunden Paris. Mir die Pobacken und die Oberschenkel wundhocken. Bunte Menschen anglotzen auf dem Charles de Gaulles. Und mir vorstellen, mit welchem der Typen ich im frisch gewienerten

Behindertenklo verschwinde, wie seine Latte aussieht. Und Shihabs Latte.

Shihab heißt übersetzt *Sternschnuppe*. Klingt megasüß. Wie ein Kuss. Ein langer, zarter Kuss. Arabisch macht mich an. Schon immer. Die Schrift kann ich recht gut lesen. Shihab freut sich darüber. Er malt mit seinen Fingerchen irgendwelche romantischen Wörter auf meinen Rücken. Dem bin ich nicht zu fleischig. Der mag das. Wie Charles. Shihab sagt immer, dass mein Bauch eine Sanddüne ist. Das hat Charles nicht gesagt. Zum Glück! Wiederholungen finde ich uncool.

Für den Flug habe ich viel geblecht. Im September 2020. Habe Charles was von einem Urlaub mit Sabine vorgelogen. In einem marokkanischen Touri-Kaff am Meer. Leider hat er es nicht geglaubt. Vielleicht war ich zu aufgekratzt für einen Badetrip mit Sab. Vielleicht auch zu aufgedonnert. Oder er hat mein Smartphone in die Finger gekriegt. Und die Bildschirmsperre ist mein Geburtstag. Auch ich bin mal dumm. Nur seltener als andere.

Damals hatte ich noch keinen Sex mit Shihab, aber wir waren trotzdem zusammen. Habe im Doppelbett neben Charles gelegen. Er hat mit Kopfhörern irgendeinen senegalesischen Sender angehört. Und ich habe mir die Finger wundgechattet mit Shihab. Charles habe ich gesagt, dass ich dicht an einem Kunden dran bin. Ihn hat mein Job eh nicht interessiert. Shihab will, dass ich damit aufhöre. Er hasst meine miesen Lügen.

In Casablanca waren wir voll verliebt. Und Shihab war irre romantisch drauf. Mal hat er mitten beim Sex einen Marcel Proust zu uns ins Bett geholt. Da habe ich gleich losgeprustet. Wie irre ist das denn! Ich habe Shihab einen geblasen. Er spritzt ab, springt auf und rennt zu einem Bücherregal. Es tropft aus seinem Schwanz, aber das kriegt er nicht mit. Ist voll besessen von diesem Proust. Will mir vorlesen. Gedichte auf Deutsch und auf Französisch. Mir hat noch nie jemand etwas vorgelesen. Meine Alte sowieso nicht. Die hat mir etwas vorgeheult oder vorgeschnarcht oder vorgestöhnt. Shihab hat den Kopf in meinem Schoß gelagert und losgelegt. Das Beste an der Aktion war seine Stimme. Ich bin nach zwei Gedichten weggeratzt.

Er wollte mich nach unserem Date im Oxymoron nicht mit in sein Hotelzimmer nehmen. Aber in Casa ging es zackig zur Sache. Shihab hat mir den BH runtergerissen. Der Verschluss war ihm zu kompliziert. Das Bett ist nicht seine Stärke. Da war Charles erste Sahne. Aber man kann nicht alles haben. Shihab hat viel im Hirn. Es macht mich kirre, wenn er mich durchschaut und darüber lacht.

„Jennifer, das hast du gestern anders erzählt. Du musst dein Gedächtnis trainieren."

„Okay. Es war auch anders."

„Warum lügst du, Jennifer?"

„Manchmal aus Spaß, manchmal, weil ich mir das Leben einfacher machen möchte."

„Interessant. Mir macht Spaß, deine Lügen zu finden."

„Ich lüge so, dass du meine Lügen entdeckst."

„Das ist eine neue Lüge, Jennifer!"

„Vielleicht – aber es wird dir auf jeden Fall nicht langweilig."

Mir auch nicht. Vor allem mit der Steimatzky nicht. Bei der geht bald die große Zickerei los. Habe es im Urin. Ohne Kaution braucht die keine Mahnung schicken. Kann Anfang Juni direkt fristlos kündigen. Das ist für sie ein krasser Vorteil. Vielleicht weiß die das schon. Habe Angst, dass die bald auf der Matte steht. In die Wohnung traut die sich nicht. Aber ein neues Schloss wäre trotzdem gut. Vielleicht kann das der Robbi machen. Im Tausch gegen einen Kopfhörer. Da habe ich noch einen neuen rumfliegen. Kann er für 40 Eier in seinem Laden verticken. Den gebe ich ihm, wenn er mir einen neuen Zylinder einschraubt. Ist nicht so schwierig. Sollte ich endlich mal lernen. Aber sowas liegt mir nicht. Der Steimatzky sicher auch nicht. Die wird einen Schlüsseldienst brauchen, wenn sie mit dem Zwangsvollstrecker vor der Wohnungstür steht. Und der Schlüssel nicht mehr passt. Oder der Vollstrecker hat gleich einen Typen dabei, der in das Schloss reinbohrt. Der Spaß wird nicht billig. Dumm gelaufen für die Steimatzky. Aber ich kann jetzt nicht ihren Schlüsselbund zurückwollen und sagen: „Katharina, da du bald herausfindest, dass ich dich angeschmiert habe, habe ich Angst, dass du in meine Wohnung kommst und meine zig Paar Schuhe aus dem Fenster schmeißt. Bitte gib mir also vorsorglich den Schlüsselbund.

Ich meine es gut mit dir. Eine Strafanzeige wegen Hausfriedensbruchs wäre für dich überhaupt nicht prickelnd."

Was sie wohl antworten würde? Wahrscheinlich nichts. Oder ganz cool: „Frau Ziegler, selbstverständlich händige ich Ihnen den Ersatzschlüsselbund, den ich ursprünglich für Notfälle behalten sollte, zeitnah aus. Danke, dass Sie mich auf meine Rechte und Pflichten als Vermieterin hinweisen. Alles andere klären wir per E-Mail. Und per Sie."

Na ja, dann wäre das Jennifer-Katherina-Gekuschel gelaufen. Aber so weit sind wir noch nicht. Jetzt werde ich erst mal Zeit schinden. Und am besten von Kirkel aus direkt nach Frankfurt fahren. Das Karriere-Assessment. Habe dort natürlich keine Zeit, mich um den Scheiß mit der N26 zu kümmern. Eine neue Nachricht. Hoffentlich nicht schon wieder was von der Steimatzky. Super, eine Spielekonsole wird heute Mittag geliefert. Verfolge die Sendung. Auf DHL ist meistens Verlass. Und Klarna will das Geld nicht sofort. Habe zur Geisterstunde einen Zettel mit „Costini" aufs Namensschild gepappt. Bin ja nicht so irre und lasse die Ware an „Ziegler" liefern. Heute igle ich mich den ganzen Tag ein. Nicht nur aus Angst, dass ich über die Steimatzky stolpere. Warum sollte ich draußen rumhängen? Spazierengehen ist ein Hobby für Leute, denen es zu gut geht. Das findet auch Charles. Im Senegal rennen die meisten Leute nicht freiwillig rum. Die haben dort andere Probleme, als durch die Gegend zu keuchen. Einfach so. Mit einer Fitness-Uhr am Handgelenk. Mir reicht es, wenn ich die Treppe in den ersten Stock hoch und runterschleiche. Und in den REWE walze. Oder mich an der Leinestraße in die U8 hocke, weil ich Shihab in der Sophienstraße besuche. Oder zu meiner Alten nach Kreuzberg fahre. Da kotzt mich das Umsteigen am Hermannplatz an. Der U-Bahn-Schacht ist das größte Pissoir von Neukölln. Katharina rennt seit den Lockdowns übers Tempelhofer Feld. Oder durch die Hasenheide. Das wäre mein Tod. Sport ist Mord. Jedenfalls für mich. Jetzt klingelt es. Zum Glück sehe ich vom Balkon aus, wer es ist. Perfekt – ein Typ mit einem Päckchen. Eine Lieferung für Costini. Dem drücke ich gerne auf. Und zwei Euro Trinkgeld in die Hand.

[Katharina] Täglich grüßt kein Murmeltier, täglich grüßt ein Wurm. Heute grüßt ein gewichtiges Indiz, was folgende Arbeitshypothese widerlegt: Jennifer ist im Grunde ein ehrlicher Mensch, der aufgrund einer Verkettung von widrigen Umständen nicht in der Lage ist, seinen finanziellen Verpflichtungen nachzukommen.

Das hatte Stefan womöglich gedacht, während er tippte:

Katharina, ich habe dir gleich zu Beginn des Dramas gesagt, dass du dir eine Mietnomadin eingefangen hast, aber du wolltest es nicht wahrhaben. Susanne weiß übrigens inzwischen mit 99-prozentiger Sicherheit, dass es am Standort Berlin im Bereich Marketing keine Angestellte mit dem Namen deiner Mieterin gibt.

Spitze Sätze, die ich ungern las. Auch Ingeborgs Nachricht erfreute mich nicht:

Siehst du, ich hatte recht. Und du hast mich dafür runtergemacht, dass ich die Todesnachricht der Mutter deiner Mieterin nicht ernstgenommen habe.

Ebenso wenig Patrizias:

Liebe Katharina, ich habe es ehrlich gesagt befürchtet und es tut mir sehr leid für dich. An deiner Stelle würde ich mir juristischen Beistand holen. Ich würde jetzt gern mit dir telefonieren, bin aber gerade dabei, vegane Himbeerclafoutis für Bernadette und mich vorzubereiten. Lass uns über alles bei unserem nächsten Zoom-Meeting sprechen. Ich wünsche dir einen schönen Feiertag.

Vegane Himbeerclafoutis für die Liebste! Keine Einladung für die angeblich beste Freundin, die gerade dabei ist, aus dem Hemd zu springen. Wir leben in pandemischen Zeiten. Aber auch vor Corona hatte sie mich noch nie an den ehelichen Tisch gebeten. Was ich nie verstand, weil ich mich mit Bernadette verstehe.

Ich wünsche dir einen schönen Feiertag! Christi Himmelfahrt hätte ich beinahe vergessen. Der zweite Vatertag seit dem Vatertod. Sein Leib löst sich auf, der Leib von Jennifers Mutter liegt in Kirkel noch fast unversehrt in einem Sarg oder atmet Mailuft in Kreuzberg. Jesus fährt in den Himmel und Jennifer nicht in die Hölle. Ich fahre weder auf Himmel noch auf Höllen ab, befinde mich in einer verfahrenen Lage, aus der mich nur ein juristisches Verfahren retten könnte, auf dessen Kosten ich sitzenbliebe.

Immer wieder lese ich Jennifers weitergeleitete Mail, die mich zwischen Müsli, grünem Tee und Georgisch ereilte. Die erste Mail, in der ihr ein Fehler unterlief.

Sehr geehrte Frau Ziegler,
noch nachträglich herzliches Beileid zum Tod Ihrer Mutter. Wie ich im gestrigen Telefonat mit Ihnen bereits erwähnte, wird das Karriere-Assessment nach Rücksprache mit unserem Vorstandsvorsitzenden Herrn Grube am Montag, den 17. Juni in Frankfurt in unserer Marketingzentrale durchgeführt. Details erhalten Sie per Mail spätestens am Freitag.
Wegen der nach wie vor bestehenden Einschränkungen im Bereich Hotellerie wohnen Sie erneut in einem unserer Mitarbeiter-Apartments. Bitte laden Sie Ihr Impfzertifikat hoch, falls Sie inzwischen geimpft sind. Zusätzlich benötigen Sie einen tagesaktuellen Antigen-Test und es besteht in sämtlichen Innenräumen die Pflicht, eine FFP2-Maske zu tragen.

Bei etwaigen Fragen stehe ich Ihnen gerne zu Ihrer Verfügung.
Mit freundlichen Grüßen
Ihre Marlies Stöcker

Fast gleichzeitig mit der E-Mail von stoecker@bahn.de kam auf WhatsApp:

Hey Katharina, hoffentlich geht es dir gut! In Kirkel ist es furchtbar. Eben habe ich dir eine Mail von der Personalabteilung weitergeleitet. Mein Karriere-Assessment startet am Montag. Mein Onkel fährt mich am Sonntag nach Homburg, von dort komme ich bequem nach Frankfurt. Stehe dann rund um die Uhr unter Strom und kann mich um keine Bankangelegenheiten kümmern. Vielen Dank für dein Verständnis – Jennifer.

Anstatt aus der Haut zu fahren oder in den Himmel aufzufahren, renne ich von der Eingangstür am Sofa vorbei zum Schreibtisch, umrunde mein freistehendes Bett und biege ins Bad ein, wo die Dusche ruft: „Komm unter mich, ich rette dich!“ Nein – das brauche ich nicht. Auch keine

Online-Yoga-Klasse, kein Zumba auf dem Tempelhofer Feld. Ich brauche die Google-Leiste. *Wie heißt der Vorstandsvorsitzende der Deutschen Bahn?* tippe ich und lese Dr. Richard Lutz. Seit 2017 kein Grube mehr – wie zu befürchten war. Wer andern eine Grube gräbt, fällt selbst hinein, höre ich die Mutter-Stimme. Jenny in der Grube frisst und stöhnt, frisst und stöhnt, arme Jenny bist du krank, da du so schlecht lügen kannst. Jenny lüg, Jenny lüg.

Gut gemacht ist die Unterbringung im Mitarbeiter-Apartment passend zu den Covid-19-Bestimmungen. Schlecht gemacht ist nicht nur der falsche Name des Vorstands, sondern die Tatsache, dass sie überhaupt einen Vorstand erwähnt. Für wie dumm hält sie mich? Wie dumm ist sie selbst? Ein Vorstand hätte viel zu tun, wenn er sich um die Terminierung eines Karriere-Assessments einer Marketing-Projektleiterin kümmern würde. Lügen, um zu legitimieren, dass keine Miete bezahlt werden kann, kann ich mir vorstellen. So manch ein armer Erdenwurm kommt nach Jobverlust oder/und Trennung so sehr in die Bredouille, dass die Miete unerschwinglich wird. Ein Wurm namens Jennifer Ziegler – falls sie wirklich so heißt– ringelt sich bis zum höchsten Management hoch und geht davon aus, dass eine literarische Übersetzerin im Elfenbeinturm der unübersetzbaren Metaphern schwebt, dass der Geist einer Geisteswissenschaftlerin nicht ausreicht, um den Vorstandswechsel in einem Großkonzern mitzubekommen. Es wurmt mich einerseits, dass sie mich für so dumm verkauft, andererseits, dass ich ihr immer wieder geglaubt habe und immer noch glauben möchte. Ich schreibe:

Hallo Jennifer, danke für die Infos! Du weißt bestimmt, dass der Vorstandsvorsitzende der Deutschen Bahn AG seit März 2017 Richard Lutz heißt. Trotzdem viel Erfolg beim Karriere-Assessment! Vielleicht hilft dir eine Gehaltserhöhung beim Begleichen deiner Mietschulden und der noch offenen Kaution.

… und schicke es nicht ab. Es reizt mich, sie im Glauben zu lassen, dass ich ihr immer noch glaube. Aber warum?

There is such a fat rat in such a nice flat, ist mein neuestes Mantra. Wie dieser Spruch in mein Hirn kommt, weiß ich nicht. Es drängt mich, ihn als SMS zu schicken. Ich könnte mein Smartphone offiziell verloren haben, angeschaltet und ohne Bildschirmsperre und wäre selbstverständlich nicht für diese Nachricht verantwortlich. Ich tue es nicht.

Ist Lügen ansteckend? Oder Bosheit? Oder Abgebrühtheit?

Werte Jennifer, damit es dir in Kirkel während der Zugfahrt und abends in Frankfurt in deinem Mitarbeiter-Apartment nicht langweilig wird, empfehle ich dir Die Bekenntnisse des Hochstaplers Felix Krull als inspirierende Lektüre. Da du dich mündlich und schriftlich meistens korrekt ausdrückst, gehe ich davon aus, dass du tatsächlich auf einem Gymnasium warst und dir der Name Thomas Mann schon einmal untergekommen sein dürfte. Hochachtungsvoll – Katharina

Auch diese Nachricht eliminiere ich und schreibe stattdessen:

Na, dann kann ich dir nur die Daumen drücken und hoffen, dass du befördert wirst. Und danke für die Mail von Frau Stöcker. Es hat mich allerdings überrascht, dass deine Sekretärin den Vorstandswechsel nicht mitbekam. Sitzt sie die Zeit bis zu ihrer Berentung ab oder stimmt etwas anderes nicht mit ihr? Liebe Grüße und komm noch gut durch die Tage in Kirkel.

Ich starre auf die Nachricht, warte darauf, dass sich das Häkchen blau färbt. So blau wie heute der Himmel war, ohne dass ich rausgegangen bin. So blau wie meine Blauäugigkeit in der Angelegenheit Wohnungsvermietung Ziegler/Steimatzky. So blue, wie ein vaterloser Vatertag ohne Himbeerclafoutis, ohne von Stefan beim Schach matt gesetzt zu werden und mir nach der geglückten Revanche seine hängenden Mundwinkel vorzustellen.

Wer ist der König oder die Königin in meinem Leben? Bin ich es selbst? Und wer ist die Dame? Der Hauptmensch? Der Premiummensch? Für niemand ein Premiummensch. Aber beliebt als Springerin, die einspringt, wenn die Dame unpässlich ist oder kein Interesse an einer bestimmten Freizeitaktivität hat. Stefans Susi bekommt vor jedem Schachspiel einen Migräneanfall, und er während jeder Partie mit ihr mindestens einen Langeweileanfall, weswegen er – trotz der Distanzvereinbarung – weiterhin mit mir online Schach spielte. Daran hinderte uns noch nicht einmal die Zeitverschiebung, aber seit

Susi ihn dabei erwischte, – er lag morgens noch im Bett und sie war früher und leiser als erwartet aus der Dusche zurückgekehrt -, finden unsere geheimen Duelle nicht mehr statt.

Katharina, du kannst dich ja jetzt mental mit Jennifer duellieren. Sie besitzt zwar bestimmt nicht meine hohe analytische Intelligenz, aber ganz dumm scheint sie nicht zu sein. Es ist nicht einfach, dich dermaßen dreist zu belügen und zu betrügen.

Stefan, ich danke dir, dass du weder meiner Mieterin noch mir einen IQ unter 100 unterstellst. Susi scheint dich auf jeden Fall in emotionaler Hinsicht zu toppen – sonst würdest du dir nicht unser Schachspielen verbieten lassen.

Susi hat recht. Wir haben die Vereinbarung, dass ich mit dir nur Kontakt habe, wenn es um meine Wohnung geht oder wenn etwas Schlimmes passiert. Von Spielen war nicht die Rede. Nachdem wir stundenlang darüber geredet hatten, war zum Glück wieder alles gut.

Schön für euch! Schade nur für unser Schachspielen.

Darauf kam – natürlich – nichts mehr aus Cambridge Massachusets.

Da ich Patrizia und Bernadette nicht mit „Himbeerclafoutis oder Leben!“ überfallen möchte, schnappe ich mein Smartphone, den Schlüsselbund von Jennifers Wohnung und jogge zur Schillerpromenade. Jennifer dürfte in Kirkel sein, mit hoher Wahrscheinlichkeit ohne Leichenschmaus auf der Gartenterrasse der Tante sitzen, nach dem dritten Stück Apfel-Wein-Torte kurz vor dem Zerplatzen, denn auch vier hausgemachte Knödel verschwanden schon im Mündelein des so fleißigen Jenniyleins. Lang tüchtig zu! Der Herrgott lacht über jedes Bäuerlein. Und wenn der Teller leer ist, scheint morgen die Sonne. Welch Wonne! Was wäre, wenn sie sich totfressen würde? Wer würde dann meine Forderungen begleichen und die Wohnung von ihren Hinterlassenschaften befreien? Der Onkel, der in Rudow wohnt? Falls es ihn gibt. Ich werde nicht nach Kirkel fahren, nicht auf Dorfriedhöfen nach frisch ausgehobenen Gräbern suchen, nicht nach einer Familie Ziegler fahnden.

Als ich vor der Hausnummer 32a stehe und mir einbilde, die wechselnden Farben des Flatscreens zu erkennen, tippe ich folgende E-Mail:

Sehr geehrte Frau Stöcker, da Ihre Marketing-Mitarbeiterin Ihre letzte E-Mail an mich weiterleitete, wende ich mich nun persönlich an Sie. Ich bin die neue Vermieterin von Frau Jennifer Ziegler und möchte nachfragen, ob sie das Gehalt regelmäßig überwiesen bekommt. Sie hat mir nämlich weder die Mai-Miete noch die Kaution bezahlt. Mit der Bitte um eine diskrete Behandlung dieses Schreibens hoffe ich auf eine baldige Antwort. Mit freundlichen Grüßen, Katharina Steimatzky.

Your message to stoecker@bahn.de couldn't be delivered. stoecker wasn't found at bahn.de.

Auch die gefakte Mail-Adresse bedachte Jennifer nicht. Oder denkt sie, dass ich niemals aus dem Schlaf der Gutgläubigen erwache?

In der Küche geht das Licht an. Jennifer hat vergessen, die Außenrollos herunterzulassen. Lässt sie nach? Wird sie nachlässig? An ihrer Stelle würde ich – wenn ich meine Mutter im Saarland beerdigte und wüsste, dass meine Vermieterin in der Nähe wohnt und nicht mehr alles glaubt, was ich vom Himmel herunterlüge – nicht am Abend sichtbar in der Küche stehen. Sie ist es. Ihre Silhouette ist deutlich erkennbar. Sie gießt Wasser in irgendeinen Behälter und schleicht in den Wohnraum. Dort saßen wir vor vier Tagen. Dieses Mal könnte sie mit ihrer Frau Mama ungestört auf Saarländisch parlieren und vom neuen Domizil schwärmen. Meine WhatsApp-Nachricht ist noch nicht blau abgehakt. Sie lässt sich ihre Abendlaune nicht durch die Vermieterin verderben, zieht Netflix-Serien vor, womöglich *Sweet Tooth*, Patrizias neues Lieblingsserie, was ich seit unserem letzten Zoomen weiß.

„Guten Abend, Katharina. Wie geht es dir?"

„Bescheiden ... du kennst die Situation. Und dir?"

„Sehr gut! Bernadettes Gratin dauphinoi duftet aus dem Backoffen. Formidable! Wir genießen die gemütliche Zeit zu Hause ... die Entschleunigung. Und wir sind seit kurzem Sweet Tooth-Fans."

„Das sagt mir nichts, Patrizia! Was erklärt die Faszination?"

„Wir begleiten Gus ..."

„GUS? Die Gemeinschaft unabhängiger Staaten?"

„Katharina, du lebst wirklich auf einem anderen Stern. Gus ist der Protagonist von Sweet Tooth. Er ist ein Hybrid aus einem Menschen und einem Reh. Und er lebt mit seinem Vater im Wald."

„Wunderbar. Vielleicht kannst du ihn zum nächsten Clafoutis einladen. Falls er mal den Wald verlässt und in eurem Vorgarten auftaucht. Sein Reh-Anteil dürfte fleischlose Kost bevorzugen."

„Katharina, sorry, ich muss das Meeting gleich beenden. Das Clafoutis ist fertig und Bernadette deckt schon den Tisch."

„Oh schade, weißt du eigentlich, dass ich mal eine ausgeprägte Reh-Phase hatte? In der Zeit rund um die Einschulung."

„Im Ernst? Musst du mir unbedingt erzählen, wenn wir das nächste Mal zoomen."

Ich kleidete mich ausschließlich in Brauntönen, trug das Haar kurz, sah – zum Entsetzen meiner Mutter – wie ein Junge aus, spielte Stunden über Stunden mit meinen Steiff-Tieren. Auf meiner rechten oder linken Schulter saß oft ein Reh, wenn ich durch die Welt spazierte und immer dann, wenn ich meine Eltern so lange drangsalierte, bis sie mit mir in den Zoo gingen. Die Stofftier-Rehe sollten echte Rehe sehen – dieser Unterschied war mir glücklicherweise nicht entgangen – und deren Verhalten und Sprache erlernen. Sie sollten sich in richtige Rehe verwandeln. Entscheidend dafür erschien mir der Erwerb des *Rehischen.* Ich wusste bereits, dass Mireille Mathieu auf Französisch singt und viele andere auf Englisch. Warum sollte es kein *Rehisch* geben? Leider stießen die biologischen Rehe keine hörbaren Laute aus, so dass das Projekt *Stärkung der Identität durch Spracherwerb* der kleinen Katharina, beziehungsweise Kati, die sich selbst Itak nannte, zum Scheitern verurteilt war. Da meine Steiff-Rehe keine Vorteile davon hatten, gemeinsam mit mir und meinen ungeduldigen Eltern biologische Rehe zu beobachten, verlegte ich mein Interesse auf eine andere Gattung: Großkatzen. Das *Löwische* und *das Tigerische* wurden so große Erfolge, dass meine Mutter fast die Stimme verlor, als sie gegen meine Raubtiere anschrie.

„Jetzt ist endlich Ruh' im Kinderzoo", brüllte sie, während mein Vater nur nickte und beruhigt in seinen Kalender blickte, worin eine mehrwöchige Dienstreise eingetragen war.

Der Wurm kriecht auf das graue Sofa. Er schlingt irgendeine Episode in sich hinein und ignoriert das Smartphone. Freizeit. Freie Zeit. Katharinafreie Zeit. Plötzlich poppt eine neue Nachricht auf:

Toll, wie exakt du den Finger auf die Wunde legst. Eine meiner aktuellen Baustellen als Vorgesetzte ist das Arbeitsverhalten von Frau Stöcker, die tatsächlich auf die Rente zugeht. Sie hat in der Mail den falschen Textbaustein benutzt. Habe vergessen, dir diesen Fehler zu erklären. Natürlich ist Herr Grube schon längst passé. Bin leider immer noch in Kirkel, natürlich sehr traurig wegen meiner Mama und kann mich nur schlecht konzentrieren.

Jennifer, ich stehe gerade zufällig vor deinem Haus. Es brennt Licht und ich sehe eine Gestalt. Befürchte, es hat jemand eingebrochen. Ich rufe jetzt die Polizei. K.

Bloß nicht! Habe einer Bekannten den Schlüssel gegeben, weil sie gerade mit ihrem Freund Krach hat. Sie hat übrigens eine sehr ähnliche Figur wie ich ... Mach dir keine Sorgen!

Ein Wurmersatz, ein Wurmfortsatz, ein vorsätzlicher Neuwurm in der Schillerpromenade 32a, erste Etage rechts oder der Wurm höchstpersönlich? Tempo und Kreativität von Jennifers Ausflüchten faszinieren mich. Unser Austausch triggert mich wahrscheinlich mehr als eine Horrorserie. Warum lernte ich Jennifer vor Corona nicht in einem anderen Kontext kennen? Bei einem Schachtreff? In einem französischsprachigen Film? In einem Techno-Club? Auf einer Bank im Britzer Garten oder im dortigen Lesecafé? Oder ist sie an solchen Orten nicht, macht sie all das nicht? Was macht sie überhaupt? Nährstoffe aufnehmen und wieder ausscheiden. Was alle Lebewesen tun, wahrscheinlich auch Würmer, diese Weichtierchen, die viele anekeln, ganz besonders dann, wenn sie im eigenen Körper siedeln. Welche Art von Wurm habe ich mir eingefangen? Auf keinen Fall einen Regenwurm, denn der hätte sogar fünf Herzen. Gibt es herzlose Würmer? Gibt es eine Wurmart, die sich im limbischen System einnistet? Einen Hasswurm? Einen Wutwurm? Einen Verzweiflungswurm?

Jennifer, du mein holder Wurm mit der plötzlich aufgetauchten Zwillingsschwester, du bist nicht in Kirkel und ab Sonntag nicht in einem Apartment für Bahn-Mitarbeiter. Niemand ist fehlbar, auch du nicht.

Kriminelle überschätzen sich selbst und unterschätzen die anderen, unterschätzen die Welt. Bei Neurotikern ist es umgekehrt. Ich gehöre – hoffentlich! – weder in die eine noch in die andere Kategorie.

Mein süßes Würmchen, eines müsste dir klarwerden: Du hast mich unterschätzt. Nur, weil ich mein tägliches Brot mit einer seriösen Tätigkeit erwirtschafte, also weitgehend ehrlich bin – auch ich versuche, möglichst wenig Steuern zu bezahlen – bin ich nicht unterbelichtet.

In diesem Moment erlöschen die Lichter in Küche und Wohnraum. Jennifers Zwillingsschwester tastet sich wahrscheinlich im Dunkeln in Richtung Boxspringbett oder Badewanne, während Jennifer mir folgendes mitteilt:

Hey, im ganzen Kuddelmuddel habe ich vergessen, dir zu schreiben, dass meine Tante Geld aufgetrieben hat. Du kennst das Erbschaftsdrama. Ich kann dir nach meiner Rückkehr die Mai-Miete und die Kaution in bar geben. Und ich habe ab dem 1. Juli eine neue Stelle bei einem Logistikunternehmen. Mache den Bahn-Zirkus nicht mehr mit. Mehr darf ich dir dazu nicht schreiben, sonst bekomme ich Ärger. Man darf ja keine Interna durchsickern lassen. Auch die Mail von Frau Stöcker hätte ich dir natürlich nicht weiterleiten dürfen, aber ich vertraue dir.

Auch ohne vier Kartoffelknödel, ohne drei Stück Wein-Apfel-Torte stehe ich kurz vor der Implosion. Auf dem Heimweg tänzelt der Gedanke *Was wäre, wenn es wahr wäre?* neben mir und ich schreibe:

Hey Jennifer, bei dir überstürzen sich die Ereignisse, bei mir leider nur die Abbuchungen, z.B. das hohe Hausgeld für deine Wohnung. Wann treffen wir uns für die Übergabe des Bargelds? Da du eine neue Stelle hast, nimmst du bestimmt nicht am Karriere-Assessment teil, oder?

Das siehst du falsch, Katharina! Natürlich nehme ich teil. Mit Pokerface – das macht sogar Spaß. Wenn sie mir danach eine Gehaltserhöhung anbieten (mindestens im vierstelligen Bereich), überlege ich mir das Ganze nochmal. Die Stellenzusage hilft mir beim Pokern. Du solltest mal einen Wirtschaftskrimi übersetzen.

Eher einen Vermietungskrimi! Im Grunde interessieren mich deine Spielchen nicht, mich interessiert mein Kontostand. Verstehst du das?

Das kann ich verstehen, liebe Katharina. Du bist ein zu guter Mensch für diese Welt und du bekommst dein Geld sofort nach meiner Rückkehr. Gute Nacht!

Die Hinweise auf die Welt der Verbrechen häufen sich. Zuerst Patrizias Empfehlung des True Crime Podcasts und jetzt Jennifers Idee, Wirtschaftskrimis zu übersetzen. Vielleicht sollte ich das wirklich? Die Sprache wäre einfacher, der Markt größer und mein Kontostand höher. Übersetzungen von Verbrechen anstatt ins Verbrecherische hinüberzusetzen? Wäre ich dazu bereit, etwas zu verbrechen, wenn man mich ausreichend provozierte? Ich weiß es nicht, merke nur, dass in diesem Moment etwas in mir zerbrochen ist und dass ich keine weiteren gebrochenen Versprechen dulde. Auf dem Heimweg denke ich ununterbrochen darüber nach, wie ich Jennifer brechen könnte, ohne mir dabei gesellschaftlich das Genick zu brechen.

[JENNIFER] Was für ein verkackter Tag! War schon mal schlauer. Wenn ich so weitermache, muss ich zu einer Schuldnerberatung trotteln. Wo mich irgendein Trottel berät. Und dann geht's in die Privatinsolvenz. Und der Staat blecht für mich. Nicht viel, aber geschenkte Moneten. Muss aber aufpassen, dass mir das Jobcenter keine Fortbildung aufdrückt. Oder sogar mit Stellenangeboten wedelt. Habe das Abi, ein bisschen Erfahrung in Marketing. Kann sehr gut Französisch und Englisch. Nennt man verhandlungssicher. Wenn ich weiter so blöd bin, war's das mit der Karriere als Betrüger. Aus die Maus. Die Dummen müssen malochen, vor dem Jobcenter katzbuckeln oder landen in der Gosse. Alles drei finde ich horrormäßig.

Wie konnte ich so bescheuert sein und vergessen, die Jalousien runterzulassen? Ich mache jetzt das Licht aus. Und ab ins Bad. Hat zum Glück kein Fenster. Und man kann es von innen absperren. Die Steimatzky ist noch so dreist und schaut nach, wer in der Wohnung ist. Die Geschichte mit meiner Bekannten stinkt in den Himmel. Wie manche Penner in der U8 und der U7. Gut, dass ich mein Smartphone noch in der Hand hatte. Ob die Steimatzky wirklich bei der Polizei angebimmelt hätte? Die hätten mich nicht eingebuchtet. Meine Betrügereien sind ein Pappenstiel. Besonders für Neukölln. Aber ich will nicht, dass man weiß, wo ich gerade hause. War noch nicht mal in der Ehewohnung gemeldet. Und bei meiner Alten habe ich mich auch abgemeldet. Wohnsitz unbekannt ist mir lieber.

Lasse jetzt Wasser ein. Kippe Schaumbad rein. Honig-Milch – fast wie Sperma. Nur dass es anderes riecht. Hätte gerne ein Hägen Dazs. Habe noch einen Duo-Becher im Eisfach. Belgian Chocolade Strawberry Crunch. Auf den Schock brauch ich's doppelt süß. Traue mich nicht, im Dunkeln in die Küche zu hatschen. Weiß nicht genau, wie viel Licht man durch die Rollos sehen würde. Könnte sein, dass die Steimatzky draußen immer noch dumm rumsteht. Und mir dann endgültig nicht mehr glaubt, dass eine Bekannte von mir in der Bude ist. Also schnell rein ins warme Nass und danach direkt in die Heia.

In der Wanne türmt sich der Schaum. Zuckerwatte. Oder der aufgewühlte Atlantik von Dakar. Charles Kopf taucht aus den Wellen auf. Seine glänzende, glatte Haut. Dann mache ich die Augen zu und tauche unter. Bis das Wannenwasser überschwappt. Habe zum Glück drei Handtücher auf den Boden gedonnert. Nicht, dass es in der Parterrewohnung aus der Decke tropft. Bin nicht wirklich entspannt. Doof, dass sich Shihab nicht gemeldet hat. Er hatte an Himmelfahrt bestimmt weniger Meetings. Hoffentlich hat der keine neue Tusse am Start. Wäre selbst daran schuld. Weil ich nichts Festes mit ihm will. Verlieren möchte ich ihn trotzdem nicht. Aber wenn es bei ihm mit einer anderen funkt, läuft nichts mehr zwischen uns aus. Hat er gesagt. Irgendwas von Ehre und Treue gefaselt. In seinem Goethe-Deutsch. Und dass er nicht weiß, ob er dann noch Kontakt mit mir möchte.

Irgendwie klappt es mit dem Runterkommen nicht. Habe zu viel Zimt im Kopf. Der ganze Terz mit Katharina. Und meine blöden Fehler. Trockne meine Flossen ab, texte Sab:

Hi Hübsche, alles klar bei dir? Hätte eben fast Bullenbesuch gehabt.

Muss unbedingt mit ihr quatschen. Sie fragen, ob sie auch schon so bescheuerte Fehler gemacht hat. Bei ihren Versicherungsbetrügereien. Kann man zwar nicht mit meinem Job vergleichen, aber ich möchte es trotzdem wissen. Wie blöd kann man sein!!! Da fake ich eine Mail von einer Marlies Stöcker und schnalle nicht, dass der Grube längst abgesägt ist. Und dann auch noch der dumme Schnitzer, dass ich stoecker@bahn.de nicht gelöscht habe. Der Steimatzky traue ich nicht zu, dass sie der Stöcker schreibt. Und dann merkt, dass die Mailadresse nicht existiert. Aber man hat schon Pferde kotzen sehen. Ich finde das alles zum Kotzen. Hatte die affengeile Idee mit dem Assessment in Bankfurt und mache dann gleich zwei irre Schnitzer. Wenn die Steimatzky am 7. Juni tatsächlich den Mietvertrag fristlos kündigt, hat die mich zackig bis Oktober raus. Das ist zu früh. Gerade jetzt, wo ich die meisten Kartons ausgepackt habe. Und keine Lust habe, schon wieder rauszugehen.

Zu Shihab ziehe ich auf keinen Fall. Falls er nicht eh eine Neue hat. Hin und wieder ein Ritt ist prima. Aber kein Alltag, wo der mir meine Jobs madig macht. Und mich auf die Uni hetzt. Damit ich eine Zukunft habe. Natürlich mit ihm. Der Held aus Casablanca und die Berliner Lügenbaronin, die er bekehrt. Zu Anstand, Steuererklärungen, Versicherungspolicen. Fast wie in einer von den ägyptischen Seifenopern, die er sich als Kind reingezogen hat. Mit englischen Untertiteln. Weil das Arabisch so anders ist. Und dadurch hat er Englisch gelernt. Haha! Der Tausendsassa aus dem Maghreb. Der will jetzt in mich investieren. Und ratzfatz puhle ich seine Haare aus dem Siphon. Klaube seine angerotzten Tempos in der Nachttischschublade zusammen. Und ein Balg plärrt die halbe Nacht, den ich dann stillen muss. Dass es endlich still ist. Sodass der Herr Software-Entwickler ausgeschlafen ein lebenswichtiges Meeting schaukelt. Und in der Mittagspause mit irgendeiner Tusse aus Taiwan im Keller flippert. Die dann ausflippt, weil er so viele Törchen schießt. Und die er zusammenscheißt, weil sie zu langsam ist. Ein Leben mit Shihab geht nicht. Er hat wieder den Seelenklempner gespielt, vor unserem letzten Ritt in der Sophienstraße. Oder er wollte vor dem Vögeln Deutsch üben. Bei Digital Adventures quatschen alle nur Englisch.

„Wie möchtest du in zehn Jahren leben, Jennifer?“

„Was für eine Frage! Ich lebe für heute und für morgen.“

„Und wo ist deine Perspektive?“

„Welche Perspektive? Zusammenleben, Heirat, Kinder, Langeweile, Scheidung, neue Heirat, keine Kinder, neue Langeweile, Altersheim, Tod?“

„Du bist sehr negativ, Jennifer.“

„Ich bin realistisch, Shihab. Mein Leben ist mein Leben und dein Leben ist dein Leben. Etwas anderes: Dein Deutsch wird immer besser, Cheri.“

„Danke. Sollen wir jetzt Liebe machen?“

„Liebe nicht, aber Sex, avec plaisir!“

Will, dass der Typ auch mal mit mir Französisch labert. Fehlt mir deshalb Charles? Manchmal.

Auf Shihab fahre ich ab, aber lieben tu ich ihn nicht. Und er nervt mich irgendwie. Mit seiner Moral. Und seiner Angeberei. Da war mir Charles lieber. Der hat mich in Ruhe gelassen. Und wir hatten Spaß. Nach Lichtenrade gehe ich aber auf keinen Fall zurück. Außerdem würde mir Charles den Vogel zeigen. In meinem alten Zimmer in der Mittenwalder Straße möchte ich auch nicht mehr pennen. Muss mir etwas Neues einfallen lassen. Eine WG mit Katharina? Das könnte ich der aus Quatsch vorschlagen. Lieber nicht! Die fährt noch drauf ab. Vielleicht jetzt nicht mehr. Die Literaturtussi bekommt was von Wirtschaft mit. Hätte ich nicht gedacht. Hat alles echt schnell gerafft. Interessant, dass die direkt denkt, dass die Marlies Stöcker nicht mehr sauber tickt. Glaubt die Steimatzky das wirklich? Oder verschaukelt die mich? Dann hätte die schnell von mir gelernt. Oder ist ein Naturtalent. Man weiß nie, was in jemandem steckt. Vielleicht ist sie eine totale Sexbombe. Hoffentlich fällt die nicht über mich her, wenn ich in der Wanne liege oder im Bett. Die hat die Schlüssel. Das geht so nicht weiter. Robbi hat das Schloss immer noch nicht ausgewechselt. Dem lasse ich Kopfhörer rüberwachsen. Und eine Xbox Konsole. Die wird hoffentlich morgen geliefert. Muss später runterhatschen, ein neues Namensschildchen dranpappen: *Spann*. Fast wie dieser Gesundsheitsheini. Nur mit kurzem a. Wie Spanner oder spannend oder entspannend.

Ein neues Schloss entspannt mich bestimmt. Robbi soll schnell die Spielekonsole und die Kopfhörer abholen. Und den Zylinder austauschen. Am besten texte ich dem, dass mich mein Ex stalkt. Dann kommt er bestimmt angerannt. Wackelt mit dem Schwanz. Aber den lass ich nicht ran. *Never fuck business.* Einer von Sabines Sprüchen. Aber nicht auf ihrem eigenen Mist gewachsen.

Hi Robbi, mein Ex tickt gerade aus. Und hat den Schlüssel von meiner neuen Bude. Schön blöd – ich weiß. Muss nun zu Hause sitzen, damit er mir nicht in der Wohnung auflauert. Brauche ein neues Türschloss.

Klingt voll abgefahren. War schon am Pennen.

Sorry! Kommst du morgen mit dem Zylinder rüber? Ich gebe dir dann die Xbox. Und die Kopfhörer. Originalverpackt – wie immer.

Am Abend

Geil – bis dann.

Auf diesen Typen kann ich zählen. Der hat auch Dreck am Stecken. Und hat nur noch Stammkunden. Die anderen kommen nicht mehr. Auch nicht, obwohl sie jetzt wieder in den Laden reindürfen. Mit Ausweis und Impfnachweis oder Test und Maske. Bekomme bald den ersten Schuss *Biontech*. Mein Hausarzt hat angerufen. Die überflüssigen Pfunde. Ich zieh das durch, auch wegen meiner Alten. Sie kann gerne die Gänseblümchen von unten anschauen. Aber nicht, weil ich ihr Corona anhänge. Trotz allem, was früher passiert ist.

Gehe jetzt aus der Wanne raus. Ist fast elf Uhr. Habe verdammten Hunger. Meine Gute-Nacht-Sahnejoghurts habe ich gestern gekillt. Und das Eis macht nicht satt. Also doch noch mal raus. Die Steimatzky hat sich sicher verpisst. Irgendein Döner geht immer. Aber kein Veggie-Döner. Ein fetter

Fleisch-Kebab für die fleischige, fette Jennifer. Malik grinst mich immer so komisch an. Gibt mir eine doppelte Portion zum normalen Preis. Auf der Hermannstraße kann man die halbe Nacht was futtern. Und falls alles dicht ist, platziere ich meinen Hintern in ein UBER, quetsche mir eine Maske auf die Visage. Und irgendein so ein Kerl chauffiert mich zum Kotti. Da toben die ganze Nacht Döner und Dope. Dope und Döner. Außerdem joggt die Steimatzky sicher nicht an mir vorbei. Die leckt mit ihrer heraushängenden Zunge lieber das Tempelhofer Feld sauber. Wenn ich daran denke, wird's mir gleich übel. Wegen meiner Alten. Ist super, dann brauch ich nicht mehr raus. Der Appetit ist futsch. Nur gucken, ob Sab endlich was getextet hat. Nichts. Wer weiß, wo sie steckt. Oder welcher Schwanz gerade in ihr steckt. Die packt den Corona-Wahn nicht mehr. Der Virus ist erfunden, meint sie. Und Bill Gates reibt sich die Hände. Darüber kann man mit ihr nicht diskutieren. Das letzte Mal hat sie am Telefon *„Mäh Schäfchen, mäh, mäh, mäh"* geträllert. Für Sab sind wir Schafe. Weil wir Masken aufsetzen. Sie ist voll krass drauf. Wettert gegen das Impfen. Sagt chippen und glaubt das wirklich. Aber sie bleibt meine Freundin. Haben uns gegenseitig oft aus der Patsche geholfen. Das schweißt zusammen. Mehr, als sich zusammen irgendeinen kulturellen Scheiß anzuschauen. Deshalb hat Katharina sicher keine echten Kumpels. Nur Mittelschichtspack. Das noch nie kurz vor dem Abkacken war. Das sich verzieht, wenn es brenzlig wird. Aber Sab hat sich auch verpisst. Nach Schwarzberg. Das sagen die Querdenker für Montenegro. Hatte Latein. Verdammt, sie hat immer noch nicht geschrieben. Aber schon wieder die Steimatzky. Nicht mehr wie Zuckerwatte. Eher wie ein Feigenkaktus. Schreit nach der Kohle. Aber die Geschichte mit dem neuen Job glaubt sie wohl. Als Nächstes will die wissen, wo ich ab Juli starte. Muss ich noch recherchieren. Am besten fange ich in so einem Aquarium in Mitte an. Vielleicht irgendwas mit Logistik. Muss Shihab fragen. Der kennt sich mit Start-ups aus. Ja, Marketing für Logistik wäre eine gute Idee. Gerade in der Pandemie. Wo alle fast alles online bestellen. Da braucht man Marketing. Zum Beispiel für recycelbare Verpackungen. Das würde der Steimatzky gefallen. Die wählt sicher grün. Und gibt damit an, dass sie kein Auto hat. Ist mitten in Neukölln keine Heldentat. Auf ihre zerrissenen Jeans ist sie auch stolz. Sie braucht wenig Kohle. Hat die mal abgelassen. Passt wie die Faust aufs Auge, dass sie bei der Wohnung draufzahlt. 19 Euro Kaltmiete sind arschig viel. Aber darüber denkt die gar nicht nach. Das ist der Markpreis. Damit kann sie sich reinwaschen. Böse sind immer die anderen. So einfach ist es für die Steimatzky. Nicht nur für sie.

[Katharina] In dubio pro reo, im Zweifel für den Angeklagten. Im Zweifel für den Wurm? Obwohl ich inzwischen weder an eine verstorbene Wurm-Mutter, noch an eine steile Karriere bei der Deutschen Bahn glaube, glaube ich daran, dass Jennifer Bargeld aufgetrieben hat. Wo, bei wem und wie, sei dahingestellt. Und auch die neue Stelle könnte wahr sein. Bin ich von Sinnen, dass ich daran glauben möchte? Bin ich immer noch ein Grundschulkind, das überall erzählt, dass die Mutter Anfang 40 sei, obwohl sie Anfang 50 ist?

Dass die Uhren bewusst verstellt worden waren, reimte ich mir als Erwachsene zusammen. Ich kann mich nur daran erinnern, dass die Zeiger unterschiedlich standen und dass man mich möglichst früh in den Schlaf schickte. In den Schlaf, den ich nicht mehr fand, weil mein Opa dauerhaft eingeschlafen war. Der Schlaf, der mich nicht mehr umarmte, der Schlaf, der mich in den vergangenen Tagen immer mehr verlässt. Die Nächte ziehen mich an, ziehen mich runter. Mein Gehirn dekliniert oder konjungiert den Status quo der Causa Jennifer Ziegler rauf und runter. Kommt Geld, kommt kein Geld. Und falls das Geld für Mai käme, käme dann ebenso das Geld für Juni, Juli und August? Besser ein Ende mit Schrecken als ein Schrecken ohne Ende, ein Mutter-Spruch. Wie sie wohl darauf reagiert hätte? Wahrscheinlich hätte sie von sich gegeben, dass es an der saarländischen Herkunft liegen dürfte, weil die Saarländer halbe Franzosen seien und dass ich die Wohnung besser einem *Preußen* – so pflegte sie Menschen aus Berlin und Brandenburg zu bezeichnen – gegeben hätte. Alles, was nicht preußisch war, war minderwertig. Dazu stand sie. Das vertrat sie. Ohne Widerrede. Direkt. Deutlich. Aber sind die subtilen Diskriminierungen meiner bildungsnahen

Bekannten etwa besser? Gib deine Wohnung auf keinen Fall diesem Musiker aus Albanien oder woher kommt der? Aus Georgien. Egal. Und auch nicht der Lateinamerikanerin. Ach ja, der Kolumbianerin. Du weißt nicht, ob da nicht die halbe Familie nachkommt. Ist ein Land mit einem niedrigen BIP. Und politisch instabil.

„Hör auf mich, glaube mir“, singt nicht nur die Schlange Kaa aus dem Dschungelbuch, sondern auch die Stimme der etablierten Besserverdienenden, die noch nie ihre Komfortzone verließen und sogenannte Schwellenländer nur aus Reportagen kennen. Augen zu, vertraue mir, singt die Stimme der Vernunft.

Ich hätten weitere Bewerber*innen einladen sollen, anstatt auf Jennifer reinzufallen. Ich falle immer tiefer. Mein Tag-Nacht-Rhythmus zerfällt, meine Abgabetermine für Übersetzungen verfallen und die meisten Lebensmittel in meinem Kühlschrank haben das Verfallsdatum überschritten. Die Tage zerrinnen zwischen meinen dürren Fingern mit den zu langen Fingernägeln, in denen sich immer mehr Schmutz ansammelt.

Wie kündige ich ein Mietverhältnis? gebe ich in die Google-Leiste an. Musterschreiben, die sich teilweise sogar ohne Registrierung runterladen lassen, springen mir entgegen. Ich speichere sie für den Ernstfall auf dem Desktop, verschiebe sie in einen neuen Ordner mit dem Namen *EntwurmungJZ*.

Die Voraussetzung für eine fristlose Kündigung ist, dass zwei Monate hintereinander keine Miete eingeht. So ein Schreiben funktioniert ohne Anwalt. Die gute Nachricht des Tages. Und eine neue Nachricht von Jennifer:

Beim Assessment ist die Bombe geplatzt. Die Bahn stellt mich ab dem 1. Juli frei. Die Zeit bis dahin sitze ich auf einer halben Arschbacke ab, falls du verstehst, was das heißt. Mein Onkel bringt das Bargeld von meiner Tante nach Berlin mit. Wie wäre es mit einem Treffen am Pfingstsonntag? Vorher geht es leider nicht. Gruß – Jennifer.

Der Ausdruck *halbe Arschbacke* irritiert mich. Wird Jennifer authentischer, weil sie nichts mehr zu verlieren hat? Oder versucht sie, mich zu provozieren? Wie antworten? Mit einem augenzwinkernden WhatsApp-Emoji?

Klingt cool. Als ich eben meinen Kontostand gesehen habe, ging mir der Arsch auf Grundeis, falls du verstehst, was das heißt. Pfingstsonntag ist zu spät. Brauche das Geld früher, habe ich getippt und schicke es nicht ab, weil Ingeborg anruft.

Sie habe sich schlaugemacht. So schlecht sehe es gar nicht aus. Eine Bekannte eines Bekannten hatte einmal einen Mieter, der sich in der Wohnung verschanzt habe, nicht mehr zahlte und den sie nach drei Monaten vor die Tür setzen konnte. Auch der Räumungsschutz sei nicht ernst zu nehmen, auf jeden Fall nicht im Fall von meiner Mietnomadin, die körperlich, seelisch und geistig intakt sei und – hoffentlich – nicht schwanger. Und die von Anfang an keine Miete zahle, noch nicht einmal die Kaution. Ich solle den Ball flach halten, fuhr Ingeborg fort, es gebe weiß Gott Schlimmeres auf Erden, als eine zahlungssäumige Mieterin herauszuklagen. Sie verstehe nicht, warum ich keinen kühlen Kopf bewahre und mich über das Ganze so aufrege. Außerdem gehe es gar nicht, dass ich meine Mieterin als *Wurm* bezeichne, das sei menschenverachtend und stehe mir nicht zu. Bei der hohen Miete seien natürlich auch die Gerichtskosten hoch, aber ich sei selbst schuld, wenn ich solch einen Mietwucher betreibe. Dass die Mieten im Schillerkiez so in die Höhe geschossen seien, mache die Sache moralisch auch nicht besser. Trotzdem unterstütze sie mich, wenn ich das nächste Mal bei ihr sei, sie sei übermorgen frei und freue sich auf einen Tee mit mir auf ihrer neu bepflanzten Terrasse.

Danke, liebe Ingeborg, jetzt weiß ich endlich, dass ich die Böse bin und Jennifer ein bemitleidenswertes Würmchen, das von einer gierigen Eigentümerin genötigt wurde, in eine völlig überteuerte Bruchbude zu ziehen. Danke, liebe Ingeborg, jetzt geht es mir entschieden besser.

Das Spiel ist aus. Der Wurm ist drin. Zurück auf Los. Schluss mit Monopoly, wo stets die Mieteinnahmen fließen, wo keine Betrüger*innen sprießen. Ein hirnrissiges Spiel. Vermieten ist kein Kinderspiel. Entwurmen ebenso wenig, auch wenn Ingeborg, die noch nie eine Immobilie hatte, das anders sieht. Ingeborg, die seit über vierzig Jahren in einer Altbauwohnung am Klaushagener Platz residiert und die sich gemeinsam mit den anderen Bewohner*innen gegen jede Mietanpassung wehrt. Ingeborg, die sich mit den Pensionsansprüchen einer Oberstudienrätin eine Mieterhöhung durchaus leisten könnte. Aber sie kennt sich natürlich besser aus als ich, ihr Herz schlägt links, solange es noch schlägt. Ab und an vermietet sie eines ihrer fünf Zimmer an eine Studentin unter, die regelmäßig nach wenigen Monaten wieder auszieht, weil die Erwartungen an Ruhe, Ordnung und Sauberkeit zu unterschiedlich sind. Offen bleibt stets, wer von beiden zu laut, zu chaotisch und zu dreckig war. Ich stehe auf der Seite der jeweiligen Studentin, was ich bisher für mich behielt, auch meinen Unwillen, Ingeborg demnächst in Charlottenburg zu besuchen, um mit ihr das Thema *Wie setze ich meinen Mietnomaden vor die Tür?* zu vertiefen. Stattdessen erfand ich einen neuen Auftrag und bedankte mich herzlich für die Einladung und die angebotene Hilfe.

Es läutet. Ein Götter-Bote bringt mir einen Yogablock. Bevor ich mich zum ersten Mal auf ihn setze, schreibe ich an Jennifer:

Viel Erfolg beim Absitzen, wo und wie auch immer. Da mich eine Freundin wegen ihrer Covid-19-Erkrankung ausgeladen hat, passt mir Pfingstsonntag perfekt. Bis bald.

Die unterschiedlichen Bedeutungen von *absitzen* hellen meine Laune auf. Auch die Art und Weise, wie ich Ingeborgs Vortrag an mir abgleiten ließ, ohne sie in irgendeiner Weise anzugreifen. Mir fällt eine Studie ein. Eine Untersuchung über die Beliebtheit von Grundschulkindern im Kontext ihrer sozialen Ehrlichkeit mit folgendem Resultat: Es existiert eine – statistisch signifikante – positive Korrelation zwischen der Disposition zu lügen und der Höhe des Scores Beliebtheit in der Klasse. An eines der Items erinnere ich mich noch gut:

Stell dir vor, eine Klassenkameradin, die du nicht leiden kannst, lädt dich zu ihrer Geburtstagsfeier ein. Wie würdest du reagieren?

A: Ich bedanke mich für die Einladung und sage, dass ich leider keine Zeit habe, weil ich meine kranke Oma besuchen möchte.
B: Ich sage, dass ich nicht kommen möchte, weil ich sie doof finde.
C: Ich sage, dass ich vielleicht komme. Und gehe dann einfach nicht hin.

Ich hätte früher B angekreuzt und mich unbeliebt gemacht. Bei Ingeborg entschied ich mich für A. Die Jennifer-Strategie. Die Stefan-gegenüber-Susanne-Strategie. Auch die Strategie all derer, die als Angestellte oder Beamte behände die Karriereleiter emporklettern, all derer, die insgesamt selten soziale Konflikte haben.

Eine neue Nachricht auf WhatsApp:

Liebe Katharina, bin ab morgen wieder in Berlin, aber sehr busy. Tut mir leid, dass du so lange auf dein Geld warten musst. Danke für deine Engelsgeduld und bis Pfingstsonntag!

Eine Engelsgeduld – ich? Wenn mir etwas fehlt, dann Geduld. Wenn ich etwas nicht bin, dann ein Engel. Was bildet sich das Würmchen ein? Hat es nicht durchschaut, dass ich es durchschaute?

Bin weder ein Engel noch habe ich Geduld, tippe ich und lösche es. Auch die nächste Version: *Wenn ich ein geduldiger Engel bin, was bist dann du? Ein ungeduldiger Teufel? Haha.* Bereue es, dass ich keine zweite Simcard mit einer dem Wurm unbekannten Telefonnummer habe. Sollte ich jemand auf der Straße ansprechen und ihn dafür bezahlen, dass er „*There is such a fat rat in such a nice flat*" an Jennifers Handy-Nummer simst? Was wäre dann? Wäre ich dann mit Jennifer auf Augenhöhe? Ein ebenbürtiges Gegenüber? Vielleicht, aber darauf stolz sein, könnte ich nicht.

Mir kommt eine bessere Idee. Eine aus der Zeit gefallene Idee, als man Erpresserbriefe noch postalisch verschickte, nachdem man einzelne Wörter ausgeschnitten und auf ein Stück Papier geklebt hatte. Diese Mühe mache ich mir nicht. Stattdessen tippe ich den Satz „*There is such a fat rat in such a nice flat*", drucke ihn aus und stecke den Bogen in einen Briefumschlag. Da ich den Eingangsschlüssel habe, könnte ich den Umschlag bequem in den Briefkasten stecken. Oder an ihre Wohnungstür pappen. Falls sie mir am Pfingstsonntag kein Bargeld überreichen sollte, wie es Patrizia annimmt. Ihr warf ich nach der Geschichte mit Sweet Tooth und dem Rehismus den letzten Hoffnungsschimmer als WhatsApp-Nachricht zum Fraße vor:

Liebe Patrizia, hoffe dir/euch geht es weiterhin gut. Jennifer will mir am Pfingstsonntag die Mai-Miete und die Kaution in bar überreichen. Liebe Grüße und bleib(t) gesund!

Liebe Katharina, die Hoffnung stirbt zuletzt. Du glaubst doch nicht ernsthaft, dass du von deiner Mieterin jemals Geld bekommst?!

So ist es. Ich kultiviere einen letzten Hoffnungsschnipsel, dass Jennifer zumindest dieses Versprechen hält. Sie dürfte von der Deutschen Bahn gefeuert worden sein und sucht nun nach Wegen, um meinen finanziellen Forderungen nachzukommen.

There is a fat rat in a nice flat hat sich in meinem Kopf eingegraben und *Keine Bange, eine fette Schlange, bleibt nicht mehr lange in diesem Haus, bald fliegt sie raus*. In der Tat oder Jennifer begleicht die Mietschulden. Der neue Übersetzungsauftrag ruft, treffe zwei Entschlüsse: Erstens checke ich die Geldeingänge nur noch einmal pro Tag und zweitens whatsappe ich in den kommenden Tagen nicht mehr mit Jennifer, es sei denn, sie sagt den Geldübergabe-Termin ab.

Hey du, du bist nicht die Einzige, die beschäftigt ist. Stürze mich nun in eine neue Übersetzung und fahre meine digitale Kommunikation runter. Kannst du bitte am Sonntag um 15 Uhr mit dem Bargeld (3705 Euro, d.h. die Mai-Miete und die Kaution) ins Sudhaus kommen. Bitte bestätige zeitnah diesen Termin. Danke!

Okay. LG

Die dicke Schlange bleibt nicht mehr lange – keine Bange fällt mir ein, und ich speichere diesen Satz in einer Word-Datei namens *Wurmabwehr*. Wenn ich reich wäre, betrachtete ich das finanzielle und moralische Drama mit Jennifer als unterhaltsames Steuersparmodell. Leider fehlen mir für diese Haltung Rücklagen und Liquidität.

[Jennifer] Ein neuer Ton von der Steimatzky. Bitte bestätige zeitnah diesen Termin. Aua. Als Nächstes schreibt sie per Sie. Geht mir alles zu schnell. Die wird von ihren studierten Fuzzis aufgehetzt. Aufgewiegelt. Oder sie schnallt langsam, dass ich viel Fantasie habe. War natürlich extrem dumm gelaufen, dass ich in der Küche gestanden habe. Bei Festbeleuchtung. Und die Steimatzky vor dem Haus herumgelungert ist. So ein saudummer Zufall! Die Sab wird sich kaputtlachen. Ah, endlich eine Nachricht:

Hi Schätzchen, bist du inzwischen geimpft oder geht es dir noch gut?

Typisch Sab. Die denkt das wirklich. Was soll ich texten? Dass ich morgen die erste Impfung kriege?

Mir geht's nicht gut. Nur eine Vermieterin macht Stress und ich mache Fehler. Habe natürlich keine Miete bezahlt.

Im Nordosten also nichts Neues. Komm doch in den Südosten, nach Schwarzberg. Ich habe eine Villa am Strand gemietet. Es gibt ein Plätzchen für mein Schätzchen.

Hä, für wen?

Für dich natürlich! Ohne dich wäre ich bestimmt noch im Knast. Ich zahl dir auch das Ticket nach Podgorica. Außer du bist geimpft ... wir wollen keine Gechippten.

Sie wollen keine Gechippten. Ich glaub es nicht. Soll ich Sab antworten, dass ich Cinnamon Toast Crunches-Chips tütenweise in mich reinschaufle am liebsten direkt nach dem Aufwachen? Wenn mich noch gemütlich in die Bettdecke kuschle. Und mein Magen schon grummelt. *Ohne Chips geht gar nichts. Aber gechippt bin ich deshalb noch lange nicht*, schicke ich nicht ab. Die Einladung von Sab ist eine geile Idee, aber ich würde sie nicht packen. Sie ist komplett durchgeknallt. Und wenn ich ihr erzähle, dass ich mich auf die erste Impfung freue, bin ich für sie reif für die Klapse. Dann bleibe ich lieber in der Schillerpromenade, bis mich die Steimatzky rausklagt. Oder ich lasse mir etwas anderes einfallen. Manchmal habe ich keinen Bock mehr auf dieses langweilige Rein-und-Raus mit Kerlen und vor allem mit Buden. Auf das ganze Theater mit der nicht bezahlten Miete. Vollstreckungsbescheid und raus. Neuer Mietvertrag und rein. Und alles geht wieder von vorne los. Vielleicht sollte ich dieses Mal freiwillig Leine ziehen. Die Steimatzky flippt aus, wenn am Pfingstsonntag kein Geld vom Himmel kommt. Manchmal möchte ich ein neues Leben. Den totalen Reset, wie Robbi es mit den gefundenen Smartphones, Tablets oder Notebooks macht. Bevor er sie vertickt. Ein Reset für Jennifer Ziegler ginge am besten im Ausland. Wo sich niemand für ihr Vorleben interessiert. Soll ich abhauen? Was würde dann aus meiner Alten? Sie war eine beschissene Mutter, als ich klein war. Dann bin ich eben eine beschissene Tochter, wenn sie alt ist. Und so alt ist mit Ende 50 noch nicht. Und mit einer sportlichen Figur. Dass sie sich zu Tode langweilt, ist nicht meine Schuld.

Shihab ist wiederaufgetaucht. Hat doch keine andere. Oder hatte eine und es ist schon wieder Schluss. Hat mir vorgeschlagen, nach Casablanca zu seiner Schwester zu gehen. Die besitzt eine private Sprachschule. Und die suchen immer wieder Lehrer für Deutsch. Die auch auf Französisch palavern können. Zeugnisse oder Zertifikate will niemand sehen. Man muss sich vor die Klasse stellen und los geht's. Das traue ich mir zu. Wäre was völlig Neues. Könnte bei Shihabs Schwester unterkriechen. Aber es wäre der totale Karriereknick. Nach meinen Erfolgen als Betrügerin. Hätte trotzdem was. Könnte ich Katharina einladen. Ein schlechter Witz. Ich übergebe dann der Steimatzky freiwillig die Wohnung. Als Dankeschön für den kostenlosen Aufenthalt in ihrer Bude lasse ein Ticket nach Casablanca für sie rüberwachsen. Könnte man auf Akademisch als *kreative und sozialverträgliche Problemlösung* betrachten. Haha. Mache ich natürlich nicht. Aber bevor ich nach Montenegro jette, setze ich mich lieber nach Marokko ab. Kadisha sucht jemand für Sommerkurse. Ab Juli. Bis dahin wäre ich zum zweiten Mal geimpft. Katharina würde die Welt nicht mehr verstehen. Ich selbst auch nicht mehr.

Danke für die Einladung, Sab, echt lieb. Ich denke darüber nach.

Das ist mal wieder geschwindelt. Aber soll ich ihr schreiben, dass ich sie für bescheuert halte? Lieber locker laufen lassen. Und hoffen, dass sie wieder klar in der Birne wird.

Mach das! Mein Haus ist auch dein Haus.

Voll süß, die verrückte Nudel. Aber ich kann trotzdem nicht in einer Querdenker-Kommune hausen. Noch nicht mal, um mich von meiner irren, lesbischen Vermieterin zu erholen. Auch wenn die mich noch nicht angegraben hat. Hat leider alle Zeit dieser Welt, um sich reinzusteigern. Kriegt keine Miete – na und! Soll froh sein, dass ich die Bude nicht unter Wasser setze. Und nicht abfackle. Und die Wände nicht mit Kacke beschmiere. Nicht mein Stil. Und würde mir damit ins eigene Fleisch schneiden. Die Steimatzky will jetzt nicht mehr so viel texten. Besser geht's nicht.

Muss heute dringend raus. Gähnende leere im Kühlschrank und im Gefrierfach. Und die Knie mucken mal nicht. Morgen kommt der erste Piecks. Den Namen vom Impfstoff habe ich im gelben Büchlein meiner Alten gelesen. Das hat sie mir stolz vor die Nase gehalten. Sie schwärmt nicht nur für den Drosten. Auch für das Duo Şahin/Türeci. Bin morgen endlich dran. Wer weiß, wie es mir danach geht. Meine Mutter hat zwei Tage flach gelegen. 39 Grad Fieber und Kopfschmerzen. Musste ihr Paracetamol bringen.

Latsche jetzt in den REWE. Und bete, dass ich der Steimatzky unterwegs nicht begegne. Zum Glück hockt die wahrscheinlich in ihrer kleinen Bude und kämpft mit den Wörtern. Hat einen Auftrag. Ausnahmsweise. Oder sie hat ihn erfunden. Damit sie nicht so blöd vor mir dasteht. Glaube ihr inzwischen, dass sie wenig Geld hat. Und dass sie wirklich hofft, dass am Pfingstsonntag ein Bündel Euroscheine auf sie runterfällt. Und nicht nur der Geist des Herrn. Meine Alte will mit mir in die Kirche gehen. Ist doch cool, die Idee mit dem Heiligen Geist. Und dass man wieder in Kirchen darf. Ich singe gerne. Sogar mit FFP2-Maske. Man mag's nicht glauben. Danach trinke ich bei meiner Mutter einen Kaffee. Und bade in ihrem Apfelkuchen mit Schlagsahne. Meine Alte hätte früher öfter die Sahne schlagen sollen. Anstatt mich. Manchmal ist es gemütlich mit ihr. Wenn sie nichts fragt. Wenn sie nicht über den bösen Virus jammert. Wenn sie mich nicht *Jenny* nennt und nicht *Lumpegretche* oder *Mammekälbche*. Ihr geht es gut, wenn es mir gut geht. Früher war es umgekehrt. Deshalb war ich ihre Miezekatze. Wenn ich einem Typen einen blase, denke ich nicht dran. Und Sex mit einer Frau kommt für mich nicht in die Tüte. Auch nicht für viel Geld. Weil es mir danach dreckig gehen würde. Weil ich mich danach dreckig fühlen würde. Weil ich danach wieder den Geruch in der Nase hätte. Den Geruch von Sex und weicher Schokolade. Und weil ich dann wochenlang keine Schokolade mehr essen könnte. Wäre vielleicht sogar ganz gut. Aber Eiscreme geht immer und Eisbomben sind Kalorienbomben. Manchmal träume ich von meiner Alten. Dass sie mit mir Walzer tanzt. Vor der Pandemie hat sie das tatsächlich gemacht. Natürlich nicht mit mir. Mit irgendeiner neuen Bekannten. Da ist aber leider nichts draus geworden. Hat mir am Telefon einen vorgeheult, dass ihre Gitti nichts von ihr will. Außer dem Tanzkurs. Hat mir fast leidgetan. Wäre besser, wenn meine Alte jemanden hätte. Dann wäre ich fein raus. Sie hat nur mich. Und ihre Schwester in Kirkel. Da fährt sie ungern hin, weil der Bub die ganze Zeit in der Stube hockt. Und sich von der Hilde betütteln lässt. Mit Ende zwanzig. Und weil das meine Mutter nervt. Kann ich voll verstehen. Mir geht dieser erwachsene Bengel auch auf den Sack. Verstehe mich nicht schlecht mit meiner Alten. Wenn nur die Träume nicht wären! Da liegt sie in meinem Arm. Beim Walzer, obwohl ich gar keinen Walzer tanzen kann. Wir schweben übers Parkett. Sie drückt sich sich immer enger an mich. Ich bekomme kaum noch Luft. An dieser Stelle wache ich immer auf. Schweißgebadet. Nach Luft schnappend. Das hat Shihab mal mitbekommen.

„Was ist los?"

„Ich hatte einen schlechten Traum."

„Ein Cauchemar?"

„Ja, ich hatte einen Albtraum."

„Oh – wieder ein neues Wort gelernt."

„Schön für dich, Shihab und jetzt schlafen wir weiter."

„Gute Nacht!"

Ich habe mich an ihn gekuschelt. Mache ich sonst nie. Da hat sich auch Charles beschwert. Jennifer will Sex. Keine Zärtlichkeit. Das hat er immer wieder gesagt. „Pas de tendresse, pas de carresses." Hat sich gereimt. Damit könnte Shihab etwas dichten. Denn der findet das auch. Die beiden würden sich perfekt miteinander austauschen. Über die Sexbestie Jennifer. Über Jennifer, die nicht gerne küsst und nicht gerne kuschelt. Die kalte Jennifer. Bin ich kalt? Vielleicht ja, vielleicht nein. Vom Lecki-Schlecki mit meiner Alten weiß niemand. Wenn mich

Shihab nach dem Albtraum gefragt hätte, hätte ich vielleicht etwas erzählt. Aber er wollte weiterschlafen. Und eine neue Vokabel lernen. Der ist auch kalt. Aber früher war er anders. Da habe ich ihm die Breitseite gegeben, als er ein Gedicht über mich geschrieben hat. Das war nicht okay. Aber es war ehrlich. Wenn ich ehrlich bin, geht es meistens schief. Wenn ich schwindle, läuft es besser. Schon immer. Lüge ich deshalb so viel? Monika hat mich oft gefragt, warum ich so müde bin. Ob ich denn neben meiner Mama nicht gut schlafen kann. Da habe ich gesagt, dass ich gerne wach bin. Und dass die Nacht mein Freund ist. So ein Quatsch. Die Nacht war mein Todfeind. Nach der Flucht aus dem Bett in die Küche holte mich die Mutter zurück in ihr Bett. „Komm in den Arm zu deiner alten Katze", hat die gesagt. Das habe ich gemacht und gewartet. Darauf gewartet, dass die Alte endlich sägt. Danach habe ich mich aus dem Arm gestohlen. Und mich auf meine Matratze gelegt. Neben dem Grand Lit von der Alten. Da habe ich stundenlang Schäfchen gezählt. Wenn der Wecker gerasselt hat, war ich froh, dass ich aufstehen durfte. Meine Alte war entweder arbeiten oder hat weitergepennt. Bin oft ohne Frühstück in die Schule gerannt. Es ist auch dort aufgefallen, dass das Kind oft so müde war. Da ich trotzdem gute Noten hatte, hat sich niemand darum gekümmert. Und es war nicht jede Nacht. Wenn Moni bei uns war, haben sie mich ins Wohnzimmer ausquartiert. Das Sofa war mein Paradies. Ein Paradies aus braunem Kunstleder. Weich und mit einem guten Geruch. Ich war allein. Ich konnte schlafen. Und am Morgen hat mir Monika eine Milch mit Ovomaltine gemacht und Hörnchen aufgebacken. Das Paradies der Paradiese. Meine Schule war in der Nähe von Monikas Friseurladen. Moni hat mich manchmal bis zum Schultor begleitet. Und dann habe ich den Kindern erzählt, dass das meine Mama ist. Meine Alte hat sich nie blicken lassen. Und der Besuch von anderen Kindern war auch verboten. Aber in dieses Chaos hätte ich niemanden eingeladen.

Bevor Robbi mit dem neuen Zylinder kommt, muss ich in der Bude klar Schiff machen. Besonders im Bad. In meinem Hamam, wo ich stundenlang in der Wanne liege. Bei Kerzenlicht. Und mit ausgeschalteter Belüftung, weil mich das

Brummen nervt. Im Moment ist alles trocken. Der passende Moment, um die Fläschchen zuzuschrauben. Und die ausgefallenen Locken einzusammeln. In der Wanne, in der Dusche, im Waschbecken, auf dem Boden. Meine Alte kommt erst übermorgen zum Putzen. Und der möchte ich das so nicht zumuten. Und auch Robbi nicht, falls der pissen muss. Der wird hoffentlich nicht aufdringlich. Muss dem dringend erzählen, dass ich einen neuen Kerl habe. Einen IT-Heini in Berlin Mitte. Das nimmt Robbi den Wind aus den Segeln. Er will dann nicht mehr mit mir ins Boxspringbett segeln. Glaube ich. Wenn man einen anderen hat, geht das meistens klar. Wenn man Single ist, wird man gebaggert. Auch wenn man sagt, dass man nicht will. Ob Katharina das auch so erlebt? Wenn die nicht der Miete hinterherhecheln würde, würde ich mit ihr darüber reden wollen. Mit der kann man sich vernünftig unterhalten. Leider glaubt sie immer noch, dass sie Geld von mir bekommt. Und geht mir mit ihren ganzen Nachrichten auf den Zeiger. Und mit ihrem Rumschnüffeln. Der traue inzwischen zu, dass sie in meine Wohnung geht. Und dann auf meine Alte trifft, die gerade in der Küche steht. Die Arbeitsplatte mit einem gelben Schwämmchen schrubbt. Katharina klingelt und da meine Mutter nicht reagiert, geht sie rein und hört Geräusche aus der Küche. Als sie wieder abhauen will, kommt ihr meine Mutter entgegen.

„Guten Tag, was wollen Sie in der Wohnung meiner Tochter?", würde meine Mutter vielleicht auf Hochdeutsch herausquetschen. Das wäre peinlich für die Steimatzky. Hausfriedensbruch. Aber die sagt cool: „Ihre Tochter weiß Bescheid. Ich bin die Eigentümerin und erwarte einen Handwerker, der den nicht funktionierenden Heizkörper im Bad anschauen will."

„Davon hat mir meine Jenny nichts gesagt."

„Oh – und wer sind Sie?"

„Das sieht man doch! Ich bin die Mutter."

„Spannend. Wann sind Sie wiederauferstanden?"

„Wie bitte?"

„Laut Ihrer Tochter sind Sie am 3. Mai an einem Herzinfarkt gestorben."

„So ein Blödsinn!"

„Wollen Sie die WhatsApp-Nachrichten von Jennifer sehen? Habe alles archiviert und werde die Sache nun meinem Anwalt übergeben. Ihre Tochter hat nämlich bisher weder die Miete noch die Kaution bezahlt. Und mich wahrscheinlich von Anfang an gezielt belogen und betrogen."

Wie meine Mutter reagieren würde, weiß ich nicht. Aber es wäre der Supergau! Und Katharina würde ratzfatz zum Amtsgericht rennen. Ohne Wenn und Aber. Und mir gar nichts mehr glauben. Denken, dass alles andere auch falsch war. Der Job, die Unterlagen. Und mich vielleicht wegen Betrug anzeigen. Dann wäre Schluss mit lustig. So weit darf es nicht kommen.

Robbi kommt, hat gerade geklingelt. Die Konsole und die Kopfhörer warten auf ihn. Wenn jemand etwas kriegt, ist er meistens zuverlässig.

Das Chaos tobt immer noch, aber das Bad kann man betreten, ohne dass es einem übel wird. Und meine graue Kuschelcouch ist auch so, dass man sich draufsetzen kann. Wenn er noch unbedingt bleiben will. Muss ihm einen Kaffee oder Tee anbieten. In die Küche darf er auf keinen Fall. Das bekomme ich geregelt. Und das Schlafzimmer mit seinem Bergmassiv aus Klamotten ist tabu.

„Hi Jennifer, ist alles gut bei dir?"

„Ja bald – mit dem neuen Schloss. Mein Ex tickt aus, seit er weiß, dass ich einen neuen Typen an der Angel habe."

„Ach was?! Das kann ich verstehen ..."

„Hä? Wie meinen?"

„Verstehe, dass dein Ex eifersüchtig ist, Baby."

„Mach mal halblang, Alter. Hier sind die Kopfhörer und die Konsole – kriegst du alles, wenn du fertig bist."

„Okidoki. Willst du mich nicht mal ausprobieren?"

„Nee, Robbi. Lass mal gut sein. Ich bin glücklich mit Shihab.

„Ein Araber, echt jetzt?!"

„Na und! Der hat mehr im Hirn im Kopf als du Eier in der Hose."

„Na, dann pack ich mal den Zylinder aus."

„Supi – und alles andere lässt du drin, klar eh?"

„Kapiert."

„Juhu! Willst du einen Kaffee oder etwas anderes?"

„Etwas anderes gibt's ja leider nicht mit dir. Und einen Kaffee brauche ich dann auch nicht. Darf ich auf dem Balkon eine Kippe rauchen?"

„Wenn's sein muss."

Ratzfatz hat er mit seinen gelblichen Fingern eine Zigarette gedreht. Wenn ich mir diese Finger an mir oder in mir vorstelle, kriege ich das Kotzen. Während er qualmt, piept mein iPhone.

Wann kann ich am Donnerstag bei dir staubsaugen?
Liebe Grüße, deine Mama.

Sie sollte sich *deine Mama* abgewöhnen. Eine *Mama* hätte der kleinen Jennifer gutgetan. Aber die hatte eine geile Giftnudel als Mutter. Und die große Jennifer braucht keine Mama. Höchstens eine Mutter, die nicht den ganzen Tag allein rumhängt und sich an die Tochter klammert. Wenn die bei mir staubsaugen darf, ist das ihr Tageshöhepunkt. Andere Höhepunkte hat sie nicht mehr. Auf jeden Fall nicht mehr durch mein Saugen. Aber man kann nie wissen. Vielleicht hat sie einen Klitorissauger in der Nachttischschublade.

Gemeinsam mit Robbi wandert eine Rauchfahne ins Wohnzimmer. Verziehe mich in die Küche. Der Turm an dreckigem Geschirr macht dem Turm zu Babel Konkurrenz. Als Pfingstwunder könnte ihn jemand wegspülen. War eine saudumme Idee, keine Spülmaschine zu wollen. Nur um die Steimatzky für mich zu begeistern. Sollte jeden Tag den Abwasch machen. Das nehme ich mir jeden Tag neu vor. Und mache es nicht. Im Sieb kleben ein paar Spaghetti von vorvorgestern. Die muss ich wegschmeißen, bevor sie zum Himmel stinken. Und das auf jeden Fall noch vor der Impfung.

Da ich morgen geimpft werde, habe ich mir den Rest der Woche frei genommen. Du kannst am Donnerstag gerne zum Putzen kommen. Am liebsten ab 14 Uhr. LG

Bin um 15 Uhr da. Gehst du am Pfingstsonntag mit in den Gottesdienst und danach zu mir? Dann backe ich einen Apfelkuchen für dich.

Perfekt. Beides! Sorry, bin gerade in einem Meeting …

Interessant, dass sie mich zusammen mit dem Putztermin an unser Treffen am Sonntag erinnert. Gar nicht so blöd, die Alte. Die Abmachung ist okay. Sie macht meinen Dreck weg und ich spiele manchmal ihre Gesellschaftsdame. Und schlage meinen Bauch mit Süßkram voll.

„Bin fertig und geh zurück in meinen Laden. Probiere den Schlüssel mal aus!"

„Echt jetzt? Super schnell ..."

Der neue Schlüssel passt perfekt. Jetzt käme auch meine Alte nicht mehr rein. Wenn ich nicht da bin. Robbi ahnt nicht, dass mir ein Stein vom Herzen fällt. Nur stinkt es jetzt nach Rauch und nach Schweiß. Das Duschen gehört nicht zu Robbis Hobbys. Seife ist ein Fremdwort für ihn. Selbstbewusstsein nicht. Wie könnte er sonst denken, dass ich auf ihn abfahre? Dass ich mit ihm mir nichts dir nichts in die Kiste springe? Aber er ist ein guter Geschäftskumpel. Und er soll mir weiterhin die ganzen nicht bezahlten Geräte abkaufen. Das sind circa zweihundert Euro im Monat, die ich in zwei Wochen verfresse, aber es ist besser als nichts.

[Katharina] Pfingstsonntag und ich bin allein, weil sich die Freund*innen und Bekannten ausschließlich familiär und partnerschaftlich vergnügen, falls sie sich vergnügen. Corona schlägt weiterhin zu, trotz der steigenden Impfquote, trotz der Maskeraden, trotz der Antigen- und PCR-Tests, trotz der geschlossenen Orte. „Ich bin da, trallala und bleib noch da, lallalla." Der Refrain eines Covid-19-Songs oder eines Wurm-Liedes. Die spanischen Essays haben sich in ein möglichst poetisches und gleichzeitig ausreichend präzises Deutsch verwandelt. Ein leerer, langweiliger Vormittag. Ich habe keine Lust, durch eine belagerte Hasenheide oder über ein bevölkertes Tempelhofer Feld zu wandeln. Ich will nicht irgendeiner meiner gebundenen, eingebundenen Freund*innen eine Nachricht zu schicken, um dann – falls ich eine Antwort bekomme – guten Appetit zu Himbeerclafoutis wünschen zu müssen und nach dem Wurm gefragt zu werden, der mir am Nachmittag die Kaution und Mai-Miete übergeben möchte, woran ich glaube und nicht glaube.

Woran glaubt Jennifer und woran nicht? Glaubt sie an Gott? Ich gehe auf die Website gutezitate.de, gebe *Wurm und Gott* in die Suchleiste ein. Folgender Vierzeiler von Ernst Moritz Adler erscheint: *Vor Menschen ein Adler, vor Gott ein Wurm, so stehst du fest im Lebensturm, nur wer vor Gott sich fühlet klein, kann vor den Menschen mächtig sein.* Jennifer ist kein Adler vor mir, womöglich ein Wurm vor Gott, aber sie stutzte die Flügel des Adlers, der ich war, bevor sie versucht hatte, mich zu einem Wurm zu machen. Wenn ich sie nicht verachtete, würde ich sie bemitleiden. Und bemitleide mich selbst, weil sie mich geködert, weil sie mich gefangen hat. Ein dümmlicher Fisch, der in einen wabbligen Wurm hineinbeißt und sich freut, wenn die Angel hin und her springt. Ein dumpfer Fisch, der hofft, dieses Durchgewirbeltwerden wäre ein aufregender Neubeginn.

Ein Wurm ist ein Wurm ist ein Wurm. Ich möchte ihn zertreten, zermalmen und zerschreddern, gleichzeitig am liebsten mein Smartphone an die Wand schmettern, nachdem ich Folgendes gelesen habe:

Liebe Katharina, heute wird es leider nichts mit der Geldübergabe. Meine Tante hat Corona und mein Onkel hat sich angesteckt. Er muss in Kirkel bleiben, bis es ihm bessergeht. Zum Glück ist er schon zweifach geimpft und muss hoffentlich nicht ins Krankenhaus. Einen weiteren Todesfall brauche ich wirklich nicht, das wirst du verstehen. Frohe Pfingsten und bis die Tage – Jennifer

Bist du zu Hause?

Ich spiele gerade mit meinem Cousin in Rudow Schach – warum interessiert dich das?

Würde gern mit dir besprechen, wie es weitergeht. Dass kein Geld kommen wird, ist mir spätestens jetzt endlich klar geworden.

… texte ich zurück und rechne nicht mit einer Antwort.

Das stimmt nicht! Ich kann das Bargeld nicht aus Kirkel nach Berlin hexen. Und an einem Feiertag schon gar nicht. Sobald ich etwas Luft habe, werde ich mir eine Lösung überlegen.

Mir bleibt die Luft weg. Frau Jennifer Ziegler hat keine Luft, sich um die Begleichung ihrer Außenstände zu kümmern, aber genügend Luft, um mit ihrem Cousin Schach zu spielen, ohne dass die Schulden ihr die Luft abschnüren. Womöglich verdaut sie gerade drei Heiliggeistkrapfen, die sie vom Onkel kredenzt bekam.

Ein Wurm ist ein Wurm ist ein Wurm und ich bekomme ihn nicht mehr aus meinem Leben raus. Dass kein Geld kommt, war allen klar – außer meiner Wenigkeit. Ich weiß nicht, wen oder was ich mehr hasse: Jennifer oder meine Blauäugigkeit, den Wurm oder meine Geduld, die ich in diesem Fall tatsächlich besitze. Eine neue Nachricht:

Habe gerade das Schach unterbrochen und meinem Cousin von der Situation erzählt. Er wird sich nach dem Spiel ins Auto setzen und nach Kirkel fahren. Da er das nicht umsonst macht, kann ich dir die Kaution nicht bezahlen. Ein Vorschlag: Wir treffen uns morgen um 20 Uhr vor dem Haus in der Schillerpromenade und ich gebe dir die Mai- und die Junimiete. Machen wir es so?

Ja! Glückwunsch fürs Rochieren und pass gut auf deinen König auf!

Kein blaues Häkchen. Natürlich nicht. Sie hat mich besänftigt. Die sanfte Jennifer hat es wieder einmal geschafft, obwohl kein Bargeld vom Himmel fährt, auch kein Heiliger Geist, stattdessen gehen mir alle und alles auf den Geist: Ich mir selbst, Jennifer, die Covid-19-Regeln, die Zoom-Meetings und WhatsApp-Nachrichten mit Patrizia. Ich möchte nicht wissen, was bei ihr und Bernadette heute Abend auf den Tisch kommt und ob die beiden sich nach dem Schmaus eine neue Episode von Sweet Tooth zu Gemüte führen. Auch die rechthaberischen Monologe von Ingeborg, die Erinnerungen an das Pfingsten vor einem Jahr, als Nadine nach mehrjähriger Funkstille mit einem riesigen Strauß roter Pfingstrosen vor der Tür stand und meinte: „Für dich, ma Chère. Und für jede Blüte bitte einen Kuss." Ihr frisch geliftetes Gesicht hatte mich so sehr entsetzt, dass ich die Tür zuknallte und somit der Versuchung widerstand. Der Einzige, der mir trotz oder wegen der Kontakteinschränkungen durch seine zweite Ehefrau nicht auf den Geist geht, ist merkwürdigerweise Stefan. Vielleicht, weil ich seinen Geist liebe.

Falls Susanne gerade joggen sollte, ruf mich bitte an! Die Geschichte mit meiner Mieterin droht zu eskalieren.

Direkt danach klingelt mein Handy – das erste positive Ereignis an diesem Tag.

„Hi – der Wurm, äh ich meine Jennifer Ziegler, wollte mir heute die Kaution und die erste Miete in bar geben und hat abgesagt. Ich bin außer mir."

„Das kann ich verstehen, Katharina, aber zwei Dinge verstehe ich nicht ..."

„Ich ahne welche ... Sag sie mir."

„Warum du nicht endlich dein analytisches Hirn einschaltest. Und warum du keinen Haken hinter die Sache machst."

„Ich sollte die Sache abhaken und Jennifer weiterhin schmarotzen lassen?"

„Sicher nicht! Ich verstehe nur nicht, warum du das Ganze so emotional abwickelst. So wie du dich über die Mietnomadin aufregst, hast du noch nicht mal bei Nadine geklungen. Weißt du noch damals, als du herausgefunden hattest, dass sie immer noch bei ihrer Ex-Freundin übernachtet und dich monatelang angelogen hatte."

„Vielleicht ist es genau das! Die Geschichte mit Jennifer ist der letzte Tropfen, der das Fass zum Überlaufen bringt. Ich bin in meinem Leben inzwischen einmal zu oft belogen worden."

„Katharina, ich kenne die Geschichte mit deiner Mutter. Aber bitte komm wieder zur Vernunft! Du schadest dir selbst und in der Sache kommst du keinen Zentimeter weiter."

„Ja, das stimmt schon. Warten wir morgen Abend ab und wenn auch dann kein Geld kommt, werde ich versuchen, wieder auf der Sachebene zu landen."

„Das klingt gut, Katharina. Muss nun leider aufhören mit unserem Telefonat. Susanne ist zurück."

„Alles klar. Und danke für deine Zeit – es geht mir etwas besser!"

Er hat recht. Ich darf mich nicht mehr mit dem Wurm beschäftigen. Wurm entweiche! Lass mich in Ruh! Fahr in die Höhle oder sonst wo hin, wo ich nicht bin! Schluss. Aus. Basta. Ich kann Jennifer nicht geknebelt und gefesselt aus der Wohnung tragen, aber ich kann dazu beitragen, dass sie mir weniger Zeit stiehlt mit ihren Erklärungen, auf die ich eingehe, auf die ich mich einlasse und auf deren Wahrheit ich mich immer noch partiell verlasse. Ich kein siebenjähriges Kind mehr und kann entscheiden, wem ich wie viel Macht über mich gebe. Das Smartphone läutet. Eine unbekannte Nummer.

„Hallo hier ist Jennifer. Es tut mir furchtbar leid, dass alles so scheiße läuft. Entschuldige diesen Ausdruck."

„Ist schon gut. Glaubst du eigentlich an Gott?"

„Was soll die Frage, Katharina?"

„Hast du eigentlich kein schlechtes Gewissen? Wir wissen beide, dass du die Miete nicht bezahlen wirst."

„Irgendwie glaube ich schon, dass es etwas Höheres gibt. Meine Mama war sehr katholisch. Und ich bin öfters mit ihr in die Kirche gegangen."

„Ist deine Mutter denn wirklich gestorben?"

„Ja! Was denkst du denn?"

„Ich denke, dass du flunkerst. Meine Geduld ist zu Ende." „Flunkern! Dieses Wort habe ich lange nicht mehr gehört." „Ich hoffe, du nimmst mich wenigstens ein bisschen ernst! Ich kann lange sehr geduldig, freundlich und einfühlsam sein. Aber dann kommt der Punkt, wo sich bei mir der Schalter umdreht. Und ab dann kämpfe ich. Knallhart. Ohne Rücksicht auf Verluste. Verstanden?!"

„Ich verstehe dich da vollkommen und nehme dich auch absolut ernst, keine Frage."

„Und jetzt?"

„Ich kann dir momentan nur versichern, dass ich dir morgen Abend die Miete für Mai und Juni in bar geben werde."

„Und das soll ich dir glauben?"

„Ja! Das ist mir furchtbar peinlich. Ich erzähle dir mal in Ruhe, was alles passiert ist. Ich drehe gerade ziemlich am Rad."

„Das kann ich mir vorstellen. Aber erst das Geld, dann das Gespräch."

„Klar, du bist echt nett. Danke für dein Verständnis und bis morgen."

„Bis bald!"

[Jennifer] Schach habe ich seit Ewigkeiten nicht mehr gespielt. Vor Corona habe ich in einem Laden herumgehangen, wo man gegen Geld spielen konnte. Habe da irgendwelchen Typen reihenweise die Figuren vom Brett geputzt. Wir haben um Geld gespielt. Meistens habe ich gewonnen. Einer der Gegner war stinkwütend. Hat gesagt:

„Dieser fetten Fotze gebe ich keine 100 Euro. Die hat geschummelt." Das habe ich nicht. Beim Spielen bin ich ehrlich. Da bin ich eine Ehrendame.

„Die hat ihren Läufer verschoben."

„Quatsch mit Soße. Und jetzt lass mir einen Hunni rüberwandern."

Das wollte die Dumpfbacke nicht. Hat lieber den Tisch mit dem Schachbrett umgeschmissen und rumgebrüllt, dass er mich verprügeln will. Ist voll ausgetickt. Der Besitzer der Kneipe hat kalte Füße bekommen. Und hat mir verklickert, dass ich nicht mehr kommen darf. Da bin ich vom Glauben abgefallen. Ich bin raus und der Randalierer bleibt drin. So eine Kacke ist mir noch nie passiert. Seitdem habe ich kein Schachbrett mehr angefasst. Auch mit meinem Cousin habe ich nicht mehr gespielt. Habe ich nur wegen Katharina erfunden. Dass die weiß, dass ich nicht alleine abhänge. Immerhin war es spaßig bei meiner Alten. Aber jetzt sagt die Langeweile zu mir Hallo. Oder Netflix. Oder Amazon Prime. Oder BigLove.

Vanessa war ewig nicht mehr online. Obwohl ich dringend Kohle brauche. Ob es das Profil von Alois noch gibt? Mit ihm ist es gut gelaufen. Nur der Patzer mit der verstorbenen Sau war unterste Sohle. Irgendwie war Vanessa auch schon mal besser.

Was mache ich mit der Steimatzky? Die steht morgen Abend vor dem Haus. Glaubt die im Ernst, dass eine Wolke aus Euroscheinen vom Balkon runterschwebt? Und in der Kapuze von ihrer schwarzen Jacke landet? Oder bildet die sich ein, dass ich sie in meine Bude lasse? Und nochmals für sie Ingwertee mache. Und Gemüsesuppe. Stelle mich wegen der kein zweites Mal in die Küche, um ein Süppchen zu machen. Und danach ihr Tellerlein, ihr Löffellein und ihr Tässlein abzuspülen. Lasse im Moment fast niemand rein. Der Besuch von Robbi musste sein. Und meine Alte kommt jede Woche zum Putzen. Davor muss ich immer klar Schiff machen, dass sie vor lauter Tüten und Kartons und Klamotten den Boden findet. Meine Alte findet das schrecklich. Hält aber die Klappe, weil ich beruflich so eingespannt bin. In Lichtenrade war es weniger voll und weniger chaotisch. Dafür hat Charles gesorgt. Und ich habe weniger Zeugs bestellt. Da war der Alltag irgendwie besser. Trotzdem vermisse ich meinen Ex nur selten. Möchte nicht zurück. Auch jetzt nicht, wo es nicht rundläuft. Besonders wegen der Steimatzky. Sie hat mich auf dem Kieker. Die anderen Vermieterinnen haben Mails und Briefe geschickt. Ansonsten war Ruhe im Karton.

Das Beste ist, dass ich nun ein neues Schloss habe. Da kann ich wieder tiefer schlafen. Entspannter baden. Katharina wird nicht mit einem Schlüsseldienst auftauchen und einbrechen. Das wäre kriminell. Das traue ich ihr nicht zu. Wäre auch mir zu heikel. Wenn ich sie wäre. Die war voll überrascht, dass ich sie angerufen habe. Ist gut gelaufen. Bis morgen dürfte Ruhe sein. Aber sie wird vor dem Haus stehen und auf die Knete warten. Hoffentlich kann ich zu Shihab.

Hi Cheri, darf ich dich morgen besuchen. Bist du frei? Je t'embrasse – Jennifer.

Wenn wir nicht über meine Zukunft quatschen, wirft er mich nach dem Sex nicht raus. Dann bleiben die Lichter in der Schillerpromenade aus. Und die Steimatzky wird irgendwann abziehen. Spätestens dann, wenn ich ihre Nachrichten nicht mehr lese. Wer weiß, wo Shihab über Pfingsten steckt. Trotz der Pandemie darf man reisen. Und geimpft ist der schon seit Mai, obwohl er voll fit ist. Zwölf Jahre älter als ich und zwölf Jahre gesünder. Dürr und zäh. Ähnlich wie meine Alte. Auch wie Katharina. Ich brauche nun was für die Stimmung. Und gegen die Langeweile. Habe schon wieder Hunger. Trotz der drei Stück Apfelkuchen. Die unter einer dicken Decke von süßer Sahne geschlummert haben. Backen konnte meine Alte schon immer gut. Und Schlagen auch. Nicht nur die Sahne, auch mich. Mit einem Kochlöffel aufs Hinterteil. Wenn ich einen Zehner oder Zwanziger aus ihrem Portemonnaie entführt hatte. Das war, als die Monika weg war. Und ich keine Schokoriegel mehr mochte. Und kaum noch daheim war. Da war ich mit Nina ganz dick befreundet. So dick, dass man uns im Schulhof „Lesben“ nachgeschrien hat. Auch sie hatte eine durchgeknallte Alte. Die hat den lieben langen Tag in einem Ohrensessel gesessen und gesagt: „Ich habe keine Lust mehr auf das Leben. Ich hasse das Leben. Ohne Florian macht nichts mehr Sinn. Ich möchte nicht mehr leben. Ich möchte nicht mehr leben.“ Auch Nina hat ihren kleinen Bruder vermisst. Der war eines Tages von der Schule nach Hause getrottet und nie angekommen. Wir haben irgendwann seine ganzen Sachen auf den Dachboden gebracht. Floris Zimmer ist dann mein Zimmer geworden. Das war für mich erste Sahne. Habe dort sogar manchmal Hausaufgaben gemacht. Da Ninas Alte diesen Raum nie betreten hat, ist es nicht aufgefallen. Und ihrem Vater war es egal. Oder er hat es sogar gut gefunden. Er hat mal gesagt: „Schön, dass du neues Leben in die Bude bringst, Jennifer!“ Ab dann war ich immer öfter bei Nina. Bis sie eines Tages gemeint hat, dass ich eine richtige Schwester für sie sein soll. Und dass ihre Eltern nichts dagegen haben, wenn ich einziehe. Das hat mir meine Alte leider verboten. Aber ich war trotzdem jede zweite Nacht bei Nina. Bis ich sechzehn war, hatte ich dort eine richtige Familie. Leider hat eines Tages ein Köter eine Leiche in der Hasenheide ausgebuddelt. Der Rest von Flori. Das hat ihrer Mutter den Rest gegeben. Sie hat eine Schachtel Tavor geschluckt. Ist nicht mehr aufgewacht. Ninas Vater hat die Wohnung in der Lilienthalstraße gegenüber vom Friedhof verkauft. Er ist zu seiner Schwester an den Bodensee gezogen. Ich durfte nicht mit. Nina musste mit. Leider haben wir uns verkracht, als sie mit 19 ihren ersten Freund geheiratet hat. Der hat ausgerechnet Florian geheißen. Dass ich das komisch finde, hätte ich besser nicht gesagt. Danach wollte sie nicht mehr mit mir telefonieren. Wahrscheinlich hat das Ninchen nun zwei Blagen und ist unterwegs zum Scheidungsanwalt. Oder das dritte Kind ist unterwegs. Und die Scheidung wird verschoben. Nina hat früher gerne auf dem Klavier geklimpert. Gar nicht schlecht. Das hat sie bestimmt aufgegeben. Oder sie unterrichtet verzogene Gören in Lindau. Ob wir uns noch verstehen würden, weiß ich nicht. Sie hat damals meine Ideen zum Geldverdienen cool gefunden. Mit vierzehn habe ich für meine Clique eine Versicherung aufgezogen. Eine Schwarzfahrerversicherung. Jeder, der mitmachen wollte, musste mir jeden Monat fünf Euro geben. Und jeder, der erwischt wurde, hat dann die 40 Euro für das erhöhte Beförderungsentgeld von mir bekommen. Gegen einen Nachweis natürlich. Mein erstes Geschäft hat laut gebrummt. Die Zahl der Versicherten ist noch schneller gewachsen als meine Brüste. In der Blütezeit haben circa 50 Leute mitgemacht. Von denen sind im Monat höchstens zwei erwischt worden. So sind für mich mindestens 170 Euro übergeblieben. Das war für mich damals extrem viel Kohle. Dummerweise ist jemand auf die Idee gekommen, dass meine Versicherung nicht sauber ist. Weil sie zum Fahren ohne Ticket anstiftet. Also zu einer kriminellen Handlung. Finde ich quatsch, aber immer mehr sind ausgestiegen. Und in der zehnten Klasse hörte ich damit auf. Habe das restliche Geld für ein Handy verbraten. Ein Geschenk für Nina. Sie hatte nämlich meine Sekretärin gespielt. Und mich angehimmelt. Vielleicht war sie ein wenig in mich verknallt. Hatte erst spät den ersten Freund. Durch den hat sie ihren Bruder wiederauferstehen lassen. Auch wenn sie das nicht zugegeben hat. Ob sie immer noch *Nina Friedrichs* heißt? Oder wieder? Auf FB oder Insta oder TikTok habe ich kein Profil von ihr gefunden. Aber auf FB eins von ihrem Papa. Rolf-Dietmar lässt seine verhunzten und verhutzelten Beine im Bodensee baumeln. Und postet Bilder von seinem Dackel. Der sieht aus wie eine Wurst mit Ohren, Augen, Nase und Mund. Leider hat Rolf-Dietmar meine Freundschaftsanfrage nicht angenommen. Würde gerne wissen, was aus meinem Ninchen geworden ist. Und muss aufpassen, dass Vanessa nicht aus Versehen Rolf-Dietmar auf BigLove anschreibt. Vielleicht braucht er ein junges Ding:

Vitaler Witwer mit agilem Dackel sucht anschmiegsame Begleitung unter 30 nicht nur für Spaziergänge im Dreiländereck.

Vielleicht ist Vanessa schon über Ähnliches gestolpert. Sollte endlich wieder durch die Profile schippern. Das lange Pfingstwochenende. Da kriegt so mancher das arme Tier. Vor allem die, die ohne Hund oder Katze im Bett liegen. Und die nicht mit einer Sau auf dem Kanapee kuscheln. Ob Alois schon wieder eine neue Sau neben sich sitzen hat? Ob er noch mit seiner Schwester auf dem Bauernhof hockt und den Staat anbettelt? Dass Alois das Handtuch noch nicht geworfen hat, verstehe ich nicht. Man sieht doch, was sich rechnet. Und was sich nicht rechnet. Und kleine Höfe gehen bankrott. Der könnte seine Kühe verticken und seinen Hintern in die Sonne hängen. Anstatt den Stall auszumisten. Und die Melkmaschine ein- und auszuschalten, den lauten Kompressor auszuhalten. Und die Schwänze seiner Milchkühe zu kämmen. Er sucht eine Frau, die auf dem Hof mithilft. Und sich um seine Alten kümmert. Ersparnisse hat er angeblich auch. Für die Flitterwochen. Und hoffentlich, um Vanessa einen Sarg für ihre Mama zu spendieren. Sein Profil ist noch da. Mit neuen Bildern. Der Kerl sieht gar nicht so schlecht aus. Das Foto vom frisch gestrichenen Stall mit den Bergen im Hintergrund ist wie aus *Landlust*.

Vanessa: Frohe Pfingsten, lieber Alois! Tolle neue Bilder! Wie geht es dir?

Alois: Habe die Scheune geweißelt und mir eine neue Sau gekauft. Die Resi ist noch scheu. Vermisse Frieda – dich auch.

Klappt ja prächtig. Er trauert seinem Schwein nach. Und sogar mir. Da könnte was gehen.

Vanessa: Vermisse dich auch. Und meine Mama.

Alois: Hat Gott sie erlöst?

Vanessa: Noch nicht. Sie kann nicht mehr sprechen, isst und trinkt kaum noch … wartet auf den Tod.

Alois: Tut mir leid.

Vanessa: Deshalb war ich so lange nicht auf BigLove. Außerdem habe ich einen Höllenstress im Krankenhaus. Immer noch wegen Corona.

Alois: Davon merk ich auf der Alm Gott sei Dank nichts.

Vanessa: Wie geht es deinen Eltern?

Alois: Meine Mutter sitzt gerne im Garten unter dem Zwetschgenbaum. Und Anni stellt den Rollstuhl mit dem Papa dann neben sie.

Vanessa: Klingt okay.

Alois: Ja. Bin einsam.

Vanessa: Ich auch … irgendwie. Kann im Moment leider nicht aus Berlin weg. Und mache viele Extra-Schichten. Spare für die Beerdigung meiner Mama.

Alois: Oh Gott, oh Gott. Du trägst ein schweres Kreuz, Mädel.

Vanessa: Finde es süß, dass du Mädel schreibst. Gehe aber auf die Dreißig zu.

Alois: Für mich bist du jung. Und du bist kräftig, was ich mag.

Vanessa: Muss nun in den Dienst und vorher noch meine Mama windeln. Bussis auf die Alm.

Nix wie offline. Sonst geht das Gesülze weiter. Am Morgen oder übermorgen schreibt Vanessa dem Alm-Öhi, dass Gott ihre Mutter geholt hat. Und dass er für sie beten soll, wenn er in die Kirche geht. Manchmal glaube ich selbst an das, was Vanessa schreibt. Nicht an den Krebstod meiner Alten natürlich, aber an ein neues Leben. Warum nicht in den Bergen? *Die wundersame Verwandlung der Betrügerin Jennifer Z. in eine Milchbäuerin.* Das hätte was. Vielleicht sogar für die Medien. Aber mit meinen Schulden und den Strafanzeigen darf ich nicht bekannt werden. Dann lieber als Der-die-das-Tusse vor Marokkanern stehen. Bis ich jemand finde, der mir neue Papiere beschafft. Und dann weitersehen. Könnte auch die offenen Geldstrafen langsam abstottern. Oder Insolvenz anmelden. Und mir vom Papa Staat eine Ausbildung zahlen lassen. Irgendwas mit Medien. Webdesign? Das hätte ich durchs Fälschen der Unterlagen gute Vorkenntnisse. Würde gerne lernen, wie man Websites programmiert. Shihab war aus dem Häuschen von dieser Idee. Hätte mir fast einen Heiratsantrag gemacht. Bin aber noch nicht von Charles geschieden. Und solange er in Berlin bleibt, bleibt alles, wie es ist.

Er ist weiterhin legal hier. Und ich AOK-versichert. Ein fairer Deal. Finden wir beide.

Schiebe eine Salami-Schinken-Pizza in die Röhre. Hoffentlich hat Shihab morgen Abend Zeit. Wenn nicht, muss ich in die Röhre gucken. Wenn die Steimatzky wegen der Kohle vor dem Haus auf und ab geht. Und ich nicht mal die Glotze einschalten kann. Sieht man dummerweise von der Straße aus. Wenn es pisst, gehen die bescheuerten Rollos automatisch hoch und ich sitze im Wohnzimmer wie auf dem Präsentierteller.

[Katharina] Allmählich werde ich zur Streetart-Kennerin, weil immer wieder neue Sprayereien auf der Hauswand landen. Heute empfängt mich in Himmelblau: *Eine Stadt für alle*. Auch für Mietnomaden, auf deren helle Haut sich ein plötzlicher Geldregen ergießt, ein Bargeldschauer, der sie nicht nur erschauern lässt, sondern flüssig macht? Ich stehe vor der Schillerpromenade 32a und warte vergeblich auf das Surren des Türöffners.

Katharina: Ich bin da. Wo bist du?

Jennifer: Bin in der Wohnung von meinem Onkel. Mein Cousin stand im Stau. Er ist jetzt fast in Rudow, holt mich dort ab und wir fahren gemeinsam rüber. Sorry wegen der Verspätung!

Katharina: Kein Problem. Ich warte auf euch. Wenn es gießt, setze ich mich im Hauseingang auf die Bank der heimatlosen Dinge.

Jennifer: Hä?

*Katharina: Hast du noch nicht gesehen, dass die Hausbewohner*innen aussortierte Sachen im Eingangsbereich aussetzen? Kürzlich fand ich eine für Picknicks geeignete hellrosa Babydecke, eine schwarze Jogginghose und einen Mehrfachstecker.*

Keine Antwort. Bin ich zu weit gegangen? Hätte ich besser nicht verraten, dass ich mich häufig im Haus aufhalte? Treibe ich sie in die Flucht? Wenn es so wäre, wäre es zu meinem Vorteil: Je weniger Wasser der Wurm benötigt, desto günstiger für mich. Sollte ich auf die Bank der ausgesetzten Dinge ziehen?

Am besten mit Becher und Schild: *Liebe Miteigentümer*innen und Mieter*innen, aufgrund der Vermietung meiner Wohnung (1. Etage rechts) an eine Betrügerin bin ich schuldlos in eine finanzielle Krise geraten. Bitte um eine Spende für das Hausgeld! Herzlichen Dank – Katharina Steimatzky*

Schon fast halb zehn. Kein Würmchen mit einem Bündel Scheinen in Sicht, aber eine neue Nachricht. Dieses Mal über WhatsApp:

> *Wird heute leider doch nichts mit der Geldübergabe. Mein Cousin hat keine Lust mehr, nach Neukölln zu düsen. Ich melde mich morgen wieder. Muss jetzt noch dringend etwas erledigen.*
>
> *Jennifer, du weißt, dass ich auf dich warte. Steig doch mit dem Geld in die U7. Bist du noch in Rudow?*
>
> *Das geht dich nichts an, Katharina!*
>
> *Stimmt, aber die säumige Miete geht mich etwas an, Jennifer! Schick mir ein Foto von den Geldscheinen!*

Alle Fenster sind dunkel und der Fernseher ist aus, ich gehe davon aus, dass sie tatsächlich nicht zu Hause ist. An den Cousin in Rudow glaube ich nicht mehr. Wo steckt sie? Wo hat sich mein persönlicher Parasit verkrochen? Um welchen Körper schlingt sich sein Leib?

Knapp zwei Stunden lang harre ich auf der Bank der ausgesetzten Dinge, die heute leer ist, aus und lese die Online-Ausgabe der ZEIT. Niemand ist mir bisher begegnet. Ein Geisterhaus. Gegen 22 Uhr wird die Eingangstür aufgesperrt.

„Warten Sie auf jemanden?“, fragt mich eine Frau, die vom Alter her die Wurmmutter sein könnte.

„Ja, mir gehört die Wohnung in der ersten Etage rechts und ich warte auf Frau Ziegler, meine Mieterin. Sie ist Anfang 30, sehr groß und kräftig.“

„Oh, die höfliche, junge Frau direkt neben mir. Ich habe sie allerdings schon länger nicht mehr gesehen. Nur ihre Mutter. Die war vor ein paar Tagen noch zum Putzen da.“

„Diese höfliche, junge Frau hat bisher noch keine Miete bezahlt. Und auch keine Kaution.“

„Das Geld wird schon noch kommen.“

„Das bezweifle ich. Aus gutem Grund. Bitte sagen Sie mir Bescheid, wenn Ihnen irgendetwas auffällt. Fremde Leute in der Wohnung oder ein Auszug. Hier ist meine Karte."

„Behalten Sie Ihr Kärtchen. Ich weiß ja gar nicht, ob Sie wirklich die Eigentümerin sind. Und das Ganze geht mich nichts an. Wenden Sie sich doch an die Hausverwaltung."

„Die ist schon informiert. Sie können sich gerne dort erkundigen, ob die Eigentümerin der Wohnung Nr.3 Katharina Steimatzky heißt. Wollen Sie meinen Ausweis sehen?"

„Nein. Vielleicht gehen Sie nun besser nach Hause. Frau Ziegler kommt bestimmt nicht so spät heim."

„Die Mutter meiner Mieterin ist übrigens angeblich Anfang Mai gestorben."

„Das kann nicht sein. Die Frau, die bei ihr saubermacht, ist Ihrer Mieterin wie aus dem Gesicht geschnitten. Ich wünsche Ihnen eine gute Nacht."

„Was?! Haben Sie mit ihr gesprochen?"

„Klar, auf dem Flur. Ganz zufällig. Sie hat mich gefragt, wo die Mülltonnen sind. Da Frau Ziegler gerade erst eingezogen ist."

„Das ist alles hochinteressant."

„Etwas anderes: Könnten Sie dafür sorgen, dass die Hausverwaltung endlich richtige Namensschilder anbringen lässt."

„Natürlich. Danke für den Hinweis."

„Ihre Mieterin klebt immer wieder neue Namen ans Klingelschild und auf den Briefkasten."

„Das ist komisch. Vielleicht vermietet sie ein Zimmer unter. Meine Güte- zahlt keine Miete und verdient noch Geld mit der Wohnung."

„Das glaube ich nicht. Habe noch nie jemanden gesehen – außer der Mutter. Aber jetzt wünsche ich Ihnen wirklich gute Nacht."

„Auf Wiedersehen!"

Die Frau läuft die Treppe hoch, verschwindet. Ich texte sofort an Jennifer:

Sitze im Eingang und habe gerade deine Nachbarin kennengelernt. Glückwunsch zur Wiederauferstehung deiner Mutter. Ich freue mich darauf, sie kennenzulernen. Sie kommt bestimmt bald zum Saubermachen vorbei, und ich kann perfekt auf der Gabenbank arbeiten. Homeoffice in der Schillerpromenade ist eine prächtige Abwechslung! Dann treffe ich vielleicht nicht nur deine Frau Mama, sondern auch deine Untermieter. Die Leute im Haus wundern sich nämlich darüber, dass immer wieder andere Namen am Klingelschild kleben. Kannst du mir das erklären?"

Lösche den Text. Trinke Kräutertee aus meiner roten Flasche und bekomme Hunger. Was würde ich zur Wurmmutter sagen, wenn sie hereinkäme? Werte Frau Ziegler, wissen Sie eigentlich, dass Ihre Tochter eine ausgefuchste Einmietungsbetrügerin ist? Werte Frau Ziegler, wissen Sie eigentlich, dass ich Ihre Tochter in meine Wohnung eingeladen hatte, weil wir uns sympathisch fanden und Sie just an diesem Nachmittag wegen eines Herzinfarkts ins Krankenhaus von Luckenwalde eingeliefert worden waren? Werte Frau Ziegler, wissen Sie eigentlich, dass Sie am Tag, als die Mai-Miete fällig war, verstarben? Werte Frau Ziegler, wissen Sie eigentlich, dass Ihr Töchterlein seit Jahren nicht bei der Deutschen Bahn arbeitet, was die Bekannte einer Bekannten, die passenderweise dort für Personalangelegenheiten zuständig ist, herausfinden konnte? Werte Frau Ziegler, warum werden Sie plötzlich so blass? Haben Sie Probleme mit der Atmung? Soll ich einen Krankenwagen rufen?

Langsam sollte ich einsehen, dass Jennifer heute Abend nicht mehr nach Hause kommt und falls doch, ohne Geldscheine in der gefälschten Prada-Tasche. Es zieht mich die Treppe hoch. Kein Laut dringt aus der Nachbarwohnung. An der Tür steht Briedenkamp. Die reizende Frau Briedenkamp scheint sich zur Ruhe begeben zu haben. Es wurmt mich, dass ich zum wiederholten Male auf den Wurm hereingefallen bin; es zieht mich in die Wohnung, in der niemand sein dürfte. Langsam nehme ich den Schlüssel in die Hand, versuche, ihn lautlos ins Schloss zu stecken. Er lässt sich nicht einmal hineinschieben. Der Wurm hat den Zylinder ausgetauscht. Es ist vollbracht. Am 24. Mai 2021 um 22:26 ist der letzte Hoffnungsschimmer erloschen, obwohl ich weiß, dass Jennifer auch für das neue Schloss einen triftigen Grund fände, erfände, falls ich sie darauf anspräche.

Was für ein Abend! Auf einer Bank sitzen, mit einer Betrügerin chatten, unkonzentriert lesen, ein abstruses Gespräch mit einer älteren Dame führen und fast Hausfriedensbruch begehen. Ich muss diese sinnfreie Abendgestaltung abhaken, jegliche Gedanken an Jennifer abhacken und ihr Anfang Juni fristlos kündigen. Keine weitere Zeitverschwendung. Keine weitere Verwurmung meines Denkens, Fühlens und Handelns.

Als ich nach Hause spaziere, stelle ich mir vor, wie ich Jennifers Wohnung betrete. Im Flur brennt Licht. Die Tür zum Badezimmer ist angelehnt. Es plätschert Wasser. Der Wurm aalt sich in der Wanne. „Wer ist da?", höre ich Jennifers Stimme. Ich drehe den Schlüssel, der außen an der Tür steckt, herum und verlasse die Wohnung. Ein Wurm eingesperrt im eigenen Bad. Und niemand ist da. Keine Hilfe in Sicht. Kein Handy griffbereit. Hätte er geschrien oder sich mit Handtüchern zugedeckt stumm in einer Ecke des geräumigen Bades zusammengeringelt und auf den nächsten Morgen gewartet? Seine Mutter hätte sich am kommenden Tag womöglich gewundert, dass sich ihr Jennylein nicht meldet. Wäre sie in die Wohnung gefahren, zu der sie mit hoher Wahrscheinlichkeit einen Zweitschlüssel hat? Hätte sie ihre Tochter frühzeitig aus dem Bad befreit, bevor diese hungrig und verzweifelt versucht hätte, die Tür aufzubrechen oder so laut zu schreien und zu klopfen, dass Frau Briedenkamp oder jemand anders sich gewundert hätte? Hätte Jennifer mich wegen Hausfriedensbruch und Freiheitsberaubung angezeigt? Aber wie hätte sie beweisen sollen, dass ich es war? Weil ich den Wohnungsschlüssel habe? Und weil ich mich am Tatabend im Haus aufgehalten und Frau Briedenkamp das bezeugt hatte? Aber da mich niemand in der Wohnung gesehen hatte, wäre es mit der Beweisführung schwierig, denn Frau Jennifer Ziegler hatte von mir drei komplette Schlüsselsätze erhalten und das steht so im Mietvertrag. Wenn Frau Jennifer Ziegler unseren Chat-Verlauf der Polizei zur Verfügung stellen würde, wäre mein Tatmotiv ersichtlich. Ich wäre die gemeine, garstige, gierige Eigentümerin, die ihre mittellose, makellose Mieterin nicht nur seelisch unter Druck setzt, sondern sogar in ihre Wohnung eindringt und sie im Badezimmer einsperrt: *Frau Z.*

steht immer noch unter Schock. Die Ermittlungen gegen Frau S. werden fortgesetzt. Sie bestreitet, die Tat begangen zu haben.

Ich stehe in meinem eigenen Badezimmer vor dem Spiegel: verkniffene Lippen, Zornesfalte, runzelige Stirn, Herpesbläschen auf der Oberlippe links außen. Hass macht hässlich. Hass macht erfindungsreich. Hass schürt die Fantasie. Hass bindet mehr als Verliebtheit, als Liebe. Ich hasse es, belogen zu werden. Ich hasse Jennifer dafür, dass sie mich immer wieder neu belügt, wie früher meine Mutter. Der Hass auf die eigene Mutter ist der tiefste Hass, den es gibt, denn die Mutter ist der Beginn aller Liebe, der Beginn aller Enttäuschung. Die Mutter zu hassen, die einen einhämmert, dass man sie ständig enttäuscht und dass man nicht liebenswert ist, ist auf jeden Fall gesünder als sich selbst zu hassen. Der Hass ist ein Wurm, der einen von innen auffrisst, den man schwer loswird, den ich loswerden will.

Jennifers glasklare Sätze, ihre detaillierten Berichte über ihre Alltagserlebnisse, die sie behäbig und mit einem Hauch von Ironie vortrug, hörte ich gerne. Sie ist in vieler Weise das Gegenteil von mir. Wie ein riesiger Medizinball, der mich an Turnstunden erinnert, rollt sie langsam durch die Welt, während ich wie ein Flummi hin- und herspringe. Trotz ihrer körperlichen Behäbigkeit ist ihr Geist schnell. Intelligenz lässt sich nicht faken. Vieles andere bedauerlicherweise durchaus. In welcher Not mag jemand sein, der so ein Leben lebt?

[JENNIFER] Wow, war das eine Fickerei in der letzten Nacht! Shihab ist sogar ohne Gedichte gekommen. Und konnte gleich mehrmals hintereinander. Vielleicht war er ausgehungert. Oder er hat sich Viagra reingepfiffen. Abgesehen von den Chats mit der Steimatzky war der Pfingstmontag megageil. Bin in Bombenstimmung. Mal nachschauen, was auf der Alm los ist.

> *Alois: Mein liebes Vanessa-Mädel, du tust mir ganz doll leid. Du bist ein guter Mensch, weil du deine kranke Mama pflegen tust. Mein Herzl pumpert, wenn ich an dich denk. Ich will dir helfen in der Not. Und hoffe, dass du mich bald auf der Alm besuchst. Servus – dein Alois.*

Wie abgefahren ist das denn. Der wird bald Geld rüberschicken. Wenn die Mama von Vanessa erlöst ist. Werde dem erst morgen schreiben. Dann hat er was vom Herzpumpern, weil er den ganzen Tag auf eine Antwort wartet. Und umso öfter an Vanessa denkt. Das wird was mit dem Zuschuss für die Beerdigung. Und mit der Fahrkarte nach München. Zum Beschnuppern und Schuppern. Hätte ich sogar Bock drauf, wirklich hinzufahren. Wenn er das Ticket und eine Nacht im Hotel bezahlt. Eine coole Abwechslung. Hätte dort keine Angst, in die Steimatzky zu rennen. Traue mich kaum noch in den REWE. Die Steimatzky ist stinksauer auf mich. Sollte besser stinksauer auf sich selbst sein. Weil sie so blöd ist, mir den ganzen Scheiß abzukaufen. Hat die echt gedacht, dass mein Cousin wegen ein paar Geldscheinen ins Saarland gejuckelt ist? Das pack ich nicht! Gegen die Steimatzky sind Alois Kühe oberschlau. Witzig war allerdings die Idee, dass ich den Zaster fotografieren soll. Das Bild könnte ich nachliefern. Brauche nur zu Robbi marschieren und ihn bitten, dass er seine Einnahmen ablichtet. Der nimmt nur Bargeld an. Und bringt bestimmt nicht den ganzen Zaster auf die Bank. Schwarzgeld fühlt sich gut versteckt wohler. Aber zu ihm ins Geschäft dackle ich lieber nicht. Der würde mich wieder angaffen. Und dumm fragen, warum ich ein Foto mit Bargeld brauche.

Was die Steimatzky wohl heute macht? Nach Vorlagen für Kündigungsschreiben googeln? Oder dem Physikfuzzi in Massachusetts vorheulen, dass ein Pleitegeier über dem Sudhaus kreist? Dass sie ihm die Juni-Miete nicht überweisen kann. Durch die Bude in der Schillerpromenade geht die noch bankrott. Sie muss das hohe Hausgeld zahlen. Bald zum zweiten Mal. Bekommt keine Miete von mir. Auch nicht, wenn mir Alois etwas überweist. Das brauche ich, um mein Girokonto ins Plus zu hieven. Damit Vodafone und Vattenfall abbuchen können. Mit denen habe ich zwei Verträge mit meinem echten Namen und mit der echten Anschrift. Internet, Telefon und Strom bezahle ich tatsächlich. Wenn es mit der Knete hinhaut. Wenn es rundläuft mit den Fans von Vanessa. Bin gespannt, ob sich Alois melken lässt. Weil er hofft, dass das Berliner Mädel ihm bald beim Melken hilft. Lohnt sich so ein Investment in Vanessa? Stellt er sich, wenn er sich selbst melkt, vor, wie Vanessa seinem Papa den Popo abwischt? Vanessa wäre für ihn ein Sechser im Lotto. Eine Intensivkrankenschwester und anstellige Neubäuerin. Wer Schwerstkranke an allerlei Maschinen anschließt, kriegt auch die Melkbecher über die Zitzen gestülpt. Habe ich mir ein YouTube-Video darüber angetan. Wegen der Chats mit Alois. Er hatte zwischendurch nicht nur von seiner alten Sau Frieda geschwärmt. Auch von seiner neuen Melkmaschine. Und da habe ihn gefragt, ob man die Bedienung schnell lernen kann. Ob es schwierig ist, einer Kuh ein Melkzeug anzulegen. Danach ist er noch mehr auf mich abgefahren. Weil er noch nie erlebt hat, dass sich jemand wirklich für so ein abgefahrenes Zeugs interessiert. Das ist bei Katharina ähnlich gelaufen. Die war es auch nicht gewöhnt, dass jemand nach ihren Übersetzungen fragt. Wie ausgehungert müssen Leute wie Alois und Katharina sein! Mir ist es furzegal, ob sie jemand für meine Jobs interessiert. Bin sogar froh, wenn mich niemand danach fragt. 90 Prozent meiner Kunden labern nur über sich selbst. Weil sie einsam sind. Oder sind sie einsam, weil sie nur über sich selbst labern? Da beißt sich die Katze in den Schwanz. Für Leute wie Alois und auch Katharina sind die Chats fast Therapie. Mit einem unkonventionellen Bezahlungsmodell. So würde das wohl eine wie Katharina ausdrücken. Vanessa geht auf den Scheiß von fremden Leuten ein. Und wenn sie Glück hat, bekommt sie ein Honorar dafür. Zum Beispiel einen Zuschuss zum Sarg der abgenippelten Mama. Aber oft klappt es halt nicht. Und langweilig wird es auch. Immer mehr. Die ganzen Wiederholungen in den Profilen. Wie toll diese Typen alle sind, wie sportlich, wie treu, wie kinderlieb, wie einfühlsam. Am meisten ätzend finde ich viele Akademiker. Die haben nicht nur einen Hängebauch, weil sie zu viel vor dem Bildschirm hocken. Die sind Flexitarier, Berufsoptimisten mit Sinn für das Schöne im Leben, Fahrradfans, Alpinisten, Bücherfreunde, am Zeitgeschehen interessiert. Für solche müsste ich sportlicher werden. Und mein rundes Näslein in eine Zeitung stecken. Also Lügen lesen. Da finde ich das Erfinden von Lügen spannender. Also stellt sich Vanessa dumm und schreibt: *Das habe ich noch nicht gewusst, Schatz.* Oder: *Danke, dass ich etwas Neues lernen durfte.* Oder: *Lass uns lieber über etwas Schönes schreiben.*

Über uns. Wenn ich die Tagesthemen ansehe, schlafe ich danach schlecht.

Glaube, dass sich solche Weltversteher gar nicht für die Welt interessieren. Die tun nur als ob. Um damit anzugeben. Um einer naiven Krankenschwester die Welt zu erklären. Weil sie es anmacht, wenn ein fickbares Weibchen sie bewundert. Auch ich bin fickbar. Aber nur, wenn ich es will. Und bewundert habe ich höchstens Sab. Aber seitdem die völlig verschwurbelt ist, ist damit Schluss.

Oh je. Schon wieder eine Nachricht von Katharina:

Bist du zu Hause?

Wahnsinn! Die lässt nicht locker. Die hat zu viel Zeit. Ich schau lieber nach, ob sie vorm Haus steht. Nee, sieht nicht danach aus. Hoffentlich macht sie kein Homeoffice im Hauseingang. Das würde mir noch fehlen, dass die mich dort abfängt. Mit ihren Spinnenbeinen. Die spinnt eifrig ihr Netz. Und spinnt immer mehr. Bevor die mich fängt wie eine Fliege, mache ich am besten die Fliege. Ich hasse Stress. Egal mit wem. Egal mit was. Fliege ja früher oder später aus jeder Bude raus. Flieg, Jennifer, flieg – die Vermieterin macht Krieg! Die Miete liegt im Wunderland. Und Wunderland ist abgebrannt. Flieg, Jennifer, fliegt.

Lache mich kaputt. Das Kinderlied kenne ich von meiner Alten. Sollte den Text Katharina schicken. Könnte sie gleich in mehrere Sprachen übersetzen, äh, übertragen. Ist ein Gedicht. Reim dich oder ich fress dich. Da haben mir die ungereimten Ergüsse von Shihab besser gefallen. Aber noch besser gefallen mir seine Ergüsse, wenn er die Fresse hält. Wenn gestern Ostersonntag gewesen wäre, hätte ich mich weniger gewundert. Dass sein Schwanz so oft wiederauferstanden ist. Ohne mein Zutun. Sowas hat es mit ihm noch nicht gegeben. Leider hat er nach dem dritten Mal mit dem Labern angefangen. Da ich bei ihm pennen wollte, musste ich Männchen machen.

„Jennifer, ich möchte mit dir leben.

„Ich auch mit dir, Cheri. Aber erst in einem Jahr."

„Was ist das mit uns?"

„Etwas Schönes. Ich möchte jetzt schlafen, Shihab. In deinen Armen."

„Immer möchtest du schlafen oder nach Hause gehen, wenn ich sprechen möchte. Über uns."

„Gute Nacht. Mon Cheri. Wir können morgen reden. Beim Frühstück.

„Du weißt, dass ich bei Digital Ventures frühstücke."

„Wie schade. Schlaf gut!"

Danach habe ich mich an Shihab gekuschelt. Was ich normalerweise hasse. Aber es war gar nicht so schlecht. Als er eingepennt war, habe ich mich weggedreht. Und konnte zum Glück irgendwann einschlafen. Bei ihm muss ich immer sauberes Hochdeutsch sprechen. Nicht zu schnell. Wenn er etwas nicht versteht, wird er genervt. Und legt auf Französisch los. Weil er mir dann überlegen ist. Das genießt er. Könnte ihn dann an die Wand klatschen. Das Französisch von Charles habe ich besser verstanden. Aber er hat keinen Proust gelesen. Und Französisch ist nicht seine Muttersprache. Wir haben außerdem nicht so viel diskutiert. Er hat sein Ding gemacht und ich meins. Manchmal hatten wir Stress. Wegen meiner Unordnung. Und der vielen Klamotten und Schuhe. Da hat er rumgebrüllt und mal meine bequemsten Pumps aus dem Fenster geschmissen. So schnell war ich noch nie im Hof drunten. Hatte noch nicht gewusst, dass ich Treppen herunterfliegen kann. Ohne hinzufliegen. Danach haben wir uns beide kaputtgelacht. Und ich habe ihm versprochen, dass ich einen Monat lang nichts Neues bestelle. Habe ich sogar durchgehalten. Und er hat mir als Belohnung eine neue Prada-Tasche geschenkt. Nicht so ein Vintage-Scheiß, wie es der Steimatzky gefällt. Aber natürlich keine echte. Habe mich irre gefreut. Und benutze sie immer noch. Mit ihm war vieles gut. Er war gut. Besser als ich. Aber wenn man nicht mehr so verknallt ist, wird es schnell fade. Dann lasse ich es knallen. Damit was los ist. Hasse Routinen. Hasse Wiederholungen. Brauche immer einen neuen Kick. Auch Shihab wird mir allmählich langweilig. Er hat extrem viel auf dem Kasten. Aber wenn wir uns sehen, läuft es immer gleich ab. Erst eine Stunde deutsche Konversation. Danach werde ich abgefüttert. Meistens mit bestelltem Essen. Mit sündteurem, südostasiatischem Mampf. So was wie Seeteufelleber-Curry mit geröstetem Kürbis. Shihab kocht nicht.

Das ist für ihn Zeitverschwendung. Ich bekoche ihn nicht. Das mache ich nur, wenn ich mit jemandem fest zusammen bin. Oder für Freunde. Und da meine Küche keine Spülmaschine hat, habe ich sowieso keine Lust. Nach dem Fressen kommt bei Shihab nicht die Moral. Da kommt der Sex. Der immer besser wird. Das muss ich zugeben. Aber nach dem Sex kommt leider die Moral. Dann will er hören, dass ich ihn liebe. Manchmal sage ich ihm das auf Französisch. Er will es unbedingt auf Deutsch hören. Das bringe ich nicht über die Lippen. Nicht nur bei ihm. Ganz im Allgemeinen. „Ich hab' dich lieb" finde ich noch schlimmer. Erinnert mich an meine Alte. Nach dem „Lecki Lecki Schlecki Schlecki" hat sie das manchmal zu mir gesagt. Ich treffe mich gerne hin und wieder mit Shihab. Weil ich ihn mag. Weil ich zurzeit keinen Neuen am Start habe. Weil er von meinen Jobs weiß. Weil er nett zu mir ist. Aber reicht das aus? War es mit Charles mehr? Irgendwie schon. Aber auch das hatte sich nach zwei Jahren abgenutzt. Wie eine Pflanze. Bei der die Blüten welken, abfallen. Und es nur wenige neue Knospen gibt, die vertrocknen, bevor sie aufgehen. So war es immer. So wird es immer sein. An den Märchenprinzen glaube ich nicht mehr. Den habe ich am Plâge de Petit Ngor gefunden. Nach Berlin geschleppt. Belogen. Betrogen. Und dann war es vorbei.

Shihab denkt, er ist mein nächster Prinz. Bin zufrieden, dass es läuft, wie es läuft. Weiß eh nicht, wie es weitergeht. Im Leben der Betrügerin Jennifer Z. Das Verrückteste, was ich machen könnte, wäre ein ehrlicher Job. Das Zweitverrückteste eine Schwangerschaft. Dann lieber den Akkusativ und den Dativ erklären, falls ich wirklich nach Casablanca zur Schwester von Shihab fliege. Mein Smartphone brummelt vor sich hin. Verdammt, die Nummer von der Steimatzky. Die drücke ich sofort weg. Sowas von aufdringlich. Kann nicht verlieren. Aber irgendwie hat das Spiel auch was. Soll ihr ihr schreiben? Damit sie weiter auf die Knete hofft? Eine gute Idee.

Kann im Moment nicht telefonieren. Bin in einem Zoom-Meeting. Melde mich später.

[Katharina] Das Leben als Zoom-Meeting. Wir zoomen alle um die Wette, wir zoomen uns durch den Tag, bis tief in die Nacht hinein. Zoom mich an! Dieser Imperativ ist mir noch nicht über den Weg gelaufen. Er ist noch keinem Sprecher aus dem Mund gelaufen. Laut Duden online gibt es dieses Verb nicht. Wie wäre es damit? *Jemanden anzoomen – jemanden über Zoom kontaktieren. Schwaches Verb, trennbar, geringe Häufigkeit.* Wie führt man ein neues Wort ein? Wie verführt man andere zu einem neuen Wort? Durch die sozialen Medien? Ich sollte das ausprobieren, anstatt so viel mit Jennifer zu kommunizieren.

Sie ist in einem Zoom-Meeting. Mit wem? Mit dem Bahnvorstand höchstpersönlich? Und das, obwohl sie freigestellt worden ist, wenn sie jemals eingestellt worden war. Oder mit der Personalabteilung und den neuen Kollegen von der nächsten Stelle? Falls es diese gibt.

Ich zoome mich durch den Tag, eben mit der Lektorin für fremdsprachige Buchprojekte des Nichts-und-Alles-Verlags. Die Essays läsen sich erfreulich flüssig. Auch inhaltliche Beanstandungen gebe es bisher keine. Man sei zufrieden. Ein neues Projekt aus dem spanischsprachigen Raum habe man derzeit nicht. Wie sicher ich auf Französisch sei. Da stehe ein neuer Titel in den Startlöchern. Das sei ein erotischer Roman. Ob ich mir das zutraue.

„Natürlich! Und falls ich ein paar der französischen Ausdrücke nicht kennen sollte, werde ich mich einarbeiten“, floss es über meine ungeschminkten Lippen.

„Das Buch mit dem Arbeitstitel *Pas de mer sans moi* ist ein Debüt von einer Senegalesin. Bei den Dialogen weicht die verwendete Sprache manchmal vom Standardfranzösischen ab.“

„Das wäre eine interessante Herausforderung! Der Ex-Mann einer Freundin von mir ist aus Dakar. Vielleicht könnte er mir zur Hand gehen.“

Gelächter schwappt aus dem Monitor. Wegen des Doppelsinns? Sie weiß nicht, dass ich Frauen liebe. Ich lache mit, weil ich dringend neue Aufträge brauche.

„Wenn Sie möchten, schicke ich Ihnen nach dem Meeting eine Leseprobe.“

„Perfekt. Ich lese mich ein und sage Ihnen Bescheid.“

„Gerne – bitte zeitnah. Wir arbeiten auch noch mit ein paar anderen freien Übersetzer*innen zusammen."

„Alles klar. Ich würde mich freuen, wenn es klappt."

Pas de mer sans moi. Kein Meer ohne mich. Das klänge auch auf Deutsch gut. Möchte ich dieses Buch übersetzen trotz oder wegen des senegalesischen Französisch? Wenn ich Jennifer als Freundin bezeichne und damit angebe, dass ich einen Senegalesen kenne, könnte ich sie ab jetzt wie eine Freundin behandeln. Ein kompletter Strategiewechsel. Eine Überrumpelungstaktik. Da ich ihre Ehe nicht als platonisch einschätze und sie mit Charles ausschließlich Französisch sprach – was stimmen dürfte – wäre sie DIE Expertin für die erotischen Passagen. Warum ihre Expertise, ihre französische Sexpertise nicht ausschöpfen, anstatt mich selbst zu erschöpfen beim Recherchieren nach Wörtern und Ausdrücken, die mir noch nicht begegnet sind?

Hi Jennifer, hatte eben auch ein Zoom-Meeting – mit einem Verlag. Ein neuer Auftrag ist in Sicht. Ein erotischer Roman aus dem senegalesischen Französisch. Magst du mir bei den sexbezogenen Passagen helfen? Wir könnten die von dir geleistete Arbeit mit deinen Mietschulden verrechnen.

Nach dem Abschicken dieser Message kommen mir Bedenken. Wie weit ist es mit mir gekommen, dass ich so eine moralisch verkommene Kreatur um Unterstützung bei meiner nächsten Übersetzung bitte? Wenn das Stefan oder Patrizia oder andere wüssten! Trotzdem brenne ich nicht nur für *Pas de mer sans moi*, sondern auch für Jennifers Reaktion. Falls sie reagiert. Aber auch ein Nichtreagieren ist ein Reagieren. Wenn ich Stefan um ein Phone-Date bitte und er tagelang nicht antwortet, ist es ein klares „Zurzeit passt es nicht".

Eine neue E-Mail. Die Leseprobe ist gelandet und ich lade die Datei herunter. Nach fünf Seiten schwimme ich mit der Protagonistin im Atlantik, der sie wie ein Liebhaber nimmt. Ansonsten passiert wenig. Die 24-jährige Hauptperson Jeanne ist selbstreflektierend unterwegs, die Außenwelt dient als abgegriffene Metapher für die Innenwelt. Bisher hätte ich höchstens zehn Wörter nachschlagen müssen, die ich jedoch im Kontext zu verstehen glaube. Wenn das senegalesisches

Französisch sein soll, weiß ich nicht, was französisches Französisch ist. Vielleicht wird es bei den Dialogen schwieriger. Vielleicht hat die Lektorin die falsche Passage ausgewählt. Für so einen Originaltext brauche ich keine Assistenz und sollte das Jennifer direkt mitteilen. Die letzte Message an sie trägt ein blaues Häkchen. Sie schreibt gerade. Ich fass' es nicht: Das Würmchen kriecht ans Tageslicht:

> *Danke für dein interessantes Angebot. Leider bin ich in den kommenden Wochen komplett ausgebucht. Falls sich ein Zeitfenster bei mir öffnen sollte, melde ich mich sofort bei dir. Liebe Grüße und viel Erfolg mit der Übersetzung! Es freut mich für dich, dass du neue Aufträge reinbekommst.*

Souverän. Professionell. Empathisch. Sympathisch. Ich verstehe, warum sie mir menschlich gefiel und warum es mir so schwerfällt, die Causa Jennifer Ziegler als kostenintensive, nervtötende Angelegenheit in professionelle Hände abzugeben oder die Abwicklung emotionsfrei selbst in die Hand zu nehmen.

> *Danke für deine schnelle Reaktion. Bald wirst auch du etwas Neues hereinbekommen, worüber du dich allerdings nicht freuen dürftest. Ich wünsche dir viel Erfolg bei der Suche nach einer neuen Bleibe.*

Fünf Minuten später schiebe ich nach:

> *Wenn ich ein Zeitfenster frei habe, starte ich ein Mahnverfahren für die Mai-Miete und formuliere eine fristlose Kündigung. Wünsche dir einen geglückten Tag!*

Warum wünsche ich ihr das? Aus reinem Zynismus? Und was wäre für mich ein geglückter Tag? Ein Tag, an dem es mir glückt, einen Auftrag zu bekommen, der mich beglückt, ein Tag, an dem es mir glückt, wieder der glückliche Mensch zu sein, der ich vor der Pandemie, vor dem Tod meines Vaters und vor der Sache mit Jennifer war.

> *Liebe Maria Osterkorn, danke für die Leseprobe von „Pas de mer sans moi". Ich kann den Empfindungen und Gedankengängen der Protagonistin problemfrei folgen und mit der Übersetzung*

dieses Romans zeitnah beginnen. Ich freue mich auf Ihr Angebot! Sonnige Grüße von Katharina Steimatzky

Lese die zehnseitige Leseprobe, die ausgerechnet irgendwo am Stand von Dakar angesiedelt ist, ein zweites Mal und würde am liebsten direkt in das Übersetzen eintauchen.

Liebe Katharina Steimatzky, danke für Ihre schnelle Reaktion. Gerne gebe ich Ihnen diesen Auftrag. Da wir ein kleiner, unabhängiger, mutiger Literaturverlag sind, können wir Ihnen leider nur 9,80 Euro pro übersetzter Normseite bezahlen. Das Werk als Worddatei umfasst 138 Normseiten. Nehmen Sie den Auftrag an?

Da ich meinen Beruf liebe, können wir gerne so verbleiben. Gibt es eine Deadline?

Je früher der Roman übersetzt ist, desto besser. Deadline ist der 1. September.

Das schaffe ich. Danke. Bitte schicken Sie mir den Vertrag und das Manuskript. Ich starte spätestens Anfang kommender Woche.

Zehn Minuten später:

Perfekt! Vertrag und Manuskript befinden sich in den Attachments. Frohes Schaffen.

Das Smartphone braucht einen Nachmittagsschlaf, ich lege es mit eingeschaltetem Flugmodus unter mein Kopfkissen. Mein elektronischer Alltagsbegleiter ruht sich aus, ich mich auch, von Jennifer, von anderen, die mir schreiben, ohne mich treffen zu wollen. Es trifft mich, dass mich seit Beginn der Pandemie, kaum jemand mehr in warmen Räumen trifft. Es berührt mich, dass mich kaum jemand mehr berührt, außer mit Blicken. Es ängstigt mich, dass ich als noch nicht Geimpfte so viele ängstige – trotz Maske, Abstand und tagesaktuellem, negativen Schnelltest. Es entkörpert mich, dass mein Körper und mein Gesicht verschwinden sollen hinter Masken und Plexiglasscheiben.

Das Leben als Zoom-Konferenz. Das Leben im 2D-Format mit „Kannst du mich gut hören?" als neuer Begrüßungsformel. Lag es an meinem unermesslichen Hunger nach Begegnungen im 3D-Format, dass ich Jennifers Einladung annahm und sie sogar in mein Domizil eingeladen hatte? Das wäre traurig, aber möglich.

Patrizia, wo bist du? Wagst du es, über deinen Schatten zu springen, über den Schatten deiner Vorsicht, deiner Angst und spazierst im Botanischen Garten quer durch die Farbflächen von Pfingstrosen, Maiglöckchen, Akeleien und Tränenden Herzen? Allein oder mit Bernadette oder mit deinem Bruder und deiner Schwägerin? Bald wieder auch mit mir trotz meiner beiden Makel? Das Benutzen von Öffis und die noch nicht vollzogene erste Impfung, während du und deine Liebsten im PKW kutschieren und die Tage bis zur zweiten Impfung zählen.

Ich könnte Ingeborg anschreiben. Sie sprang Gevatter Tod bereits mehrmals von der Schippe und organisiert klandestine Partys für ungeimpfte Getestete zwischen 18 und 90 Jahren in einer umgebauten Scheune im Märkischen-Oderland, in der auch Kunstausstellungen und Filmvorführungen stattfinden. Lockdown ade, rebellieren tut nicht weh. Ich muss Ingeborg unbedingt fragen, ob sie mich beim nächsten Mal in ihrem SUV mitnimmt, aber erst, wenn die ersten fünfzig Seiten von *Pas de mer sans moi* das Licht der Welt auf Deutsch erblickt haben. *Pas d'angoisse sans moi*, keine Angst ohne mich, könnte ein Text über Covid-19 heißen, aus der Perspektive des Virus erzählt. Wenn ich eine Literatin wäre, wäre dies ein Arbeitstitel für mein neues Projekt.

Vöglein zwitschern, Freund*innen twittern, simsen, whatsappen, telegrammen, signalen, phonen, zoomen, googeln. Und mein Vater, mit dem ich zweimal pro Monat an der Havel wanderte, ist am Verwesen. *Es wird gesäet verweslich und wird auferstehen unverweslich*, las ich auf einem Friedhofsgebäude im Frankenland, wo eine dortige Fernliebe ihr Ende fand. Ich hätte diesen Satz gerne in der Nähe der Gruft, wo der Körper meines Vaters sich immer mehr in eine amorphe, organische Masse verwandelt. Anstatt mit meinem Vater zu wandern, wandere ich nun ähnlich oft zum Grab der Familie Steimatzky. Ich bin die Letzte, die letzte Steimatzky der familiären Linie, die diesen Namen trägt, die ihn weiterträgt, ich bin das Letzte, das Allerletzte für die noch lebenden Verwandten. Und ich bin die Erste, von der etwas bleibt, in Wort gegossen, auch wenn meine Grabschale eines Tages niemand gießt. Ich möchte nicht in diese Gruft, ich gehöre dem Meer, hoffentlich noch nicht, noch lange nicht.

Bevor ich meiner neuen Freundin Jeanne in den Atlantik folge, wecke ich das Smartphone auf. Eine WhatsApp-Nachricht von Patrizia:

Liebe Katharina, das Frühlingswetter ist überwältigend und ich würde gerne mit dir eine Runde durch die Hasenheide drehen. Hast du spontan Zeit und Lust?

Patrizia, glaubst du an Telepathie? Habe eben an dich gedacht. Ich könnte mich sofort freimachen. Um 15 Uhr am Eingang Karlsgartenstraße?

Perfekt! Könntest du dich vorher testen lassen? Und wir müssen natürlich darauf achten, dass wir 1,5 Meter Abstand voneinander halten.

Ich zähle bis zehn, um mich nicht zu einer unüberlegten Antwort hinreißen zu lassen, um mich zusammenzureißen, um das erste analoge Treffen nach Monaten nicht zu zerreißen und antworte:

Wenn du dich damit besser fühlst, werde ich einen Antigen-Test machen lassen. Dann schaffe ich es erst um 15:30. Auch ich habe einen Wunsch: Wir sprechen weder über Corona noch über den Wurm!

Danke für dein Entgegenkommen. Deinen Wunsch erfülle ich sehr gerne. Alles Weitere in Bälde – Patrizia.

[JENNIFER] Katharina schmeißt sich auf eine neue Übersetzung. Dann hängt sie nicht vor dem Haus rum. Also reine Luft. Reiße alle Fenster auf. Schwitze. Hocke mich auf den Balkon. Auf dem Spielplatz turnen zu viele Kurze herum. Das Gekreische ist unterste Sohle. Gehe wieder rein. Geht mir gerade beschissen. Sehe Sternchen. Sollte mehr Wasser saufen. Und mich mehr bewegen. Oder es kommt von letzter Nacht. Bin aufgeschreckt. Von einem blödsinnigen Traum: Meine Alte und die Steimatzky knutschen auf meiner Couch, als ich nach Hause komme. Im Traum war ich nicht geschockt.

Das schockt mich. Bin seelenruhig in die Küche spaziert. Habe Kaffee durch die Maschine gluckern lassen. Dann ist mir siedend heiß eingefallen, dass die Milch aus ist. Und dass meine Alte schwarzen Kaffee hasst. Ich habe zu heulen angefangen. Wie ein kleines Kind. Die Steimatzky hat gesagt: „Schätzchen, was ist denn los?" Dass die mich Schätzchen genannt hat, haut mich um. Und meine Alte hat gemeint: „Die Jenny hat noch nicht mal Milch im Kühlschrank. Aus der wird nichts mehr." Typisch meine Alte. Hat die früher immer gesagt, wenn ich gelesen habe. „Hör auf mit dem Krampf. Hilf mir lieber bei Schrubben!" Außer Putzen und Stricken und Kreuzworträtseln und seichten Scheiß in der Glotze gucken, hat die damals nix gemacht. Und macht auch heute nicht viel mehr. Wenn ich eine gute Note hatte, hat die mich runtergemacht. „Männer mögen keine klugen Frauen" Sie selbst mochte keine Männer mehr. Aber ich sollte dumm bleiben, damit möglichst viele Kerle auf mir herumturnen. Wie krank ist das denn! Logge mich bei BigLove ein. Alois hat lange genug auf eine Antwort von Vanessa gewartet.

Vanessa: Lieber Alois, hoffentlich geht's dir besser als mir. Habe meine Mama heute Morgen tot im Bett gefunden. Jetzt ist gerade der Arzt da. Und ich rufe gleich bei einem Bestattungsinstitut an. Bussis – dein trauriges Mädel.

Um die Mittagszeit hat er meistens Zeit. Auch heute.

Alois: Herzliches Beileid!

Vanessa: Danke!

Alois: Meine Schwester hat mich gerufen. Eine Kuh ist krank. Bis später

Das war alles. Das passt nicht zu ihm. Die kranke Kuh stinkt in den Himmel. Riecht nach einer Ausrede. Vielleicht hat der ein anderes Mädel gefunden, das sich nicht so anstellt. Das direkt zu ihm fährt. Das im Kuhstall die Beine breitmacht. Was soll Vanessa jetzt schreiben? Dass sie enttäuscht ist? Dass sie nach der Beerdigung endlich nach Oberbayern kommen will? Dass sie ihren Job im Krankenhaus an den Nagel hängt? Dass sie sich Geld leihen muss, weil die Mutter keine Sterbegeldversicherung hat?

Heute ist nicht mein Tag. Auch aus der Steimatzky werde ich nicht mehr schlau. Das ganze Theater um die Miete verstehe ich. Aber dass sie mich als Co-Übersetzerin einspannen will, finde ich durchgeknallt. Und dass sie jetzt einen erotischen Roman von einer Senegalesin übersetzt, ist vollkrass. Wenn es stimmt. Vielleicht lügen sie jetzt alle um die Wette. Bin ich ansteckend? Oder haben die auch schon vorher gelogen? Vielleicht stimmt es aber auch. Hoffentlich rennt die nicht auf Afropartys. Zum Glück finden die zurzeit nur draußen statt. Und nicht offiziell. Als Nächstes stolpert die Steimatzky über Charles. Dem traue ich zu, dass er reinen Tisch macht. Und der Steimatzky zu viel über mich erzählt. Dann tauchen die gemeinsam bei mir auf und tragen meinen Kram aus der Bude. Der hat meinen neuen Schlüssel bekommen. Falls ich mich aussperre. Meine Alte hat ihn nicht mehr. Weil sie mit der Briedenkamp quatscht. Und die vielleicht Kontakt mit der Steimatzky hat. Meiner Alten habe ich verboten, ins Haus zu kommen. Habe ihr gesagt, dass sich die Corona-Seuche in der Nummer 32a austobt. Weil viele auf einem Grillfest im Hof zu viel gesoffen haben. Und einige die Masken in den Grill donnerten. Zum Spaß. War zum Glück nicht dabei. Aber sie soll trotzdem nicht mehr bei mir saubermachen. Ein Typ aus der WG vom vierten Stock hat mich besucht. Und zwei Tage später hat der mir was von einem positiven PCR-Test verklickert. Mein Schnelltest war negativ. Aber man weiß ja nie. Das hat bei meiner Alten voll reingehauen. Die traut sich nicht mehr in die Schillerpromenade und hat den Schlüssel direkt nach Lichtenrade zu Charles geschickt. Damit der sich um die Jenny kümmert. Und ihr hilft, falls sie krank wird. Mein Ex hat sich kaputtgelacht. Hat aber die Klappe gehalten. Wir verstehen uns wieder besser. Fast wie ziemlich beste Freunde. Weil es mit seinen neuen Bräuten nicht läuft. Und weil er wegen der Pandemie Frust schiebt.

Eine neue Nachricht von Alois.

Alois: Meine Liesl hat den letzten Schnaufer gemacht. Wie deine Mama. Möchte deine Stimme hören! Dein Alois

Vanessa: Die Bestatterin steht gerade neben mir. Muss schauen, wie ich das alles schaffe. Auch finanziell. Ich suche gerade einen schönen Sarg aus, will da nicht geizen.

Alois: Du bist eine gute Tochter! Würde dir gerne mit Geld helfen, aber zuerst will ich deine Stimme hören und in deine blauen Äuglein schauen.

Gehe offline. So blauäugig wie ich gedacht habe, ist er nicht. Wenn ich Kohle will, muss ich mich mit ihm in München treffen. Aber ich weiß nicht, ob er dann noch auf mich abfährt. Meine Rundungen sieht man auf den Fotos nicht. Bin ja nicht ich. Und vorher will er telefonieren. Habe keinen Bock über seine abgekratzte Liesl zu labern. Und ihm von der Beerdigung meiner Alten zu erzählen. Wenn ich Pech habe, will er eine Traueranzeige sehen. Oder den Totenschein. Er ist nicht so naiv wie die Steimatzky. Hätte ich nicht gedacht. Aber, wer weiß, was er vor mir erlebt hat. Bin nicht die Einzige, die einsame Kerle im Netz abzockt. Und so einer wie Alois ist ein willkommenes Opfer. Aber er ist echt bauernschlau. Keine Knete vor einem persönlichen Kennenlernen. Habe noch ein paar Euro in einer Schublade rumfliegen. Ansonsten ist nichts mehr da. Die Kreditkarten sind gesperrt. Die Konten überzogen. Die Postbank erhöht den Disporahmen nicht mehr. Läuft alles gerade kacke. Shihab will ich nicht anpumpen, weil er mit mir leben will. Und mir ein Studium finanzieren. Aber ich lasse mich nicht kaufen. Wohne gerne allein. Der Alltag mit Charles war nichts für mich. Und mit Shihab wäre es ähnlich. Oder noch schlimmer. Der schreit nicht rum – wahrscheinlich. Der hält mir Vorträge in seinem Fack-ju-Göhte-Deutsch. Will aus mir einen besseren Menschen machen. Einen Menschen, der besser für ihn ist. Ich bin gut genug für mich. Ich ändere mich nur, wenn ich es will. Wenn ich vor Shihab einknicke, bin ich nicht mehr Jennifer. Dann gehe ich besser anschaffen, wenn mein Geschäft weiter so schlecht läuft. Aber so weit ist es noch nicht. Und es gibt noch Sab in Montenegro und die Schwester von Shihab in Marokko. Lieber abhauen, lieber alles hinhauen, als in der Besserungsanstalt von einem marokkanischen Informatiker in Berlin Mitte dahinzuvegetieren.

Auch Charles frage ich nicht nach Moneten. Er kommt mit seinem ehrlichen Job gerade so über die Runden. Robbi rückt Zaster nur gegen Geräte raus. Und gräbt mich dabei an. Den bitte ich um nichts. Bleibt nur Sab. Die hat das Geld von der Feuerversicherung bestimmt noch nicht auf den Kopf gehauen. Und nicht alles in Aktien gesteckt. Oder in Kryptowährungen. Und sie hat hundertpro nicht vergessen, dass ich ihr den Arsch gerettet habe. Weil ich damals den Arsch für ein falsches Alibi hingehalten hatte. Das hatte der Staatsanwalt nicht geglaubt. Aber keiner konnte uns das Gegenteil beweisen. Wenn ich sage, dass Sab am Tatabend auf meinem Sofa gesessen hat, und niemand sie woanders gesehen hat, reicht das aus. Die Brandursache hat man nie gefunden. Hinweise auf Brandstiftung auch nicht. Weiß bis heute nicht, wie Sab das gelungen ist. *Was ich nicht weiß, macht mich nicht heiß*. Ein Spruch von meiner Alten. Möchte es auch nicht wissen. Bis heute nicht. Schreibe Sab auf dem Messenger an.

Jennifer: Wie läufts in Schwarzberg? Bist du inzwischen dunkelbraun?

Sab: Cool, dass du dich meldest. Möchtest du rüberjetten? Ich kauf dir das Ticket. Und du brauchst mich trotzdem nicht beglücken.

Jennifer: Glück gehabt. Nee, ich bleib in Berlin. Aber meine Geschäfte laufen grottenschlecht. Die Pandemie schlägt zu. Und die Deppen werden immer misstrauischer.

Sab: Womit du überhaupt nichts zu tun hast. Hahaha.

Jennifer: Spotte ruhig. Sei froh, dass du nicht im Kittchen sitzt. Sondern am Strand liegst.

Sab: Kapiert! Wie viel Geld soll ich überweisen? Oder frisst der Dispo alles weg.

Jennifer: Ab 2000 Euro bleibt was für mich übrig. Und ich hätte ein gedecktes Konto. Wirkt seriöser.

Sab: Alles klar. N26 oder Postbank?

Jennifer: Postbank. Du hilfst mir echt aus der Patsche, Süße.

Sab: Alles paletti. Habe bei einer Aktie gerade fett abgesahnt. Schicke dir fünf Riesen rüber. Und du mir ein Küsschen.

Jennifer: Eins? 5000!

Sab: Oh, dann werde ich in meinen alten Tagen noch bi. Besser spät als nie.

Jennifer: Bloß nicht! Aber das traue ich dir nicht zu.

Sab: Ich mir eigentlich auch nicht. Schade, dass du nicht rüberkommst oder bist du inzwischen geimpft?

Jennifer: Das ist mein Geheimnis.

Sab: Also haben sie dich gekriegt.

Jennifer: Sab, lassen wir das. Danke und bis bald.

Streue noch ein paar Kussmünder mit roten Herzchen hin und gehe offline. Nicht, dass noch was schiefgeht. Wegen der Sache mit der Impfung. Wenn sie mir tatsächlich 5000 Mäuse überweist, macht Vanessa mit Alois Schluss. Und ich überlege mir, ob ich der Steimatzky einen riesigen Schock verpasse. Und ihr die Mai-Miete überweise. Dann kann sie sich die fristlose Kündigung zwischen die Beine stecken. Und fängt wieder an, an meiner Angel zu zappeln. Das wäre lustig, aber einen Monat später würde das Theater weitergehen. Sab kann mich nicht auf Dauer aushalten. Und ich halte es nicht aus, ausgehalten zu werden. Noch nicht einmal von Sab.

[KATHARINA] Die Kartbahn auf dem Kindl-Gelände ist als Corona-Teststelle wiederauferstanden. Wo zuvor kleine Karren rauschend rasten und mich von Kirmes-Autoscootern träumen ließen, darf ich nun ein Wattestäbchen im linken oder rechten Nasenloch genießen. Ganz hinten, bis ein kitzelnder, klitzekleiner Schmerz ankommt. Danach schaue ich aufs Smartphone und warte auf die E-Mail mit der Entwarnung. Als nach vierzig Minuten nichts eingetroffen ist, spaziere ich erneut hin. Irgendetwas scheint schief- gegangen zu sein. Oder es handelt sich um einen als Corona-Test verpackten Geduldstest oder um einen Doppeltest. Sorry, sorry. Das Ergebnis sei da, es werde direkt abgeschickt. Nein, ausgedruckt könne es leider nicht werden. Nach weiteren fünfzehn Minuten kommt endlich die Bestätigung, dass ich negativ genug bin, um mich auf ein hoffentlich positives Treffen mit Patrizia zu freuen. In euphorisierender Maskenlosigkeit galoppiere ich zur Hasenheide. Patrizias türkisfarbener Trenchcoat leuchtet mir entgegen, zusammen mit einer roten FFP2-Maske. Aus der Ferne winkt sie mir zu. Ich würde direkt in ihre Arme stürmen, wenn ich nicht ihre Körpersprache lesen könnte, die ein riesiges Stoppschild zeichnet.

„Schön, dich zu sehen, Katharina. Bitte achte auf den Mindestabstand!"

„Das wird mir schwerfallen. Mein Körper ist das nicht gewohnt, wenn er mit einem anderen Körper redet."

„Poetisch, wie immer! Wenn wir nebeneinander gehen, reicht ein Meter Distanz aus."

Hätte ich mich nicht so sehr auf das Wiedersehen gefreut, hätte ich auf den Spaziergang keine Lust mehr. Ich verlege mich aufs Zuhören. Je geschlossener der Mund, desto weniger Aerosole springen raus.

„Und was gibt es bei dir Neues? Hat es mit dem neuen Auftrag geklappt?", fragt mich Patrizia.

„Ja, stell dir vor, das Debüt einer Senegalesin. Hat Bernadette eigentlich noch Kontakt mit …? Wie hieß sie noch?"

„Guck, ein Eichhörnchen. Oh, und hier ist noch eins. Pardon, was meintest du?"

„Bernadette hatte doch mal was mit einer Westafrikanerin. Oder erinnere ich mich falsch? Ich bräuchte Hilfe bei den Dialogen. Bin bei einigen Ausdrücken echt unsicher."

„Machen wir oben auf dem Hügel eine Pause? Am besten gehen wir hintereinander hoch. Wegen des stärkeren Atmens."

Die einzige, die hörbar aus der Puste ist, ist sie, aber ich lasse es auf sich beruhen. Auch, warum sie eigentlich keinen Schnelltest machen ließ, frage ich sie nicht. Ich bin immer noch ungeimpft, also gefährdeter als sie. Aber da wir das Thema Pandemie aussparen wollten, weiß ich mich zurückzuhalten.

„Geschafft! Komm, lass uns kurz ausruhen, aber bitte setz dich nicht direkt neben mich und setz dir eine Maske auf."

„D'accord. Kannst du mich trotz Maske und Abstand hören?"

„Nicht so gut wie bei unseren Zoom-Meetings, aber es geht."

Ein beidseitiges Lachen erklingt hinter unseren Masken, dreht Pirouetten vor unseren Gesichtern und lässt sich in der Lücke zwischen uns nieder.

„Toll, dass du ein neues Projekt an Land gezogen hast. Und nicht nur eine Einmietungsbetrügerin."

„Wir wollten nicht über Jennifer reden. Der Roman heißt *Pas de mer sans moi*. Und nun zum dritten Mal meine Frage: Hat Bernadette noch Kontakt mit ihrer exotischen Geliebten?"

„Hoffentlich nicht! Sie lebt inzwischen in Paris. Diese Geschichte hätte damals fast unsere Partnerschaft gesprengt."

„Ich weiß, aber das ist ja Ewigkeiten her. Und du bist mit Bernadette inzwischen sogar verheiratet. Könntest du bitte deine Frau nach der Telefonnummer von ihr Ex-Geliebten fragen. Ich brauche dringend jemanden, der mir bei den Dialogen hilft. Es geht dabei um Erotik. Heterosexuell."

„Das wäre kein Problem. Ich weiß von Bernadette, dass Beatrice auch Männer hatte. Irgendwie ist mir das Thema unangenehm."

„Verstehe. Ich kann Bernadette auch selbst nach Beatrice Nummer fragen."

„Nein – das möchte ich nicht. Schau mal, wie zauberhaft das Licht zwischen den Bäumen aussieht."

Ich hätte sie verbal aggressiv angehen können. Für die Masken im Freien, die gesprächsunterbrechenden Natureindrücke, den einseitigen Test und die mangelnde Unterstützung bei meinem Übersetzungsprojekt. Wer oder was sind wir füreinander? Freundinnen oder Bekannte für gute Zeiten? Anstatt mich mit ihr darüber auseinanderzusetzen, denke ich an Ingeborg mit ihren überstandenen Krebserkrankungen und heimlichen Partys und an Stefan, der zwar nicht mehr viel in meinem Leben vorkommt, aber sogar eine Krise mit Susanne riskiert, wenn ich dringend sein Gehirn brauche.

„Hast du weitere Staffeln von Sweet Tooth angesehen?"

„Nein. Es wird uns allmählich zu kitschig und zu langweilig. Außerdem, Bernadette hasst Englisch, wie du weißt."

„Lass uns langsam auf den Rückweg machen. *Pas de mer sans moi* wartet auf mich. Ich werde die Übersetzung auch ohne Bernadettes Ex-Affäre schaffen. Könnte versuchen, über Facebook jemanden zu finden."

„Wie soll das denn funktionieren?"

„Es gibt bestimmt Gruppen für Westafrikaner*innen und deren Freund*innen."

„Eine interessante Idee. Oder du kontaktierst die Autorin selbst. Die wird ja am besten wissen, was sie ausdrücken will."

„Das tue ich nicht. Ich habe beim Verlag damit angegeben, dass ich eine Freundin habe, die mit einem Senegalesen verheiratet ist."

„Hä?!"

„Ach, das weißt du gar nicht?! Jennifers Noch-Ehemann ist aus Dakar."

„Also reden wir doch wieder über deine Mieterin. Aber das ist echt ein schräger Zufall. Von dem Mann aus dem Senegal wusste ich noch nichts. Wenn er tatsächlich existiert."

„Irgendwie glaube ich das."

„Du hast schon so manches geglaubt."

„Danke für den Hinweis. Und du hast Bernadette auch so manches geglaubt."

„Katharina, du kannst doch nicht meine Frau mit deiner Mietnomadin vergleichen!"

„Das tue ich nicht. Aber das Thema ist gleich: Vertrauen und Verrat. Gehen wir noch kurz ins Café Blume? Da kann man gut draußen sitzen."

„Gastronomie meide ich. Auch Außengastronomie. Du wolltest an der Übersetzung weiterarbeiten. Schick mir eine Leseprobe vom Original und von deiner Übersetzung. Gerne mit den schwierigen Dialogen. Ich habe im Moment ein wenig Zeit und Bernadette auch. Wir sehen uns die Texte an."

Vielleicht tue ich ihr Unrecht, reagiere ich über, reagiere mich an Patrizia ab. Vielleicht ist sie die Leidtragende, weil ich unter dem Wurm leide. Vielleicht hat sie recht mit ihrer Vorsicht und das Virus stürzt sich demnächst auf mich. Dann hätte ich sowohl eine verwurmte Eigentumswohnung als auch einen vervirten Körper. Ein Gedanke, der mich verwirrt, der sich in mir ausbreitet, weil ich lieber schweige, anstatt den Live-Spaziergang mit Patrizia zu verbocken. Trotzdem kann ich es nicht unterlassen, mindestens eineinhalb Meter Abstand zu ihr zu lassen.

„Was ist los, Katharina?"

„Was soll los sein, nichts ist los. Zu wenig ist los, zu wenig Positives! Guck mal, wie der Bernhardiner diesen Mann an der Leine führt."

Dieses Mal fällt kein Lachen aus unseren Masken heraus. Dieses Mal bleibt das Lachen in unseren Masken stecken.

„Wenn du nicht willst, brauchst du mir nichts zu schicken. Ich dränge mich nicht auf."

„Danke für das Angebot. Die Dialoge sind noch zu unfertig. Aber ich schicke euch gerne die ersten zwanzig Seiten. Viel Meer. Viel Erotik. In der Fantasie der Hauptperson. Und ich glaube, der Sound ist auf Deutsch gut getroffen."

„Spannend. Freue mich darauf. Denke, Bernadette auch."

„Danke für eure Unterstützung."

„Katharina, das ist doch selbstverständlich. Und bitte halte mich mit deinem Vermietungsdrama auf dem Laufenden. Ich drücke dir die Daumen, dass du deine Mieterin bald rauskriegst"

Die paar hundert Meter zurück nach Hause laufe ich beschwingt, auch wenn mir keineswegs beschwingt zumute ist. Ich checke gehend mein Smartphone. Von Jennifer keine Nachricht. Natürlich nicht, aber eine Signal-Nachricht von Ingeborg:

Hi Bella, wenn du nicht in diesem neuen Text ertrunken bist, ich meine im Atlantik, könnten wir morgen aufs Land fahren. Dort stellt ein Bekannter von mir aus. Danach wird noch ein bisschen getanzt. Bussis – Ingeborg.

Komme gerade von einem Spaziergang zurück. Du wirst es nicht glauben mit wem. Mit Patrizia! Ich muss die nächsten Tage leider durcharbeiten. Du kennst meine bescheidene Finanzlage. Viel Spaß und gern ein anderes Mal!

Die personifizierte Vernunft. Verstehe dich. Wenn du Geld brauchst, sag mir Bescheid. Weiß ja, dass ich es zurückbekommen werde. Hast du der Mieterin inzwischen gekündigt?

Danke für dein Angebot. Aber das ist schwierig für mich: Bei Geld hört Freundschaft auf. Am 8. Juni werfe ich die Kündigung in den Briefkasten. Brauche einen Zeugen.

Das sehe ich anders: Bei Geld fängt Freundschaft an. Bin gerne deine Zeugin. Sag mir vorher noch Bescheid. Ciao Bella!

Die Übersetzung ruft. Ich stelle mich taub. Der Titel ist ein Hohn: *Kein Meer ohne mich*. Ich sollte eher ein Buch namens *Kein Hass ohne Wurm* übersetzen, was bizarr klingt. Wahrscheinlich auch auf Französisch: *Pas de haine sans ver*. Vielleicht besser, da Französischer: *Pas de haine sans ver dans le fruit*. Ohne Wurm in der Frucht. Oder eben in der Wohnung.

Anstatt mich in den Text zu begeben, gebe ich *Wurm* bei zitate.de ein. *Wer sich zum Wurm macht, kann nachher nicht klagen, wenn er mit Füßen getreten wird*, sinniert Immanuel Kant und trifft mich an der richtigen Stelle. Nicht nur Jennifer ist ein Wurm, auch ich bin inzwischen zu einem geworden, leide unter manifester atypischer progredienter Wurmisierung und klage weiterhin, klage die Klügeren an, anstatt mich selbst anzuklagen, dass ich mich von Jennifer zum Wurm machen lasse.

Noch ist es nicht zu spät. Ab morgen bin ich kein Wurm mehr, auch kein Glühwürmchen und werde alles tun, um es Jennifer in der Schillerpromenade ungemütlich zu machen. Je schneller ich mich wieder entwurme, desto schwieriger wird es für sie, sich dauerhaft in der Wohnung zu verkriechen und in ihrem unstillbaren Hunger nicht nur die Paletten anzunagen, sondern auch das Parkett.

Weiche von mir, Wurm! Die Zeiten des Ausweichens sind vorbei. Auch mein Erweichen. Niemals werde ich wieder weich vor deinen Ausweichstrategien. Zieh dich warm an, Würmchen, auch wenn du selten frierst! Verschling einen Berg an Fastfood, bis du platzt, erstickst oder in der Badewanne ertrinkst. Bald kommt die Kündigung. Und das ist erst der Anfang, deklamiere und schreie ich, während ich in der Wohnung hin und her laufe. Ich erschrecke über mich selbst. Selbst Nadines geballte Lügen hatten mich nicht dermaßen in Rage versetzt, auch die Schwindeleien meiner Mutter nicht. *Pas de mer sans moi* ruft immer lauter nach mir. Je länger ich nicht daran arbeite und mich stattdessen in Wurmologien verliere, desto schlechter wird meine Laune.

Ich schreibe Ingeborg:

Kann ich spontan doch aufs Land mitkommen?

Leider haben inzwischen zu viele zugesagt. In meinem alten Tiguan ist kein Platz mehr frei.

Zwei Stunden nach der Einladung ist der Wagen ausgebucht. Ingeborg hat zig Bekannte, ihre Pandemieaktivitäten laufen bombastisch, gerade bei den sogenannten Vulnerablen, den über Siebzigjährigen. *Wer tanzt, stirbt nicht,* lautet das Motto, was mir zusagt, und ich ärgere mich, dass ich zu spät zusagte.

[JENNIFER] Sollte den vierten Juni rot im Kalender ankreuzen. Wenn ich noch einen Kalender hätte. Aus Papier. Wie meine Alte, wie vielleicht auch die Steimatzky. Die liest auch noch Bücher aus Papier. Und gedruckte Zeitungen. Ich lese nur noch mit dem Kindle oder in Apps. Wüsste gar nicht, wie es anders gehen sollte. Das versteht meine Alte nicht. Und ich lache mich kaputt, wenn sie Bleistifte spitzt. Für ihre Rätsel in der Hörzu. Manchmal liest sie mir das Wochenhoroskop vor. Wie eben, als ich gerade den Kontostand gecheckt hatte.

Liebe: Warten Sie nicht länger auf Schmetterlinge im Bauch. Geben Sie dem Menschen eine Chance, der sie schon lange liebt. Geld und Beruf: Auch wenn Sie keine erfolgreiche Berufsphase haben, wartet ein kleines Vermögen auf Sie. Gesundheit: Achten Sie mehr auf Ihre Fitness. Dann stellen sich bald ungeahnte Kräfte ein.

„Danke Mama, aber ich muss nun weiterarbeiten", würde ich meine Alte am Telefon ab. Weil mich das Horoskop umgehauen hat: Es passt wie die Faust aufs Auge.

„Ist gut, Jenny. Leider hast du mir verboten rüberzukommen."

„Du weißt warum. Fast das ganze Haus ist in Quarantäne. Mich hat der Virus zum Glück nicht erwischt. Möchte auf keinen Fall, dass du dir die Seuche holst. Und ich mache jetzt selber sauber."

„Wirklich, Jenny? Du hast doch so viel Arbeit!"

„Ja, aber Putzen macht fit. Oder hält fit. Das sieht man an dir."

„Tanzen auch. Stell dir vor, ich habe über eine Anzeige eine neue Frau kennengelernt, die gerne tanzt, eine Gudrun."

„Schön. Habe nun ein Meeting. Tschüss."

Meine Güte. Als Nächstes schwärmt meine Mutter für diese Gudrun. Oder diese Gudrun für sie. Möchte vom Liebestumult meiner Alten nichts mitbekommen. Warum hört die nicht endlich mit dieser idiotischen Sucherei auf? Ist schon Ende 50. Und sollte langsam wissen, dass die Liebe nicht klappt. Mit Kerlen nicht. Mit Weibern auch nicht. Sie soll mich damit in Ruhe lassen. Ist schon schlimm genug, dass ich ihr Leck-Kätzchen war. Darf nicht dran denken. Der Tag hat gut angefangen. Mit einem Wunder auf meinem Postbankkonto. Circa 3000 Euro im Plus. Die Sab hat mir tatsächlich fünf Riesen überwiesen. Und verlangt nichts dafür. Braucht mich für nichts. Hat nicht gesagt, dass sie die Kohle zurückwill. Irgendwann. Falls die Börse eine Talfahrt macht und dort vor sich hindümpelt. Oder sie ihre Wirecard-Aktien endgültig in den Ofen schieben kann, falls sie sie nicht rechtzeitig vertickt hat. Dann wäre Sab auf einem Schlag ein größeres Sümmchen los. Hätte sich böse verzockt. Bisher ist alles gutgegangen. So eine wie Sab fällt immer wieder auf die Füße. Oder ist eine Katze, die neun Leben hat. Warum eigentlich gerade neun?

Glaube nicht an Horoskope. Aber für diese Woche passt es total. Hat meine Alte perfekt ausgewählt. Das erwähnte Vermögen ist auf meinem Konto gelandet. Auch das über die Liebe passt perfekt. Hat mir meine Alte eben als SMS geschickt:

Warten Sie nicht länger auf Schmetterlinge im Bauch. Geben Sie dem Menschen eine Chance, der Sie schon lange liebt.

Denke natürlich an Shihab. Sollte ich die Bude freiwillig räumen und zu ihm in die Sophienstraße ziehen? In sein Loft bei den Hackeschen Höfen. Und neben ihm im Höfe-Kino in Originalfassungen sitzen. Eine Betrügerin aus einem saarländischen Kaff und ein Studierter aus Casablanca. Ein Traumpaar. Eine coole Kombi. Nennt man sowas *geglückte Globalisierung*? Aber der Rest wäre saunormal. Er will Kinder. Also müsste ich ein paar Blagen werfen. Eines in Hellrosa, eines in Beige und eines in Mittelbraun. Aber alle drei mit süßen Löckchen. Meine Alte würde vor Glück in die Luft springen. Die hätte endlich eine neue Aufgabe. Und ich hätte sie nicht ständig an der Backe.

In den Ferien würde ich mit Shihab nach Marokko fliegen. Zu seinen Eltern, Geschwistern und hunderten von Cousinen, Cousins, Nichten und Neffen. Die haben Angst, dass er im Sündenbabel Berlin endgültig schwul wird. Und dass er zu viel säuft. Hat er mir erzählt. Auch, dass er darüber gelacht hat und froh ist, hier zu sein: „Natürlich liebe ich meine Familie. Aber hier kann ich freier leben und habe einen interessanten Job." Finde ich gut, dass er das so sieht. Nur eine Ehefrau müsste bald her. Er ist Mitte 40. Die Uhr tickt. Kann ich verstehen. Sollte ich es probieren mit ihm? Die Schmetterlinge im Bauch waren am Anfang da. Nur habe ich da noch mit Charles zusammengelebt. Ein schlechter Zeitpunkt. Einerseits. Andererseits bin ich gerne Single. Und es geht mir gut in meiner neuen Bude. Müsste der Steimatzky nur die Mai-Miete überweisen und sie könnte erst Anfang Juli fristlos kündigen. Dann hätte ich noch den Herbst in der Schillerpromenade. Vielleicht auch den Winter. Sollte ich für die Mai-Miete blechen? Das wäre das erste Mal, das ich nicht umsonst wohne. In meiner Ehe hat Charles das Wohnen bezahlt und ich war für den Rest zuständig. Besonders für den Luxus. Will ich wirklich 1500 Eier wegen der Steimatzky aus dem Fenster rausschmeißen? Irgendwie nicht. Irgendwie muss was Neues her. Mich nervt Berlin. Mich nervt meine Alte. Mich nerven Typen wie Robbi. Mich nervt sogar mein Ex, der mir gestern geschrieben hat, dass er die Schnauze gestrichen voll hat. Und dass er nach Dakar zurückkehrt. Kann ich nichts dagegen sagen. Wegen mir ist er gekommen. Wegen mir ist er enttäuscht. Dass das Leben in Lichtenrade allein keinen Spaß macht, ist klar wie Kloßbrühe. Und das noch in Corona-Zeiten. Wo er seit Monaten nicht mehr in Clubs gehen kann. Auch wenn langsam alles wieder öffnet. Masken, Tests und Impfnachweise sind echte Spaßbremsen. Außerdem wissen wir nicht, was im Herbst und im Winter kommt. Noch ein Lockdown? Dann lieber die Kurve kratzen. Ab Mitte Juni darf man wieder nach Marokko fliegen. Hat mir Shihab getextet. Sogar ohne Test, wenn die letzte Impfung mindestens vier Wochen her ist. Das wäre bei mir in drei Wochen der Fall.

Verstehe nicht, warum man diesen Piecks nicht aushält. Oder sogar vor dem Impfstoff Angst hat. Habe mich danach okay gefühlt. Bloß schlapp und Kopfschmerzen. Ob die Steimatzky inzwischen geimpft ist? Meine Alte fiebert nach dem zweiten Piecks. Und nach einem ersten Date mit Gudrun. Die könnten sich doch glatt gemeinsam impfen lassen und sich dann gegenseitig einen vorjammern. Dann müsste ich mir das Geheule von meiner Alten nicht anhören.

Hätte echt Bock auf Casablanca. Nur müsste ich dann Shihabs ganzen Verwandten eine Partnerschaft mit ihm vorgaukeln. Damit sie mit mir süßen Tee und Mokka schlürfen. Mich mit Baklava und mit Fleischeintöpfen vollstopfen. Damit seine Schwester Kadisha mich als zukünftige Schwägerin umarmt.

Wäre trotzdem besser, als der Steimatzky 1500 Euro in den Rachen zu stopfen. Und mal was komplett anderes. Ein bisschen Der-die-das unterrichten. Am Boulevard de la Corniche Eisschlecken. Meinen Körper auf einen Felsen hieven, auf die Wellen starren, den Vögeln und Wolken winken, in Träume versinken. Fragt sich nur, von wem. Von Shihab? Er würde regelmäßig zu mir jetten. Sich aus Spaß in meine Deutschklasse hocken. Und meine eigenen Grammatikfehler korrigieren. Ich könnte ihn als Deutschsklaven einspannen. Vielleicht für einen Konversationskurs. Thema *Fragen über Deutschland und die Deutschen?* Wäre voll spannend, was da so kommen würde. Warum man vom Papa Staat Kohle bekommt, wenn man faulenzt. Oder warum man mit Kötern und Katzen lieber kuschelt als mit Menschen. Oder warum man nicht merkt, wenn der Nachbar tagelang tot in der Wohnung vergammelt. Vielleicht würden den Deutschschülern noch ganz andere Fragen einfallen. Muss mal mit Shihab darüber quatschen, was ihm an den Deutschen so auffällt. Aber der lebt ja in Mitte auf Englisch, kennt nur seine ausländischen Kollegen und mich. Und ich bin wirklich nicht typisch. Oder vielleicht doch?

Wäre aber auch cool, wenn er hin und wieder von Berlin nach Casa hüpfen würde. Wir würden zur riesigen, voll schönen Hassan-II.-Moschee laufen; die habe ich nur aus der Ferne gesehen. Und auf dem Rückweg würde ich ihm im Cinéma Megarama in der letzten Reihe einen runterholen. In diesem ultracoolen Multiplex-Kino direkt am Meer. Haben wir leider bei meinem Besuch nicht geschafft. Hätten besser etwas weniger in seiner Bude gerammelt.

Irgendwie hätte es was, nach Marokko zu verduften. Zumindest, bis ich weiß, was ich will. Was soll ich noch in Berlin? Charles macht die Düse nach Dakar, Sab feiert an der Bucht von Kotor. Shihab macht Druck, dass ich endlich bei ihm einziehe und mit dem Betrugsscheiß aufhöre. Katharina stalkt mich. Die Briedenkamp bespitzelt mich. Robbi sabbert vor Geilheit, wenn er mich sieht. Meine Alte schwärmt von ihrer Gudrun. Und wenn sie die Geschichte an die Wand gefahren hat, kotzt sie sich bei mir aus. Hundertpro. Außerdem habe ich keinen Bock, die nächste Bude zu suchen. Und vor der nächsten Eigentümerin das alte Theaterstück aufzuführen. Aber natürlich ist es saubequem, wenn man seine Rolle so verdammt gut draufhat.

[Katharina] Immer wieder frage ich mich, wie es läuft, was in der letzten Zeit läuft oder nicht läuft, was nicht mehr läuft, was aus dem Ruder läuft, wie es bei anderen läuft, wie es ohne die Pandemie liefe und wie es liefe, wenn Jennifer die wäre, die sie sein sollte, für die sie sich ausgegeben hatte. Hätten wir immer noch fast täglichen Kontakt oder wären uns inzwischen die Themen ausgegangen nach all den Gesprächen rund um die Wohnung, rund um Alltags- und Berufsholprigkeiten? Ich denke, unsere Schnittmenge wäre zu klein gewesen, aber ich hätte unsere wenigen Wochen eines intensiven Austauschs in angenehmer Erinnerung behalten.

Es läuft noch, aber es läuft bescheiden: Ein Virus und die dazugehörenden Maßnahmen fressen meine Freiheit weg, ein Wurm nagt sich durch den Neocortex, vergnügt sich im Limbischen System und serviert mir eine Existenz, die noch funktioniert, aber nicht mehr brilliert.

Lust und Leichtigkeit, wo seid ihr? Wohin seid ihr geflogen? Zu einem Wurm, der dem Laster des Nichtstuns frönt, der bepflanzte Töpfe auf den Balkon stellt, eine Sitzmuschel dazugesellt, während ich Tag und Nacht durch den

Sprachfluss einer in Frankreich gehypten Jungautorin paddle, um nicht in Armut abzusaufen.

Stefan, darf ich die Juni-Miete später bezahlen? Du weißt, warum

schreibe ich gegen vier Uhr früh fröstelnd auf dem kahlen Balkon kauernd, mir eine Erkältung wünschend als klaren Absagegrund, als kernige Begründung für alle, die mich kontaktieren, um zu spazieren. Es werden immer mehr, die wiederauftauchen, die ungestrichene Bänke und begrünte Äste mit Masken garnieren, mit den verschrumpelten Zeugen eines ausgedienten Schutzes.

Stefan, wie läuft es so bei dir?

Diese Nachricht schicke ich tatsächlich ab. Er dürfte noch wach sein, sich neben Susanne befinden und sich erst am kommenden Tag melden, wenn überhaupt.

Der übliche Trott. Und natürlich viele abgesagte Termine wegen Corona. Und bei dir?,

kommt es wundersamerweise direkt aus Cambridge zurück.

Bist du allein?

Meine Süße ist gerade im Bad, aber nicht mehr lange. Melde mich morgen Nachmittag MEZ bei dir. Warum bist du um diese Uhrzeit wach?

Das weiß ich auch nicht. Bis bald.

Die Banalität unseres Chats ist nicht zu überbieten. Aber wäre überhaupt kein Austausch besser?

Im aufgezwungenen Stillstand werde ich rasend. Rasend vor Hass, rasend vor Wut und gleichzeitig rasend vor Einsamkeit. Ist das möglich? Wenn mir der Nichts-und-Alles-Verlag keinen neuen Auftrag gegeben hätte, sähe ich keinen Sinn darin, morgens meinen Körper aus dem Bett zu quälen, ihn zu waschen, zu bekleiden, zu tränken, zu ernähren und zu bewegen.

Lust und Leichtigkeit, wo seid ihr? Wohin seid ihr geflogen?

Sex ist mir abhandengekommen. Selbst wenn ich an Nadine denke, an den Moment, als sie vor mir stand, ich ihre weiße Bluse aufknöpfte und sie mich knutschend an die Wand drückte, oder auch an Simone, die trotz Schmerzen und büschelweise ausgekämmten Haares mit mir orgastisch, orgiastisch durch die Nächte trieb, schaffe ich es nicht, es mir selbst zu machen.

Lust und Leichtigkeit, wo seid ihr? Wohin seid ihr geflogen?

Mir ist kalt. Mein Körper will ins Bett zurück. Ich erlaube es ihm. Das Smartphone darf mit. Das Notebook auch. Ich tippe *L-Mag Dating* in die Google-Leiste. Denke gleichzeitig an Simone, die ich vor drei Jahren in einem ICE kennengelernt hatte. Ich las gerade den Roman *Schmerz* von Zeruya Shalev, und Simone hatte ausgerechnet neben dieser Schriftstellerin während einer Tagung auf Schloss Elmau in der Sauna gesessen und war Schmerz, was sie mir nicht verraten hatte. Auch nicht die Diagnose, nicht die begonnene Chemotherapie. Anstatt ihre Sorgen über die Krebserkrankung mit mir zu teilen, hatte sie mich von heute auf morgen mit dem Satz: *„Du hast mir Licht geschenkt, doch nun ist das Licht erloschen und meine Gefühle für dich ebenso*“, nach zehn Wochen entsorgt.

„Manche sterben lieber allein“, hatte Stefan meine damalige Verzweiflung kommentiert, mein Außer-Mir-Sein.

Simone lebt immer noch, zumindest sah ich kürzlich ein aktuelles Foto im Netz. Sie trägt eine Kurzhaarfrisur mit Undercut, die Wangenknochen stechen weniger hervor, ein Lächeln umspielt ihre vollen Lippen. Todgeweihte sehen anders aus.

Mit L-Mag hatte ich noch nie etwas zu tun. Patrizia brachte mich auf die Idee:

Katharina, du musst echt aufpassen, dass du nicht verkümmerst. Vielleicht täte dir ein Abenteuer gut. Immer mehr sind geimpft und die Jahreszeit ist perfekt für eine kleine Liebelei.

Das Wort *Liebelei* liebe ich und ich wusste wieder, warum ich mit Patrizia befreundet bin, auch wenn sich seit der Pandemie zwischen uns immer breitere und tiefere Gräben auftun.

Wie finde ich eine Liebelei?

Guck mal die elektronischen Dating-Anzeigen bei L-Mag an. Mache ich manchmal – aber nur aus soziologischem Interesse.

So, so. Wenn das Bernadette wüsste …

Das weiß sie, weil sie mitmacht. Wir malen uns aus, wie die Frau sein könnte, die sich hinter der Anzeige versteckt.

Daran denke ich, während ich durch die Anzeigentexte scrolle. Detaillierte Schilderungen der eigenen Charaktermerkmale und der Wünsche an eine neue Begegnung stoßen mich ab, zerstören den Reiz des Unbekannten, des Unerwartbaren. Ich suche keine Partnerin. Was ich suche, weiß ich nicht. Im Grunde suche ich nicht. Früher suchte ich jedenfalls nicht. Ich fand und ließ mich finden, band und ließ mich binden. Der Zufall flatterte, er drehte Pirouetten und ich glaubte an die Magie von ungeplanten Begegnungen. Weil sie mir immer wieder zugestoßen waren, wie der wundersame Augenblick in einem Sechser-Abteil, als sich Simones und meine Blicke gekreuzt hatten, sie mich auf meine Lektüre ansprach und wir uns gegenseitig unsere Visitenkarten entgegenstreckten. Danach wartete ich einen ganzen Tag in der Hoffnung, dass sie mir als Erste schrieb. Just kurz bevor ich eine E-Mail an sie auf die Reise schicken wollte, erhielt ich folgende SMS:

Du schwirrst die ganze Zeit in meinem Kopf herum. Magst du meine Stimme hören?

Nach einem vierstündigen Telefonat war ich mir sicher, dass wir zusammengehörten und fuhr am darauffolgenden Tag zu ihr nach Leipzig. Sie war die Letzte, die mich geistig, seelisch und körperlich berührt und zu mir gepasst hatte: eine Germanistin mit einem Lehrauftrag für Linguistik mit Schwerpunkt Grammatiktheorie, eine sprachenliebende Frau mit langen Beinen, schmalen Hüften, kleinen Brüsten, Ballerina-Hals und Augen in der Farbe des Winterhimmels von Buenos Aires an einem diesigen Morgen. Aber wenn sie tatsächlich zu mir gepasst hätte, hätte sie sich nicht per WhatsApp verabschiedet und mich danach sofort blockiert. So sehe ich es heute.

Lust auf eine neue Liebe in Berlin-Kreuzberg? Frau über 50, die gerne tanzt und lacht, freut sich über Post von dir.

Die Klarheit und Aufgeschlossenheit der Inserentin verführen mich zu einer knappen Antwort:

Liebe Unbekannte, hier kommt ein maskenfreies Lächeln mit frühmorgendlichen Grüßen aus Neukölln von einer, die gerne tanzt, Yoga macht und vor dem Lockdown oft ins Kino ging. Ich, Anfang 40, Romanistin hoffe auf Antwort. K.

Nachdem ich auf *senden* gedrückt habe, werde ich müde, so müde, dass das dreckige Geschirr nicht in der Spülmaschine übernachtet, die Zähne nicht geputzt werden, das Smartphone nicht am Ladegerät andockt, das Notebook nicht ausgeschaltet wird und alle Fenster geschlossen bleiben. Nur die Trainingshose ziehe ich noch aus. Es ist inzwischen hell.

[Jennifer] Eben hat mich fast der Schlag getroffen. Bei einem Telefonat mit meiner Alten. Wegen einer Kontaktanzeige von ihr in so einem komischen Lesbenmagazin. Online. Hätte ich ihr nicht zugetraut. Und jetzt hat meine Alte tatsächlich Post von einer Romanistin bekommen. Die die Mail mit *frühmorgendlichen Grüßen aus Neukölln, K.* beendet hat. Hätte brüllen können. Das darf man keinem erzählen. Und würde einem keiner abkaufen. Aber deshalb ist es wahr. Klingt voll nach der Steimatzky. Besonders die *frühmorgendlichen Grüße aus Neukölln.* Mir hat sie mal *spätabendliche Grüße* geschickt. Und die Angeberei mit dem Studium. Das passt auch.

„Jenny, du duzt doch deine Vermieterin. Die heißt Katharina, oder? Meinst du, sie ist es?"

„Vielleicht. Aber der K. brauchst du gar nicht zu antworten. Die ist zu studiert für dich."

„Meinst du, ich bin blöd? Weil ich nicht lange auf der Schule war? Ich bin auf die Schule des Lebens gegangen."

„Möchte lieber nicht wissen, was du da gelernt hast."

„Jetzt reicht's mir! Hochmut kommt vor den Fall ..."

„Entschuldige, Mama. Ich glaube, es ist keine gute Idee, dass du der K. antwortest. Lern doch erstmal Gudrun kennen. Oder läuft da nichts mehr?"

„Doch – wir haben gestern lange telefoniert. Stell dir vor, die hat zwei Kätzchen! Super, oder?"

Miezekatzen als Retterinnen in der Not, waren noch nie mein Brot. Dummer Satz. Für eine saudumme Situation. Habe direkt an Alois gedacht. Der hat von seiner neuen Sau geschrieben. Resi hockt endlich neben ihm auf dem Sofa. Und dass er wieder glücklich ist. So wie mit Frieda.

Vanessa hat dann geantwortet:

Es ist schade, dass ich keine Sau bin.

Alois: Du bist mir lieber als jede Sau. Aber du sitzt nicht neben mir.

Vanessa: Ja, leider. Komm nach Berlin!

Alois: Komm du lieber nach München! Kann die Anni mit den Viechern und den Eltern nicht lange allein lassen.

Vanessa: Klar. Aber du weißt, wie teuer so eine Beerdigung ist.

Das hat er unter den Tisch fallen lassen. Sogar gemeint, dass sich Vanessa das Zugticket selbst besorgen soll. Er würde sie aber zum Essen einladen. Und fürs Hotelzimmer blechen. Das hat er schon für den 19. Juni gebucht. Wäre stornierbar.

Man hat schon Pferde kotzen sehen. Oder Schweine wiehern gehört. *Die dümmsten Bauern ernten die größten Kartoffeln.* Dann würde er winzige ernten oder überhaupt keine. Der ist mir zu schlau. *Die Kühe der klügsten Bauern haben die leersten Euter.* Soll ich ihm das mal schreiben? Lieber nicht. Dann fühlt er sich noch verarscht. Wenn es bei ihm funkt, heiße ich Sterntaler. Wie viel Kröten er mir dann in die Hand drückt, kann ich nicht sagen. Wahrscheinlich ein vierstelliges Sümmchen. Wenn ich ihn mit ins Hotelzimmer nehme. Und ihm vorgaukle, dass er ein toller Hengst ist. Könnte ich eiskalt durchziehen. Außer er stinkt nach Schweiß. Oder aus dem Mund. Blöd ist nur, dass mir die Fotos von Vanessa kaum ähneln. Die Visage ein bisschen. Der Körper überhaupt nicht. Wie soll ich Alois mein Fett erklären? Man nimmt nicht über Nacht 30 Kilo zu. Könnte sagen, dass ich aus Frust und Stress so viel gemampft habe. Besonders nach den Nachtschichten. Habe Angst, dass ihn mein Fett abtörnt. Und der ganze Aufwand umsonst war. Für ihn natürlich auch. Er hat ja Herzblut in die Vanessa gepumpt. Und sein Herz hat stark gepumpert.

Habe irgendwie Bock auf München. Erholung von der Steimatzky. Und der Brautschau meiner Alten. Denke wieder an das Telefonat von heute Morgen. Wegen der Zuschrift von K. ist mir die Spucke weggeblieben. Konnte kein Wörtchen mehr in den Hörer würgen.

„Jenny, bist du noch da?"

„Ja, jetzt wieder. Eben war die Verbindung weg. Mama, könntest du mir einen großen Gefallen tun?

„Natürlich, mein Schatz!"

„Lösch bitte die Mail von K.! Ich möchte keine dämlichen Verwicklungen ..."

„Wahrscheinlich tu ich das. Du brauchst keinen Stress. Und ich keine Studierte, die die Nase rümpft. Weil ich Putzfrau bin ... und Mutter ... und Hausfrau ..."

„Was macht denn die Gudrun so?"

„Da druckst die rum. Sie kriegt wohl eine kleine Rente oder die Stütze."

„Meinst du Hartz IV?"

„Ja, irgendwas vom Staat."

„Das wäre doch top. Dann habt ihr beide viel Zeit. Huch, es hat geklingelt. Gehe jetzt mit Charles spazieren."

„Ach wie schön. Vielleicht kommt ihr wieder zusammen? Der fehlt mir echt."

„Alles klar und tschüss."

Natürlich hat niemand bei mir gebimmelt. Charles hasst es, spazieren zu gehen. Auch ich mag es nicht. Höchstens dann, wenn ich verknallt bin. Hand-in-Hand und alle paar Meter knutschen. War echt geil mit Charles damals am Plâge Petit Ngor, aber auch mit Shihab. Als wir in Casablanca mal kurz an der Corniche gelaufen sind.

Nach dem Telefonat mit meiner Alten haben mir die Knie geschlottert. Und es war mir kotzübel. Bin mir sicher, dass K. Katharina ist. Und traue ihr zu, dass sie auf eine lesbische Kontaktanzeige geantwortet hat. Gönne der Steimatzky ein wenig Spaß. Aber bloß nicht mit meiner Alten! Aus der Sargkiste raus und rein in die Kiste mit meiner Vermieterin. Hoffentlich kracht das Bettchen nicht zusammen. Meine Alte hat wahrscheinlich Temperament. Auf oral stehen die wohl beide:

langue heißt ja Sprache und Zunge. Für meine Alte mehr Zunge, für die Steimatzky mehr Sprache.

Komme mir vor wie auf der Kirmes. Als ich mal auf dem Kettenkarussell gefahren bin. Immer höher. Immer schneller. Und danach gereihert habe. Einmal und nicht wieder.

„Flieg Jennifer, flieg, dein Alltag steckt im Krieg", summe ich vor mich hin. Im Krieg nicht, aber im Irrsinn. Im Chaos. In Turbulenzen. Wie im Flugzeug. Sollte mich anschnallen. Langsam schnalle ich, dass die Sauerstoffmasken bald runterfallen. Und der Flugkapitän mit dünner Stimmung etwas von Ruhe bewahren faselt. Und von versuchter Notlandung. Wenn schon ein Absturz dann lieber bei Sab aufprallen. Und bei irgendwelchen Schwurblern in einer Villa am Strand, als es aushalten, dass meine Alte eine Affäre mit der Steimatzky startet. Und die viel zu spät herausfindet, dass die Mutter ihrer Mieterin sie in den Himmel leckt. Mir wird es kotzübel. Alles gerade nicht so prickelnd. „Jennifer, cool bleiben. Deine Alte wird auf dich hören", beruhige ich mich. Versuche es zumindest. Wenigstens hat Katharina heute noch nicht geschrieben. Habe ihr die Mai-Miete nicht rübergeschoben. Wäre rausgeschmissene Kohle. Die Steimatzky schmeißt mich eh raus. Auf einen Monat hin oder her kommt es nicht an.

Charles hat getextet. Er will ratzfatz die Scheidung. Bevor er nach Dakar zurückdüst. Wir nehmen uns einen gemeinsamen Anwalt. Ein alter Bekannter von Sab. Und schummeln beim Trennungsjahr. Wenn alles glatt läuft, sind wir in einem halben Jahr offiziell auseinander. Die Kosten teilen wir uns. So teuer wird das nicht. Er verdient wenig. Ich überhaupt nichts. Das ziehen wir durch. Vielleicht haue auch ich aus Deutschland ab. Shihab hat mir die Kontaktdaten von seiner Schwester gegeben. Kadisha lebt mit zwei Kurzen in einem Haus. Die sind tagsüber in der Schule. Oder bei irgendwelchen Verwandten. Die Älteste ist schon vierzehn. Der Mann ist Flugbegleiter bei Royal Air Maroc. Also im Moment wieder viel in der Luft. Hätte im Haus ein eigenes Zimmer. So lange ich will. Umsonst. Auch das Futter. Klingt alles verdammt gut. Zu gut? Quatsch! Für mich kann nichts gut genug sein.

[Katharina] Ob der Wurm zu Hause ist? In der Küche sind die Jalousien heruntergelassen, im Wohnzimmer auch. Die Balkontür steht auf. Auf dem Klingelschild steht nicht Ziegler, sondern Bach, vor ein paar Tagen war es Chitala. Habe ich mir einen multiplen Wurm eingefangen, der ständig seinen Namen wechselt?

„Besser Bach als Lauterbach", sagt Ingeborg, meine Zeugin für den Einwurf der Kündigung. Darauf ich: „Ein lauter Bach, ein immer lauterer Bach. Ein unlauterer Bach, ein immer unlauterer Bach."

„Schön, dass du so gut gelaunt bist, obwohl ..."

„Obwohl was? Obwohl bei mir alles langsam oder schnell den Bach runtergeht? Weil eine Jennifer Ziegler meine Wohnung verwurmt?"

Wir lachen. Dann sagt Ingeborg: „Es geht nicht nur bei dir vieles den Bach runter. Auch in unserem Land. Ich fürchte, dass der Lauterbach den Spahn ablösen wird. Nach den Wahlen. Wenn die SPD gut abschneidet."

„Lauterbach als Gesundheitsminister! Dann bräuchte ich ein Flugticket nach Spanien."

„Da würde ich glatt mitkommen ..."

Ich klingle mehrmals. Leider vergeblich. Zu gerne würde ich mit einer grinsenden Ingeborg an meiner Seite Jennifer das Schreiben überreichen, in die Wohnung hineinblicken, in sie hineinriechen, hineinhören und hoffen, dass eine ältere Dame gerade das Parkett wischt, während ihr Töchterlein alles versucht, um uns schnell abzuwimmeln.

Ich sperre die Haustür auf und stecke den Brief so in den Schlitz, dass er ein wenig herausragt, dass er gesehen und herausgezogen wird, falls sich das Würmchen nach draußen ringelt.

Danach hat es Ingeborg eilig, schlägt eine Einladung ins Café Blume aus, erschlägt mich fast mit ihrem „Hoffentlich nimmt dieses Drama bald ein Ende. Hoffentlich verwüstet Frau Ziegler deine Wohnung nicht. Warum nimmst du dir nicht endlich einen Anwalt? Echt dumm, dass du nicht rechtsschutzversichert bist."

„Hiermit gestehe ich, dass ich der dümmste und naivste Mensch bin, den du kennst. Aber eines kann ich dir versichern:

Der Wurm wird sich noch wundern. Die Entwurmung ist eingeleitet und wird systematisch fortgeführt."

„So gefällst du mir gut, Katharina. Sag mir Bescheid, wenn du eines Tages ein Alibi brauchen solltest."

„Das könnte früher passieren, als dir lieb ist."

„Schauen wir mal! Ich muss zurück." Dann erklimmt sie den Fahrersitz ihres Tiguan, wirft mir eine Kusshand durchs offene Seitenfenster.

„Melde dich, wenn du Hilfe brauchst. Aber auch sonst. Ciao Bella!"

„Ciao bella, ciao bella, ciao ciao ciaio" entweicht meiner Kehle, steigt nach oben, dringt durch die offene Balkontür. Ob Jennifer das alte Partisanenlied hört und falls ja, erkennt? Es sollte mir egal sein, sie sollte mir egal sein. Trotzdem singe ich, singt es aus mir: „Wohnung ade, scheiden tut weh, das Glück ist hin, ausziehen ist schlimm", während Ingeborg den Motor ihres SUVs demonstrativ aufheulen lässt und mehrmals hupend davonrauscht.

„Jenny hau ab, deine Zeit wird knapp", singe ich weiter. „Jenny ade, Schulden tun weh", erfinde ich die nächste Zeile mit großer Begeisterung für die Dümmlichkeit meiner Dichtkunst und die Schrägheit meiner Stimme. Zu meiner Freude schließt sich an einem milden, windstillen Junitag um 15:23 die Balkontür. Mit hoher Wahrscheinlichkeit hat der Wurm meine Kalauer gehört. Das freut mich außerordentlich. Die Lebenslust reibt sich die Augen. Ich spaziere zum Sudhaus zurück. „Der Wurm muss raus, der Wurm muss raus, der Wurm muss raus aus meinem Haus", summe ich, als ich an der Kreuzung Hermannstraße/Werbellinstraße vor einer roten Fußgängerampel warte. „Wurm entweiche, selbst als Leiche, Wurm entweiche, selbst als Leiche."

Was wäre, wenn ich Jennifer in den Tod triebe? Vertriebe das meine Freude über die Rückeroberung der Wohnung? Ich denke nicht. Auf keinen Fall, wenn es eindeutig ein Selbstmord wäre. Bei einem Mord sähe es anders aus, denn ich hätte ein Tatmotiv: *Wütende Eigentümerin ermordet zahlungssäumige Mieterin nach Übergabe der fristlosen Kündigung.* Das würde selbst dem unkonventionellen Nichts-und-Alles-Verlag nicht gefallen, wenn man es dort mitbekäme. Ich bin nicht vorbestraft, verkehre nicht in der Halbwelt und äußerte gegenüber niemandem, dass ich eine Gewalttat plane. Trotzdem: Durch fremde Hände soll Jennifer nicht vergehen, höchstens Hand an sich selbst legen, weil die Schlinge immer enger wird. Die Schlinge, die sie sich durch ihre Machenschaften selbst anlegte.

„Man muss sich an die Decke strecken oder man kann sich gleich einen Strick nehmen", so sprach die Mutter. Hätte sie Letzteres zu früh getan, gäbe es mich nicht. Auch Jennifer streckte sich an die Decke, als sie sich in meine Wohnung hineinlog, in meine wunderschöne Wohnung, die sie früher oder später verlassen muss. Tot oder lebendig. Wahrscheinlich lebendig, denn jeder Strick würde unter ihrem Gewicht zerreißen. Zudem wäre die Todesart des Aufhängens zu umständlich, zu unbequem. Sie tränke eher in Zuckerwasser aufgelöste Schlaftabletten und verkröche sich dann zum wohligen, dauerhaften Wegdämmern ins Boxspringbett. Ein kurzer starker Schmerz beim Brechen des Genicks wäre nicht nach ihrem Gusto, genauso wenig wie ein Sturz aus großer Höhe. Jennifer ist nicht verstrickt genug, um einen toxischen Schlummertrunk zu schlürfen. Kein selbstvollstreckter Abgang, sondern eine zwangsvollstreckte Räumung.

Egal, wie lange das Mietverhältnis besteht, egal ob jemals eine Kaution bezahlt wurde, muss ich als Eigentümerin kündigen und warten und klagen und warten, den zugeteilten Vollstrecker aufsuchen und warten und zahlen und zahlen und zahlen, während der Wurm sich bis kurz vor der Räumung in der Immobilie vergnügt, dann auf Nimmer-Wiedersehen untertaucht und mich auf sämtlichen Kosten sitzen lässt.

Anstatt endlich wieder gemeinsam mit Jeanne in *Pas de mer sans moi* im Atlantik zu schwimmen, anstatt ihr dabei zuzusehen, wie sie es treibt, mit sich selbst und mit anderen glänzenden, haarlosen, muskulösen Leibern, sortiere ich die Unterlagen der Causa Ziegler in einen Aktenordner, drucke die JPG-Datei mit Jennifers Personalausweis aus und starre das Passbild an. Das Foto ist entweder alt, oder sie hat sich in kurzer Zeit stark verändert. Ich sehe darauf eine attraktive, höchstens Mitte Zwanzigjährige mit Grübchen und klaren Gesichtszügen. Die riesigen Augen in dem runden Gesicht bedienen das Kindchenschema. Wenn ich die Wohnung zurückerobert habe, könnte ich dieses Gesicht plakatieren und mit folgendem Text verzieren:

Der Wurm wird gesucht! Wer kennt den Wurm? 5000 Euro Belohnung für eine erfolgreiche Wurmfindung!

Natürlich schriebe ich stattdessen, dass ich aus dringenden persönlichen Gründen den aktuellen Aufenthaltsort von Jennifer Ziegler ausfindig machen müsse und um Mithilfe bäte. Vielleicht meldete sich ihre Mutter, wenn sie das Plakat an der Pforte der St. Johannes-Basilika in der Lilienthalstraße sähe oder an der U-Bahn-Stationen Gneisenaustraße und Südstern. Auch in Lichtenrade würde ich Suchmeldungen aufhängen und in Afro-Shops, wo sich Charles aufhalten könnte. Ich glaube nicht, dass Jennifer alles zu 100% erfand, glaube sogar, dass es einen Onkel und Cousin in Rudow gibt – warum auch immer.

Ich fühle mich allein, vermisse Stefen, der gerade eine Ehekrise mit Susanne hat und sich erst in einigen Tagen wieder bei mir melden wird. Mit ihm würde ich gern die Freude über die eingeworfene Kündigung und die geschmetterten Wurmvertreibungslieder teilen. Auch mit Patrizia. Sie ließ sich zwei Tage nach unserer Runde durch die Hasenheide auf Corona testen, weil sie ein leichtes Halskratzen verspürte. Obwohl das Ergebnis negativ war, schob sie einen PCR-Test nach – ebenfalls negativ. Inzwischen hat sie Schnupfen, Halsschmerzen und erhöhte Temperatur und zog in die Wohnung ihres verreisten Bruders, um auf keinen Fall Bernadette anzustecken. Die Tests seien nicht zuverlässig, sie wolle lieber auf Nummer Sicher gehen. Wie hätte ich darauf reagieren sollen, ohne die Freundschaft zu verlieren? Etwa mit *Du hast völlig recht, dass du trotz zweier negativer Testergebnisse Bernadette schützt. Man kann nie vorsichtig genug sein.* Dann wäre ich auf das Wurm-Niveau herabgesunken, was Wahrhaftigkeit betrifft. Stattdessen textete ich ihr:

Du weißt, dass es mit einer 99-prozentigen Wahrscheinlichkeit nur eine banale Erkältung ist. Gute Besserung und melde dich, wenn du mit mir zoomen möchtest. Ich bin übrigens vollständig gesund. Darauf kam nichts mehr.

Checke immer wieder die Mails, nichts von Jennifer, aber etwas von der Unbekannten.

Liebe K., danke für die nette Zuschrift auf meine Anzeige. Falls du Katharina heißt, Übersetzerin bist und auf dem Rollberg wohnst, möchte ich dich lieber nicht kennenlernen. Falls du jemand anders bist, schreib mir wieder. Grüße.

Fast lache ich und würde Ingeborg anrufen, wenn ich sie nicht erst vor ein paar Stunden gesehen hätte. Es ist unglaublich! Bereits vor der Pandemie hatte ich keinerlei Kontakte zu lesbischen Ladys, es sei denn zu Patrizia, die mit ihrer Frau außerhalb der Szene lebt. Seit dem Drama mit Simone suchte ich in keiner Weise nach einer neuen Liebsten. Und jetzt, wo ich nach langer Abstinenz auf eine L-Mag-Anzeige antwortet, identifiziert mich die Dame durch meinen abgekürzten Vornamen, die Erwähnung von Neukölln und den Hinweis auf die Romanistik. Wusste noch gar nicht, dass ich so prominent bin. Wer könnte die Unbekannte sein, die mich sofort erkannte? Maria Osterkorn vom Nichts-und-Alles-Verlag? Sie könnte über 50 sein und hat mir beim Einstiegs-Smalltalk zu unseren Zoom-Meetings über ihre endlich wieder stattfindenden Tanz-Klassen vorgeschwärmt. Habe ich Mar geschrieben? Das wäre witzig und peinlich gleichermaßen. Andererseits glaube ich, dass sie eher Männer begehrt, falls sie überhaupt jemanden begehrt.

Liebe Unbekannte, es gibt gute Nachrichten. Ich heiße Kerstin, unterrichte Französisch und lebe in Rixdorf. Und wer bist du? Tippe ich und lösche es wieder. Was brächte es mir, außer einem neuen Zeitvertreib, außer einem weiteren Wegtreiben von Jeannes amourösen Exzessen in Dakar, die ich spätestens ab morgen zügig weiterübersetzen muss?

Ich hake die Angelegenheit mit der Anzeige ab, ohne weitere Zeit zu investieren, was mir beim Wurm-Fall bedauerlicherweise nicht gelingt. Hat Jennifer den Brief mit der Kündigung bereits aus dem Briefkasten gefischt? Ich will ihr auf WhatsApp schreiben und sehe ihr Profilbild nicht mehr. Womöglich blockierte sie mich, was hieße, dass sie das Kündigungsschreiben zur Kenntnis nahm. Da ich auf Nummer Sicher gehen möchte, rufe ich sie an. Nach zweimaligem

Läuten wird mein Anruf weggedrückt. Ahne Schlimmes, sie geht tatsächlich auf Tauchstation. Keine Diskussionen mehr. Schweigen für Anfänger und Fortgeschrittene. Ich schreibe eine SMS: *Liebe Jennifer, es sieht so aus, als ob du die fristlose Kündigung inzwischen gelesen hättest. Wie sieht es mit der Wohnungsübergabe aus? Bitte melde dich!* Die Message wurde zugestellt. Immerhin etwas. Ich lege mein Handy ins Schlafzimmer, damit ich mich auf meine Arbeit konzentrieren kann. Die Datei von *Kein Meer ohne mich* wurde seit drei Tagen nicht geöffnet. Als ich die Rohübersetzung der letzten zehn Seiten durchlese, spricht mich folgende Stelle an:

Während wir uns bewegten, bewegten sich die Wellen gegen uns und der Wind mit uns oder der Wind gegen uns und die Wellen mit uns. Plötzlich wollte ich zurück, während er weiterschwamm und schwamm und schwamm und schwamm. Je mehr er verschwand, desto glücklicher wurde ich.

Je weniger Wurm es gäbe, desto besser ginge es mir. Noch ist er da und die Übersetzung kommt nicht voran. Ich nehme mir vor, zwei Tage zu warten, ob Jennifer auf die Kurznachricht reagiert und falls nicht, solange mit meiner roten Wasserflasche, meinem Notebook und meinem Smartphone vor ihrer Wohnungstür zu sitzen, bis sie die Wohnung verlässt oder nach Hause kommt und bei Frau Briedenkamp zu klingeln, falls ich auf die Toilette müsste.

[Jennifer] „Kling Glöckchen klinge klingeling, kling Glöckchen kling" Mein DHL-Päckchen? Habe am Samstag wieder zugeschlagen. Nach dem Telefonat mit meiner Alten. Ein arschgeiler Fummel. In Lila. Lila oder der letzte Versuch? Mit wem? Mit Shihab? Mit ihm wird der Sex immer besser. Und meine Gefühle immer weniger. Mit Robbi bestimmt nicht. Mit Charles nie mehr. Na ja, man soll niemals nie sagen. Aber der ist voll treu, auch Shihab, wenn der was Festes hat. Warum gerate ich gleich an zwei solche Typen kurz hintereinander? Ficken ohne Gewissensbisse. Fressen ohne Waage. So schön und einfach kann das Leben sein. Wohl nicht für alle. Für die Steimatzky bestimmt nicht.

Wenn die scheiß Pandemie nicht wäre, würde ich um die Häuser ziehen. Mich aufgebrezelt in eine Bar hocken. Mir

Drinks rüberschieben lassen. Mir den geilsten Macker schnappen. Und nach der Vögelei sein Portemonnaie.

Habe aufgedrückt. Kein DHL-Sklave auf der Bildfläche. Komisch. Gehe die Treppe runter. Aus dem Briefkastenschlitz schaut ein Umschlag raus. Adresse und Absender in Handschrift. Oh je, der erste Liebesbrief von der Steimatzky. Die legt sie jetzt richtig ins Zeug.

Sehr geehrte Frau Ziegler,
hiermit kündige ich das bestehende Mietverhältnis geschlossen am 21. April 2021 fristlos aufgrund Ihrer Mietrückstände zweier aufeinanderfolgender Monate (Mai und Juni 2021) und der nicht bezahlten Kaution. Dieser Umstand berechtigt mich gemäß § 543 Abs. 2 BGB dazu, das mit Ihnen geschlossene Mietverhältnis fristlos zu kündigen. Ich fordere Sie hiermit auf, die Wohnung binnen 14 Tagen vollständig zu räumen und spätestens bis zum 22. Juni in einem vertragsgemäßen Zustand mit sämtlichen Schlüsseln und den Originalzylindern zu übergeben.

Als Übergabetermin schlage ich Ihnen den 22. Juni um 17 Uhr vor. Falls Sie diesen Termin nicht wahrnehmen können, teilen Sie mir bitte umgehend Ihren Terminwunsch mit.

Einer stillschweigenden Verlängerung des Mietvertrags (gemäß § 545 BGB) widerspreche ich hiermit vorsorglich.

Sollten Sie die Wohnung nicht fristgerecht zurückgeben, werde ich eine Räumungsklage einreichen und gemäß Paragraf 546a BGB, die ursprünglich vereinbarte Miete als Entschädigung verlangen. Darüber hinaus behalte ich mir vor, weiterreichende Schadenersatzforderungen geltend zu machen.

Mit einer Bitte um Bestätigung des Erhalts dieses Schreibens verbleibe ich mit freundlichen Grüßen

Katharina Steimatzky

Bin sowas von Baff. Die Steimatzky hat den falschen Beruf erwischt. Hätte nicht Übersetzer werden sollen, sondern Jurist. Da würde sie mehr Kohle scheffeln. Kann sich bestimmt keinen Anwalt leisten. Und hat mir trotzdem ein perfektes Schreiben in den Briefkasten gekackt. Am Ende bewundere ich die studierte Tusse noch. Bestätigen werde ich der natürlich nichts. Habe weiß Gott Besseres zu tun. Die lasse ich schmoren. Kann auf die Antwort warten, bis sie grau wird. Ganz grau. Ein paar Strähnen hat sie schon. Die Steimatzky merkt auch ohne Muh und Mäh, dass ich sie nicht am 22. Juni jubelnd empfange. Mit Blumenstrauß in der leeren, picobello geputzten Bude.

Die ist jetzt auf meine Antwort geil. Blockiere sie auf WhatsApp. Auf dem Messenger. SMS und Mails darf sie mir noch schicken. Die stören mich weniger. Anrufe mit ihrer Nummer drücke ich weg. Die Steimatzky kann bis zum Sankt Nimmerleinstag warten. Sich in Yoga-Hunde hineinquälen und warten. Dumm im Schneidersitz rumhocken und warten. Ihre Atemzüge zählen und warten. Auf dem beheizten Parkett liegen und warten. Wie andere auf Godot. Hatte ich im Französisch-LK. Steht bei Shihab im Regal. Ist gar nicht so doof. Wir warten alle auf Godot. Auf Gott. Auf Geld. Auf Liebe. Gott liebt jeden. Und wenn man Geld hat, lieben einen plötzlich viele. Also reicht es, wenn man reich ist. Wie ich im Moment. Relativ. Muss gucken, dass ich die Kohle von Sab nicht zu schnell auf den Kopf haue. Strom, Internet sind bezahlt, die Fahrkarte nach München auch. Ist immer noch eine Menge Zaster auf dem Konto. Könnte noch mehr werden. Wenn Alois auch live anbeißt. Unseren Videocall habe ich hinter mich gebracht. Er mag es rund und prall. Wie die Euter seiner Kühe vor dem Melken. Hat von meinem Körper nicht viel gesehen. Eigentlich nur meinen Hals. Das Dreifachkinn. Vanessa hat ihm gestanden, dass sie vollschlank ist. Und dass sie sauoft an ihn denkt. Der will nun gemolken werden. Hat sich in die Krankenschwester mit der toten Mama und ohne Papa verschossen. Wird sich noch wundern, wie schnell sie ihn abschießt. Nach der gemeinsamen Nacht. Oder schon vorher. Nachdem er ein paar große Scheine hingeblättert hat. Damit die tote Mama in einem Eichensarg schlummern darf. Sowas ließ der beim Videocall durchschimmern. Vanessa darf ihn nicht direkt darum bitten. Er ist weniger doof als gedacht. Und hat noch mal davon gelabert, dass er keine Kohle für die Fahrkarte rausrückt. Ganz schön knickrig, der Kerl. Vanessa war natürlich voll damit einverstanden. Was auch sonst? Und sie juckelt ins Bayernland. Latscht vom Hauptbahnhof schnurstracks in die Münchner Stubn. Wo sie dann so ein Bauerntölpel anbaggert. Wie bei *Bauer sucht Frau.* Wahrscheinlich will er nach der Schweinshaxe mit Knödeln seinem feschen Mädel ein Dirndl überstülpen. Würde mir sogar stehen. Mit meinen riesigen Titten. Oder er macht nach der Völlerei einen auf Touri-Führer. Aus dieser Nummer kommt Vanessa nicht so einfach raus. Außer er steckt die Mäuse in ihren Ausschnitt. Dann haut sie ab, aber dalli. Springt in den nächsten ICE Richtung Norden. Und müsste sein Oberbayrisch nicht mehr aushalten. Auch nicht sein Gewinsel und Gestöhne, wenn sie seinen Pimmel melkt. Mehr würde sie auf keinen Fall machen. Am liebsten nur a bisserl kuscheln und busseln. Sie ist ein ehrbares Mädel. Sie macht nicht gleich beim ersten Mal die Beinchen breit. Das müsste dieser Kuhmelker und Saufreund sogar gut finden.

Juckle also am übernächsten Samstag am Mittag nach München. Und am Samstagabend oder Sonntagmorgen zurück nach Berlin. Nicht in die Schillerpromenade. Direkt in Shihabs Bude. Werde dort mit ihm nochmal über Casablanca quatschen. Und checken, ob er ständig aufkreuzen und einen auf Partnerschaft machen würde. Falls ich dort länger bleibe. Muss so tun, als ob ich ihn liebe. Ein bisschen tue ich das ja. Dass ich bei ihm ein paar Tage abhängen kann, ist auf jeden Fall top. Möchte der Steimatzky nicht begegnen. Auf keinen Fall. Am 22. Juni ist der Übergabetermin. Dann treibt sie sich im Haus rum. Oder hockt zum Kaffeeklatsch bei der Briedenkamp. Und wenn ich Pech habe, kreuzt dann ausgerechnet meine Alte auf. Obwohl bei uns im Haus ja angeblich die Corona-Seuche tobt. Die Gudrun hat sich immer noch nicht mit ihr getroffen, hat sie mir vorgejammert. Die hockt gerade bei ihrem Sohn irgendwo in der Oberlausitz. Ist eine Ossi. Hat früh geheiratet, zwei Blagen gekriegt und immer als Facharbeiter malocht. War so üblich. Dass sie auf Weiber abfährt, hat sie schon früh gemerkt. Hat aber trotzdem ficki ficki mit ihrem Mann gemacht. Wollte normal sein. Und selbst nach der Wende hat sie ewig gebraucht, bis sie aus dem Familienhaus raus war. Ihr Kerl war gar nicht aus dem Häuschen, vielleicht sogar froh, dass sie sich verdünnisiert hat. Und dem Sohn und der Tochter war es piepegal, dass die Mutti Mösen mag. Und nun wohnt die Gudrun in Marzahn. Schläft mit ihren Miezen im Bettchen. Hoffentlich bald mit meiner Alten. Die macht mich mit ihren Geschichten über Gudrun kirre. Hat sie noch nicht mal gesehen und ist schon voll verknallt in sie. Ähnlich wie Alois in Vanessa. Der wedelt den ganzen Tag mit seinem Schwänzchen. Zählt die Tage bis zum ersten richtigen Bussi in München. Halte das Gesülze nicht mehr aus. Aber Vanessa macht natürlich mit. „Bin richtig nervös. Habe Angst, dass du mich nicht magst", hat die dem Kuhmelker am Telefon ins Ohr geträufelt. Liebestropfen.

„Du brauchst keine Angst haben. Ich hab' dich saulieb."

„Lieber als Resi?"

„Ja, lieber als jede Sau. Du bist bald meine Frau."

Wäre fast umgefallen vor Lachen. Habe mich gerade noch am Riemen gerissen. Und Vanessa hat gesagt: „Das wäre fein. Servus, Schatz."

Habe heute noch nichts von Alois auf BigLove gelesen. Hoffentlich sind alle Kühe gesund. Und auch Resi. Die Fahrkarte hat mich fast 80 Eier gekostet. Vanessa schreibt ihn morgen mal an. Das wird schon klappen. Wenn Alois zehn Hunnis rausrückt, hat sich das Getue mit dem Almdödel gelohnt.

[Katharina] Gerade als ich mich im Lotussitz mit aufgeklapptem Notebook vor Jennifers Wohnungstür niedergelassen habe, höre ich, wie die Hauseingangstür geöffnet wird. Jemand steigt mit schweren, langsamen Schritten die Treppe hoch.

„Katharina, was tust du denn hier? Das darfst du nicht!"

„Hallo Jennifer, natürlich darf ich das. Das Treppenhaus ist Gemeinschaftseigentum. Sperr auf und dann reden wir."

„Ich lasse dich nicht in meine Wohnung!"

„So, so. Lass mich eintreten. Ich muss dringend austreten. Und nachschauen, ob alles in der Wohnung in Ordnung ist. Ich will sie demnächst neu vermieten oder selbst einziehen."

„Dafür machen wir einen Termin. Zieh jetzt Leine!"

„Ich bitte um etwas mehr Respekt!"

„Das sagt die Richtige."

„Danke – los schließ auf! Oder ich schreie so laut, dass Frau Briedenkamp nachschaut, was hier los ist."

„Schrei ruhig! Du hast kein Recht, mir nachzustellen und mich zu zwingen, dass ich dich in die Wohnung lasse. Auch wenn du die Eigentümerin bist."

„Hast du inzwischen den Brief mit der fristlosen Kündigung aus dem Briefkasten geholt und geöffnet?"

„Nicht so laut. Lass uns lieber drinnen darüber reden ..."

„Danke. Darf ich deine Toilette benutzen?

„Klar. Du weißt, wo das Bad ist."

Die Badezimmertür könnte man nicht von außen abschließen, nur von innen. Das erleichtert mich, obwohl ich mir nicht zutraue, in die Wohnung einzudringen und meine Mieterin einzusperren. Dass ich so solche Fantasien hegte, hegt den Verdacht in mir, dass Stefan recht hatte. Ich bin tatsächlich emotional viel zu verstrickt, sollte den Wurm-Fall endlich auf die Sachebene hieven. Stattdessen versuche ich, den Wurm zu Fall zu bringen, während ich immer mehr verfalle, mir immer weniger gefalle. Im Wurm-Spiegel sehe ich meinen wochenlangen, schlechten Schlaf und die Unfähigkeit, mich zu entspannen noch ungnädiger als zu Hause.

Unzählige verlockende Löckchen tänzeln am Wannenrand, kreuchen auf Handtüchern, die auf dem Boden fleuchen. Die Anzahl der Cremedöschen und Parfümfläschchen, die auf den Ablageflächen chillen, dürften sich seit meinem letzten Besuch verdoppelt haben. Damals hielt ich Jennifer noch für eine Projektleiterin, heute ordnete ich ihr andere Berufstätigkeiten zu. Wahrscheinlich ist sie nicht erwerbstätig – zumindest nicht auf eine seriöse Weise.

Als ich aus dem Bad trete, lehnt Jennifer im Flur an einem Regal mit circa 30 Paar Schuhen, auf das ich am liebsten einträte. „Die Schuhe haben sich nochmals vermehrt. Ist der beim Umzug verschwundene Karton wiederaufgetaucht?"

„Nein, aber ich habe andere Kartons ausgepackt. Und außerdem: Was geht Sie das eigentlich an?!"

„Frau Ziegler, entschuldigen Sie meine Nachfrage. Sie hatten mir wegen des Kartons, der beim Umzug abhandengekommen war, wiederholt Ihr Leid geklagt. Ich gebe Ihnen recht, ja, Sie haben recht: Es geht mich nichts an! Aber etwas anderes geht mich etwas an: Die nach wie vor offenen Mieten für Mai und Juni. Deshalb habe ich Ihnen mit einer Zeugin am

8. Juni die fristlose Kündigung in den Briefkasten geworfen. Rechtens und goldrichtig."

„Das weiß ich."

„Warum haben Sie mir das Bargeld aus Kirkel eigentlich niemals gegeben?"

„Das habe ich dringend gebraucht für ..."

„Wofür denn?"

„Für meinen Anteil an den Beerdigungskosten. Mein Onkel hat mich deshalb unter Druck gesetzt und mein Cousin hat das Bargeld dann einkassiert."

„Das Tempo, in dem Sie Lügen erfinden, ist erstaunlich."

„Katharina, was soll das?! Auf deinen Spott kann ich gut verzichten."

„Oh, plötzlich wieder per Du. Jennifer, wir wissen beide, dass deine Mutter nicht gestorben ist. Dass das bloß eine Ausrede war, damit ich nicht direkt die offene Miete anmahne. Deiner Mutter geht es prächtig."

„Unterlassen Sie diese bösartige Unterstellung und verlassen Sie auf der Stelle meine Wohnung!"

„Diese bösartige Unterstellung ist die Wahrheit, die reine und nackte Wahrheit. Ich habe Kontakt mit Ihrer Nachbarin. Frau Briedenkamp würde schwören, dass Ihre Mutter bei Ihnen im Mai geputzt hat. Putzig, nicht wahr? Habe noch gar nicht gewusst, dass es Putzgeister gibt."

„Sie werden die beiden Mieten bald auf Ihrem Konto haben. Und jetzt gehen Sie bitte!"

„Ich weiß, dass Sie keinen müden Euro überweisen. Und habe gesehen, dass Sie sogar das Türschloss ausgetauscht haben. Sie wissen, dass bei Ihrem Auszug der Originalzylinder wieder drin sein muss."

„Das interessiert mich nicht, weil ich nicht rausgehe."

„Bravo, Jennifer! Langsam kommen wir der Wahrheit näher."

„Was wollen Sie hier noch?"

„Sie müssen mir am 22. Juni um 17 Uhr die Wohnung übergeben."

„Das muss ich nicht! Ich muss überhaupt nichts."

„Oh doch! Sie müssen ausziehen oder Miete und Kaution bezahlen. Sie sind ein Vertragsverhältnis mit mir eingegangen und kommen Ihren Pflichten nicht nach."

„Die Kaution kann ich im Moment nicht zahlen. Aber die Mieten sind vor dem 22. Juni auf Ihrem Konto. Sie wissen, dass ich Probleme mit meiner Bank habe."

„Ich denke, dass Sie Probleme mit der Wahrheit haben, wohl auch mit Ihren Finanzen. Und ich weiß, dass ich am nächsten Dienstag um 17 Uhr vorbeikomme und die Wohnung übernehme. Außer, Sie begleichen Ihre Schulden."

„Das dürfen Sie ja gar nicht! Und so weit wird es nicht kommen!", schrie sie. Ich sah in ihren Augen eine Verzweiflung, die ich ihr nicht zugetraut hätte.

„Warten wir es ab! Sie haben schon Vieles gesagt und es ist anders gekommen."

„Katharina, dieses Mal wirst du angenehm überrascht."

„Na ja, dann gehe ich jetzt und warte ab, was passiert. Langweilig wird es mit dir wenigstens nicht."

„Deine Sticheleien kannst du dir sparen. Ich bin selbst genug bestraft, weil alles so beschissen läuft."

Sie tut mir leid, als in ihre feuchten Kinderaugen schaue, aber nur fast. Ich glaube ihr, aber nur fast.

[JENNIFER] Wie bescheuert war das denn? Von mir selbst. Und von der Steimatzky. Kriege Angst vor der Sprach-Fotze. Die läuft immer mehr zur Bestform auf. Bin froh, dass das Schloss ausgewechselt ist. Sonst würde die glatt reinspazieren. Und irgendwann, wenn ich heimkomme, vor meiner Glotze sitzen, sich eine Arte-Doku auf Französisch ansehen. Etwas Unterhaltsameres traue ich der nicht zu. Höchstens einen Psychothriller – seit dem Überfall im Treppenhaus. Die hat mich gezwungen, sie mit in die Wohnung zu nehmen. Hatte wahrscheinlich stundenlang vor der Tür gehockt. Und mir aufgelauert. Die Steimatzky nervt mich nicht nur. Sie jagt mir Angst ein. Wer weiß, welche Abgründe die hat. Ist vielleicht nur ein Zufall, dass die noch nichts auf dem Kerbholz hat. Oder vielleicht hat sie das. Tat nur am Anfang so harmlos. Ist voll krass drauf. Und nur noch nicht erwischt worden. Dagegen bin ich ein Lämmchen. Und selbst Sab ein Lamm. Abgesehen von den beiden Leuten, die verbrannt sind. Das wollte sie nicht. Da bin ich mir sicher. Sonst hätte ich meinen Kopf nicht hingehalten, sie nicht aus dem Dreck gezogen.

So einen Krimi mit einer Eigentümerin hatte ich noch nie. Darf mich nicht einschüchtern lassen. Macht mir aber null Spaß, aus dem Haus zu gehen. Finde es ätzend, dass die Steimatzky vielleicht wieder aufkreuzt. Kann sie schlecht wegen Stalking anzeigen. Dann würden mir die Bullen den Vogel zeigen und mein Vorstrafenregister runterleiern. Das brauche ich echt nicht. Habe beschissene Laune. Und sogar Lust, der Steimatzky die beiden Mieten zu überweisen. Und das tatsächlich vor dem 22. Juni. Weil die mich so weichklopft. Und weil der Spaßfaktor mit der Wohnung gegen Null geht.

Wenn Alois in München Vanessa 1000 Kröten zusteckt, hätte ich die Kohle zusammen. Und die Steimatzky würde tot umfallen. Vor Freude. Oder vor Scham. Weil sie mir Unrecht getan hat. Natürlich würde das ganze Theater bald weitergehen. Die Eier für Juni und Juli könnte ich der Steimatzky gerade noch ins Konto legen. Aber dann wäre ich völlig abgebrannt. Denn von Sab würde nicht schon wieder was kommen. Höchstens ein Ticket nach Podgorica. Und mit Alois macht Vanessa nach dem Techtelmechtel Schluss. Er pappt immer mehr an seinem Vanessa-Mädel. Gerade jetzt vor dem Date. Will dauernd telefonieren. Geifert vor Geilheit. Labert von Liebe. Zum Abwinken. Vielleicht schieß ich die blöde Aktion ganz in den Wind. Verbringe das Wochenende statt in München daheim in der Badewanne und in der Heia. Die Steimatzky wird ja nicht die Tür aufbrechen. Traue ihr inzwischen eine Menge zu. Das aber nicht. Noch nicht.

Irgendwie habe ich trotzdem Bock auf Bayern. In der Münchner Stubn bestellt Vanessa mindestens drei Gänge. Nur saufen sollte sie lieber nicht, damit sie die Kurve kriegen kann. Damit sie sich schnell vom Acker machen kann. Wenn sie den Alois zum Kotzen findet. Dann muss er alleine ins Maritim watscheln. Und beten, dass jemand am Empfang sein Urbayrisch versteht. Sonst sieht es schlecht für ihn aus. Aber das ist sein Problem. Vanessa ist keine Hure. Auch nicht für den Sarg von ihrer Mama.

Shihab darf nichts von dem ganzen Quatsch wissen. Seine Schwester erst recht nicht. Die würde tot umfallen. Oder wäre voll geschockt, was für ein Früchtchen ihr der Bruder auf den Hals gehetzt hat. Eine Hure aus dem Sündenbabel Berlin.

Und weil nicht ist, was nicht sein darf, glaubt sie, dass ich nur sein Alibi bin. Und er in echt Männern einen bläst. Oder sich einen blasen lässt. Das könnte ich mir sogar bei ihm vorstellen. Weiß nicht, warum. Würde mich nicht stören. Wäre mir lieber, als wenn er mit anderen Bräuten herummacht. Was er natürlich dürfte. Wir sind ja nicht richtig zusammen. Liegt an mir. Wäre trotzdem eifersüchtig. Obwohl sich das doof anhört. Geht mir bei Charles ähnlich. Der sieht nun einen Kumpel in mir, dem er seine Weibergeschichten erzählt. Voll komisch. Wochenlang zieht er über Berlin her. Und sagt, dass er nach Dakar verduften will. Und wieder bei Papa im Hotel arbeiten. Und gestern hat er getextet, dass er sich verliebt hat. Etwas Ernstes. Wie bei mir. Dass er die Scheidung will, aber erstmal in Berlin bleibt. Und schaut, wie es läuft. Seine neue Braut heißt Melanie. Über die ist er in einem Freibad gestolpert. Da darf man seit Anfang Juni wieder ohne Test und Impfnachweis rein. Melanie hat ihn dort angequatscht. Das glaube ich glatt. Im Wasser ist mein Ex unwiderstehlich. Es hat direkt gefunkt zwischen den beiden. Charles ist völlig aus dem Häuschen. Büffelt nun Deutsch, weil sein Sonnenschein kein Französisch kann. Nur mittelmäßig Englisch. So wie er selbst. Ich packe es nicht, dass ich eifersüchtig auf diese Tussi bin. Sollte froh sein, dass Charles wieder jemanden hat. Auch, dass er erstmal bleibt. Könnte bestimmt ein paar Kartons im Keller bei ihm abstellen. Falls ich nach Casablanca abhaue. Frage ihn bald, ob das geht. Und ob er mir beim Schleppen hilft. Wenn er seine Zauberlatte in Melanie versenkt, hat er bestimmt gute Laune. Das muss ich ausnutzen.

Muss dringend herausfinden, was ich will. Miete rüberwachsen lassen ja oder nein? Nach Casablanca düsen ja oder nein? Und ob ich meinen Allerwertesten tatsächlich in den Zug nach München hieve, weiß ich auch noch nicht. Oh je, schon wieder fünf neue Nachrichten von der Alm.

Alois: Wo steckt mein liebes Mädel? Bist schon wieder fleißig und im Krankenhaus? Es macht mich schier narrisch, wenn ich an dich denken tu.

Alois: Bussi. Schlaf gut!

Alois: Mein Herzl pumpert, weil ich bald in deine Äuglein schau.

Alois: Schick mir deine IBAN – ich spür, dass wir zwei zusammengehören.

Wunder geschehen immer wieder! Und manchmal im besten Moment. Gerade jetzt, wo mein Postbankkonto funktioniert. Kann man nicht toppen. Muss nur aufpassen, dass Vanessa sich nicht zu sehr freut.

Vanessa: Bin jetzt endlich daheim. Hatte zwei Schichten hintereinander. Ich denke auch an dich und freue mich. Bald sehen wir uns endlich in die Augen. Noch dreimal schlafen.

Vanessa: Wegen meiner Mama bin ich natürlich immer noch sehr traurig. Supi, dass du mir helfen möchtest. Mein Konto läuft auf Jennifer Vanessa Ziegler. Alle nennen mich aber nur Vanessa oder Nessi. Meine IBAN sage ich dir gleich persönlich. Magst du meine Stimme hören?

Klar bimmelt er direkt an. Vanessa haucht ihm die IBAN zu. Lässt sein Liebesgelalle abtropfen. Auch das Gesülze über Resi, die ihm endlich aus der Hand frisst. Nach einer halben Stunde will er wissen, wie viel der Sarg gekostet hat. Vanessa könnte schon wieder heulen und glaubt, dass es circa 2000 Euro waren. Dann verstummt das Bayrisch für einen Moment.

„Bist du noch dran?"

„Natürlich, mein Schatz. Die Kühe blöken. Muss in den Stall. Danach schick ich meinem süßen Mädel ein schönes Sümmchen."

„Alois, das ist voll lieb. Du kriegst alles zurück, wenn ich es habe."

„Wenn wir zusammenkommen, vergessen wir das. Also schon bald."

„Ja, mein Schatz."

Bingo! Wenn der die Kohle wirklich noch heute überweist, ist sie übermorgen auf dem Konto. Und dann juckelt Vanessa nicht nach München. Vielleicht bekommt sie plötzlich Corona. Den Wisch von einem Test-Center fälscht man nullkommanix. Dann darf Alois tagelang hoffen, dass sein Mädel bald wieder munter ist. Vanessa geht es immer schlechter. Sie ist zu krank zum Sprechen und zum Schreiben. Dann stirbt er vor Angst um sein Mädel. Oder auch um sein Geld, wenn er wieder klar in der Birne ist. Wie leider die Steimatzky.

Vor ein paar Tagen hat mich tatsächlich die alte Schnepfe von nebenan angelabert. Die Briedenkamp.

„Wohnen Sie alleine in der Wohnung?", hat die mich gefragt, obwohl die das natürlich weiß.

„Ja, warum?"

„Das ist eine große und teure Wohnung für eine alleinstehende junge Frau."

Danach hat die sich schnell in ihre Bude verpisst. Klar, warum die Briedenkamp so einen Stuss ablässt. Die Steimatzky hat ihr gesteckt, dass ich keine Miete zahle. Wahrscheinlich spioniert die alte Ziege mir nach. Passt auf, ob bei mir Licht brennt oder nicht. Ob der Bildschirm flackert oder nicht. Die soll ihre Nase nicht in mein Leben stecken. Die Steimatzky auch nicht. Die beiden Ziegen sollten mir den Buckel runterrutschen.

Meine Güte! Schon wieder bimmeln im Messenger Kuhglocken:

Alois: Muss meine Gusti schlachten lassen. Habe gerade feuchte Äuglein.

Was soll Vanessa damit anfangen? Ihm in ein paar Stündchen Beileid wünschen? Sie darf ihn nicht an die Überweisung erinnern. Wirkt gierig. Und kalt.

Vanessa: Tut mir leid. Warum zum Schlachter?

Alois: Die Gusti ist schon älter. Und gibt keine Milch mehr. Kann ihr kein Gnadenbrot mehr geben. Eine neue Kuh muss her.

Vanessa: Voll hart. Erzähl mir mehr davon, wenn wir uns sehen.

Jetzt ist er offline. Karrt wohl wirklich das Rindvieh Richtung Jenseits. Was wohl das Killen und eine neue Kuh kosten? Und was bleibt da noch fürs Vanessa-Mädel übrig?

Vanessa: Ich denke an dich. Du auch an mich? Fahre nun ins Krankenhaus. Nachtschicht. Bin noch vom letzten Dienst gerädert. Die Pandemie bringt mich ins Grab. Wir schreiben uns morgen wieder. Dein Mädel.

Hoffentlich vergisst er die Kohle nicht. Oder er hat es sich anders überlegt. Und die Gusti ist pumperlgesund. Vielleicht hat er mit Anni über Vanessa gelabert. Darüber, dass er Moneten abdrücken möchte. Und seine Schwester hat ihm eine Standpauke gehalten. Gesagt, dass er einen Vogel hat. Und dass er einer Internetbekannten kein Geld schicken soll. Oder er blecht wirklich für ein neues Rindvieh. Und der Zaster reicht dann nicht mehr für den Sarg. Dann wäre das Ganze saudumm gelaufen. Und würde noch ewig so weitergehen. Ohne Moneten. Nur Gesabber und Geschreibsel. Und Vanessa müsste den Typen schnell abservieren. Hat sich von einem Investmentbonzen in Berlin aufreißen lassen. Der hat gleich das ganze Begräbnis bezahlt. Haha. Das würde Vanessa dem Alois nicht schreiben. Eher, dass es ihr beschissen geht. Und dass sie nicht offen ist. Für eine neue Liebe. Also die üblichen Lügen. Vielleicht wäre er sogar froh, weil sein Herzl schon für ein anderes Mäderl pumpert. Für das frisch geschiedene Annerl aus dem Nachbardorf. Die Tochter seiner alten Schulfreundin. Hat er mal erwähnt. Aber gleich nachgeschoben, dass die für ihn immer noch wie ein halbes Kind ist. Dass da nichts draus wird. Und dass sich das Annerl vom Hof verabschiedet, weil ihr die Alten und die Viecher schnuppe sind. Und weil sie sich nicht die Finger im Stall dreckig machen will. Und sich lieber eine Wohnung im Städtlein sucht. Das Annerl hat also keinen Bock auf den Alois. Aber man kann nie wissen. Vielleicht ist der Kuhmelder ja reich. Und das Annerl freut sich, dass sie irgendwann den Hof und die Viecher erbt, denn die Schwester vom Bauern geht auch schon auf die 60. Und das Annerl ist frische 28. Da rentiert sich das Waten. Und manche Weiber ticken so. Bin privat viel ehrlicher. Habe mir keinen stinkreichen Typen geangelt. Käme ich mir blöd vor. Wäre lieber eine Edelnutte als eine Ehenutte.

[Katharina] Bei meiner heutigen Wurmwohnungsbeobachtung sehe ich kein Licht. Auch kaum Strom wurde verbraucht. Das erkenne ich am Zähler, der sich in einem offenen Kellerraum befindet. Meine Spaziergänge vom Sudhaus in die Schillerpromenade und zurück haben sich zu einem Ritual entwickelt, zu einer Marotte, die ich für mich behalte, zu einer

Zwangshandlung, die mir vorspielt, die Kontrolle zu bewahren. Wie sich manche täglich wiegen oder Schritte zählen, notiere ich den Stromzählerstand. Manchmal scheint Licht in der Wohnung, manchmal verbirgt sich hinter den Wohnzimmer- und Küchenfenstern ein schwarzes Nichts, was nichts heißt. Jennifer könnte im Schlafzimmer träumen, sich in der Badewanne aalen oder nur kurz rausgegangen sein, um Chips und Schokolade im ALDI oder REWE mitgehen zu lassen. Oder jemand anders befindet sich hin und wieder in der Wohnung und sie hat sich längst abgesetzt, ohne mir Bescheid zu sagen. Auch das traue ich ihr zu. Es gibt nichts mehr, was ihr nicht zutraue, abgesehen von einem gezielten Mordanschlag auf mich. Das traue ich eher mir in Bezug auf sie zu, weiß aber gleichzeitig, dass ich mich im Griff habe, dass ich begriffen habe, dass ich durch eine solche Tat nicht nur Jennifers Leben beendete, sondern auch das meine, wenn auch nicht in physischer Weise. Und das wäre es mir nicht wert, das wäre sie, Jennifer, mir nicht wert. Ich zerstöre weder sie noch mich selbst.

Das versprach ich Stefan bei unserem letzten Telefonat, nachdem ich gesagt hatte, dass ich den Ausdruck *über Leichen gehen* inzwischen verstehen könne. Und dass ich kreative Wege suche, um die Wohnung zu entwurmen, auch wenn mich niemand dabei erwischen dürfte und Jennifers langer Leib zu schwer für eine Entsorgung wäre. Wenn ich meine Sorgen schnell loswerden möchte, müsste ich unkonventionelle Methoden anwenden, deren Details ich lieber nicht bei einem WhatsApp-Telefonat thematisiere. Wir wüssten ja alle, dass die Daten nicht geschützt seien.

„Wenn ich ernst nehme, was du von dir gibst, muss ich den psychiatrischen Notdienst anrufen. Oder gleich die Polizei", sagte Stefan.

„Das wirst du nicht tun. Es sind nur Fantasien."

„Das haben schon viele gesagt. Katharina, bitte versprich mir, dass du wieder zur Vernunft kommst."

„Ich verspreche dir, dass ich bei Vernunft bleibe. Du glaubst doch nicht im Ernst, dass ich so unvernünftig wäre, dir von meinen Mordfantasien zu erzählen, wenn ich wirklich etwas vorhätte?"

Stefan: „Dein Hirn funktioniert zum Glück noch. Hast du keine anderen Themen mehr? Wie läuft eigentlich deine Übersetzung?"

„Die läuft vor mir weg, weil ich so oft zur Schillerpromenade laufe. Aber ich verspreche dir hoch und heilig, dass ich nichts verbreche, sondern lieber zusammenbreche."

Dann lachten wir. Er versprach mir seinerseits, bei der nächsten Physikkonferenz in Europa einen Abstecher nach Berlin einzuplanen, und sagte, dass er hoffe, dass ich diese Parasitin bald rausbekomme, dass er meine Zermürbungsstrategien gar nicht schlecht finde, so lange ich keine Gesetze übertrete und solange es mir guttue, meiner Mietnomadin die Wohnung madig zu machen. Und da sie nicht mit mir kooperiere und mir ständig neue Lügen serviere, habe ich jedes Recht dieser Welt, im Wohnhaus umherzuschleichen und den Nachbarn mein Leid zu klagen.

Nachdem ich den aktuellen Zählerstand notiert habe und aus dem Keller hochgestiegen bin, stolpere ich über Frau Briedenkamp, die mit zwei Aldi-Tüten bepackt nach ihrer Post sieht.

„Guten Tag, Frau Steimatzky. Immer noch keine Miete?"

„Keinen einzigen Cent. Ich habe den Mietvertag inzwischen fristlos gekündigt."

„Das ist gut so. Und was hatten Sie denn im Keller zu suchen?"

„Ich kontrolliere den Stand des Stromzählers. Möchte herausfinden, ob Frau Ziegler noch da ist. Sie ist seit der Kündigung abgetaucht. Haben Sie Ihre Nachbarin in den letzten Tagen gesehen?"

„Nein. Die Rollos sind meistens drunten. Von außen sieht man aber oft, dass der Fernseher läuft. Irgendwer scheint da zu sein."

„Danke – das hilft mir. Vielleicht läuft der Fernseher, obwohl sie nicht da ist."

„Manchmal flackert nichts. Ich achte jetzt mehr darauf."

„Es gibt Zeitschaltuhren. Aber egal- glauben Sie mir inzwischen, dass ich die Eigentümerin bin?"

„Ja und geben Sie mir bitte doch Ihr Kärtchen. Ich rufe Sie an, wenn mir etwas komisch vorkommt."

„Herzlichen Dank! Dann gehe ich jetzt nach Hause."

„There is such a fat rat in such a nice flat", sage ich zu mir, als Frau Briedenkamp außer Hörweite ist, angle einen Kuli aus dem Rucksack, reiße ein Blatt aus meinem Notizbuch, schreibe diesen Satz darauf. Mit der linken Hand. Die Buchstaben torkeln, sehen aus, als ob sie nach vorne kippten oder sich erbrächen. Die Schrift eines Menschen, der selten schreibt oder nicht mehr schreiben kann oder seine Schrift verstellt. Wie könnte das Gekritzel zu Jennifer gelangen? Durch die Eingangstür lässt sich der Zettel nicht schieben. Tesastreifen habe ich nicht dabei, um ihn an die Tür zu kleben. Es bleibt nur der Briefkasten. Ich öffne die Klappe, schlüpfe mit einer Hand hinein und ertaste jede Menge Briefsendungen. Mahnungen? Rechnungen? Gerichtliche Ladungen? Die Wahrscheinlichkeit, dass Jennifer den Zettel schnell entdeckt, geht gegen Null. Dennoch schiebe ich ihn durch den Schlitz. Ein schlechter Witz, das ist mir klar. Danach mache ich mich auf den Rückweg ins Sudhaus. Die Hermannstraße lässt sich ohne eine lästige Zwangspause überqueren und als ich auf dem Rollberg im REWE einen Ingwershot hole, sehe ich etwas Korpulentes, Riesiges, Wurmartiges an einer der Kassen anstehen. Sie ist es nicht. Was wäre, wenn sie es wäre? Was täte ich? Auf sie zugehen und vor Publikum „Miete oder Leben schreien!", das Fläschchen Ingwershot als lächerliches Wurfgeschoss in der Hand? Natürlich nicht. Ich denke an mein Versprechen: keine Verbrechen. Eine Anzeige wegen Körperverletzung wäre drin, wenn ich den Ingwershot mit voller Wucht auf ihr rundes Lockenköpfchen schleuderte. Sie wäre das arme Opfer, die Mietschulden fielen unter den Tisch und ich brächte sie womöglich noch schlechter aus der Wohnung heraus als ohnehin. Ich könnte auch auf sie zugehen mit „Was für ein netter Zufall, Frau Ziegler! Wie geht es Ihnen?" Was würde sie antworten? Womöglich „Alles Bestens. Bereite mich intensiv auf die neue Stelle vor."

„Bei welcher Firma fangen Sie ab Juli an?"

„Das sage ich Ihnen ein anderes Mal. Muss nun weiter … Ciao, ciao."

Wäre ich enttäuscht? Über ihren plötzlichen Mangel an spontaner Fantasie, darüber, dass sie kein neues Unternehmen aus den kurzen Ärmeln ihrer Blümchenbluse schüttelt?

Trotz ihrer Säulenhaftigkeit würde ich sie schütteln und sagen: „Ab jetzt spielen wir mit offenen Karten. Was willst du von mir, damit du ausziehst? Reichen dir 3000 Euro? Das wären zwei Monatsmieten und wir hätten Ruhe voreinander."

Sich-Freikaufen. Eine Ingeborg-Idee. Eine mögliche Strategie für den Umgang mit Mietnomaden, nach dem Motto: Wenn du freiwillig gehst, gehe ich nicht den juristischen Weg. Aber du musst schleunigst weg.

Geld bringt so manchen freiwillig aus dem besetzten Eigentum, das glaube ich gern, aber ich habe keine Lust, 3000 Euro oder mehr zu verbrennen, mit Schulden bei Ingeborg, Stefan oder Patrizia durchs Leben zu rennen.

[Jennifer] Nix los heute. Aus dem Süden nichts Neues. Heult Alois der Gusti nach? Oder hat er kalte Füße gekriegt? Oder hockt er schon in der Bayrischen Stubn und klappert landgeile Tussen ab. Eine nach der anderen. Vielleicht ist er gar kein Almwichser. Und treibts mit keinen Rindviechern. Möchte gerne wissen, was er so treibt. Und mit wie vielen. Muss fast lachen. Über die bescheuerte Geschichte. Wer verarscht hier wen? Mir gehts um Zaster. Und ihm? Um Liebe? Dann braucht er nicht so einen Scheiß erfinden. Kommt eh raus. Denkt er, dass ein Milchbauer so dolle Chancen hat? Wer weiß! Am besten knicke ich den Scheiß. Schieße die 86 Kröten für die Fahrkarte in den Wind. Auch ich mache mal Minus, nicht nur die Steimatzky mit ihrer Bude. Hauptsache mein Konto steht noch im Plus. Ein seltener Genuss.

Ätzend langweilig heute. Soll ich mal die Werbeblättchen und andere Scheiß Post aus dem Briefkasten räumen? Und dann in die Mülltonne donnern. Zum Glück hat die Wohnungstür ein Guckloch. Keine Steimatzky liegt auf der Lauer. Auch keine Briedenkamp im Anmarsch. Kann also zum Briefkasten runtergehen. Huch, was haben wir denn da? Ein handschriftlicher Zettel. *There is such a fat rat in such a nice flat.* Krakelige Schrift. Wie bewusst verstellt. Riecht nach der Steimatzky. Hatsche wieder in die Wohnung hoch, stopfe den ätzenden Wisch in die Schminkkommode. In den Abfall kommt er noch nicht. Man weiß nie, was man irgendwann noch braucht. Je mehr man aufhebt, desto besser. Meine Alte ist das Gegenteil. Sieht man sofort. Nicht nur am Körper, auch in der Bude. Liest eine Zeitschrift durch und schwuppdiwupp fliegt sie ins Altpapier. Auch mit Klamotten ist meine Alte so. Was sie zwei Jahre nicht am Körper pappen hatte, kommt raus. In ihrem Kellerabteil könnte man ein Zelt aufstellen und noch eine Matratze danebenlegen. Wäre komplett leer, wenn mein Krimskrams nicht vor sich hingammeln würde. Verflixt, habe sie immer noch nicht nach den Engelsflügeln gefragt. Lassen sich bestimmt auf Ebay verticken. Und auch anderes Zeugs von mir. Sollte endlich den Keller in der Mittenwalder Straße ausmisten. Damit Platz ist für meine Kisten. Zum Beispiel für meine Schuhsammlung. Könnte schlecht mit fünf Koffern in Casablanca aufschlagen. Falls ich abhaue. Irgendwie macht es gerade richtig Spaß, die Bude nicht rauszurücken. Der Spruch mit der fetten Ratte ist megacool. Bin gespannt, was als Nächstes kommt. Die Steimatzky schiebt bestimmt noch ein paar Zettel nach. Sie hängt noch das Übersetzen an den Nagel und endet als Dichter. Dann müsste ich ihr beibringen, wie man Kohle scheffelt. Ohne sich den Buckel krumm zu machen. Oder sie bettelt bei Papa Staat. In Berlin reimen jede Menge Hartz IV -Dichter irgendeinen Schwachsinn zusammen. Sind alle nicht ganz dicht.

Mit dem dummen Spruch von der fetten Ratte hat sich die Steimatzky ein fettes Eigentor geschossen. Beleidigung geht gar nicht, auch wenn ich darüber lache. Der kacke ich jetzt eine verfickte Mail in ihr GMX-Fach:

Sehr geehrte Frau Steimatzky, hiermit nehme ich die Kündigung zur Kenntnis. Leider kann ich den Übergabetermin am 22. Juni 2021 nicht wahrnehmen, weil meine neue Wohnung voraussichtlich erst am 1. August fertiggestellt werden wird. Ich gehe davon aus, dass Sie mir nun eine Räumungsklage zukommen lassen werden. Deshalb habe ich inzwischen meinen Anwalt konsultiert. Dieser hat mir geraten, mit Ihnen in Zukunft ausschließlich auf postalischem Wege zu kommunizieren und persönliche Begegnungen zu vermeiden, da höchstwahrscheinlich Sie diejenige waren, die mir einen handschriftlichen Zettel mit einer sehr beleidigenden Nachricht in den Briefkasten getan hat.

Um meine Gesundheit zu schützen, gehe ich dem Ratschlag meines Anwalts selbstverständlich nach und bitte Sie ausdrücklich darum, von weiteren Botschaften und Kontaktversuchen abzusehen.

Sie können mir glauben, ich bin inzwischen genauso wie Sie bemüht, das Mietverhältnis so schnell wie möglich zu beenden. Mein Anwalt wird Sie zeitnah über meinen Auszugstermin in Kenntnis setzen.

Mit freundlichen Grüßen,

J. Ziegler

Bin saumäßig stolz auf mich. Habe mir den Text mehrmals reingezogen. Vor und nach dem Senden. Ob die Steimatzky jetzt Panikattacken bekommt und sich ein paar Xanax reinwirft? Die war das bestimmt. Irgendwie ist sie unterhaltsam. Fast besser als Netflix. Und voll gratis. So eine abgedrehte Vermieterin hatte ich noch nie. Auch noch keine, die mir so auf die Pelle rückt. Die hinter mir herschleicht wie ein geiler Bock. Oder sogar noch schlimmer. Irgendwie. Die Steimatzky bleibt an mir dran. Und der verknallte Milchbauer verpisst sich. Blöder geht's nicht. Vanessa hat ihn mehrmals auf BigLove angeschrieben. Keine Antwort. Und sie hat ihn angebimmelt. Niemand ist drangegangen. Und Kohle ist natürlich auch keine auf dem Postbankkonto aufgetaucht. Vielleicht ist der Typ abgekratzt. Mit der Gusti auf dem Weg zum Schlachthaus gegen einen Baum gedonnert. Wie mein Alter. Angeblich. Sowas gibt es. Aber es ist unwahrscheinlich. Glaube, dass Alois den Braten gerochen hat. Und er nur testen wollte, ob Vanessa ihm die IBAN gibt. Das war der Fehler. Sie hätte sich zieren sollen. Und flöten, dass sie seine Kohle auf keinen Fall annimmt. Und dass man sich ja noch gar nicht richtig kennt. Komisch ist die Geschichte schon. Aber anders komisch als der Kampf mit der Steimatzky. Wer siegt? Wer verliert? Der Eigentümer gewinnt am Ende immer, wie beim Roulette die Bank. Habe aber noch nie freiwillig aufgegeben. War immer bis zum allerletzten Drücker in der Bude. Es war früher allerdings einfacher. Weil die Vermieter keinen solchen Terz gemacht haben. Das ist neu. Der Klügere gibt nach. Dieser

Spruch passt irgendwie zur Steimatzky und mir. Will ich die Klügere sein? Sab hat immer gerochen, wann es irgendwo zu heiß wurde und ist rechtzeitig verduftet. Und sie war bis zur Pandemie der schlaueste Mensch, den ich kenne. Außer mir selbst natürlich.

[Katharina] Wieder einmal schaffte ich es nicht, gegen 9 Uhr am Notebook zu sitzen. Mein Körper wehrte sich, blieb liegen. Und meine Übersetzung bleibt liegen, auch wenn mir viel darin liegt, den Kurzroman vor dem ersten September abzugeben. Jeden Tag habe ich Angst, dass meine Projektbetreuerin eine Leseprobe des Übersetzten wünscht. Zum Glück tat die zweifach geimpfte Maria Osterkorn in einer Rundmail ihre Corona-Erkrankung kund. Ein kleiner Lichtschimmer im dunklen Tal des Klagens und der kommenden Klagen. Völlig in Sicherheit wähnen sollte ich mich trotzdem nicht, denn eine der Null-Euro-Praktikant*innen könnte auf die Idee kommen, sich nach dem Projektstand von *Pas de mer sans moi* zu erkundigen.

Schweigen im Walde vom Verlag. Stattdessen eine mit Lügen gespickte Mail vom Würmchen, das die *Fette Ratte* im Briefkasten unerwartet ausführlich kommentiert und mich zu folgenden Zeilen motiviert:

Hi Jennifer, danke für den wichtigen Hinweis mit der Räumungsklage. Er zeigt mir mehr als deutlich, dass du weder deinen finanziellen Verbindlichkeiten nachkommen noch freiwillig ausziehen wirst.
Die Geschichte mit dem Zettel und mit dem besorgten Anwalt, den es bestimmt nicht gibt, hat mich köstlich amüsiert und ist eine willkommene Ablenkung von der nicht einfachen Übersetzung des Romans „Pas de mer sans moi". Ein Buch, das dir gefallen könnte. Eine lebenshungrige, sexdurstige, heterosexuelle Frau in Dakar sucht sich selbst und stürzt sich in amouröse Abenteuer.
Zurück zum Zettel: Für wie dumm hältst du mich eigentlich? Glaubst du tatsächlich, ich hätte dir handschriftlich irgendeine unflätige Nachricht in den Briefschlitz geschoben? Wer dir etwas in den Schlitz geschoben haben mag, ist mir egal. Ich war es

nicht. Vielleicht war es ein Schabernack der Kids, die ganz oben wohnen. Frau Briedenkamp, mit der ich in einem regen Austausch stehe, meinte, sie habe kürzlich etwas Beleidigendes im Briefkasten vorgefunden, aber nur darüber gelacht.
Nimm nicht alles so persönlich und mach kein Opfer aus dir! Ich habe dir nichts getan, das weißt du.

Gut gelaunte Grüße aus dem Sudhaus
Katharina.

Beschwingt wie selten warte ich auf den Anruf eines Bekannten von Ingeborg, ein pensionierter Anwalt mit Schwerpunkt Mietrecht, der nicht loslassen kann und es liebt, sein Wissen loszulassen – auf Eigentümer*innen, die vor ihren Mieter*innen zittern oder diese zum Zittern bringen wollen. Zur vereinbarten Uhrzeit klingelt tatsächlich mein Handy. Auf Ingeborgs Talent in Sachen Networking ist meistens Verlass.

„Katharina Steimatzky. Spreche ich mit Herrn Gerhard von Rüttelschuh?"

„Nicht so förmlich, Katharina. Wir kennen uns über Ingeborg, die übrigens in den höchsten Tönen von dir geschwärmt hat. Du würdest exzellente Übersetzungen machen."

„Danke, Gerhard. Im Moment kann ich mich leider nicht auf meine Arbeit konzentrieren. Du weißt bestimmt schon, dass ich mir eine Mietnomadin eingefangen habe."

„Ingeborg hat mir den Fall en détail geschildert. Bei der fristlosen Kündigung hast du alles richtig gemacht. Chapeau!"

„Meine Mieterin, Frau Ziegler hat den Erhalt sogar schriftlich bestätigt, mir aber auch mitgeteilt, dass sie mir die Wohnung nicht übergeben wird."

„Das weiß ich durch Ingeborg. Die Frist ist abgelaufen, ja?

„So ist es."

„Dann solltest du nun Räumungsklage einlegen."

„Und wie mache ich das?"

„Du gehst zum Amtsgericht Neukölln – Ingeborg hat mir erzählt, dass die Wohnung im Schillerkiez liegt, ja?"

„Ja! Also ich spaziere zum Amtsgericht Neukölln …"

„Dort helfen sie dir. Das Amtsgericht führt dann ein schriftliches Vorverfahren durch und …"

„Ein Verfahren vor dem Verfahren?! Das klingt abgefahren!"

„ … also … deine Mieterin muss nach dem schriftlichen Vorverfahren ihre Verteidigungsbereitschaft anzeigen. Und das innerhalb von zwei Wochen …“

„Warum sollte sie sich verteidigen wollen?“

„Um Zeit zu schinden …“

„Verstehe, Gerhard! Und was mache ich, wenn sie sich wehrt?“

„Falls Sie sich tatsächlich verteidigt, empfehle ich dir einen Rechtsbeistand. Aber leg jetzt auf jeden Fall die Räumungsklage ein.“

„Und wie geht das nun konkret?“

„Wie erwähnt, musst du zum Amtsgericht Neukölln gehen. Nimm deinen Personalausweis und alle Unterlagen mit. Und erkundige dich vorher nach den aktuellen Corona-Regeln. Die ändern sich ja wöchentlich.“

„Okay, und was passiert dann?“

„Dann füllt ein Rechtspfleger für dich die Klageschrift aus. Du müssest allerdings einen Gerichtskostenvorschuss bezahlen.“

„Du meine Güte – auch das noch! Wie hoch ist der denn? Bin fast pleite, muss ja das Hausgeld bezahlen. Hat Ingeborg dir das gesagt?“

„Nein, aber das habe ich mir schon gedacht. Der Gerichtskostenvorschuss bemisst sich an der Miethöhe. Genaueres wird dir der Rechtspfleger sagen. Schätze mal, dass du dir das leisten kannst. Oder Ingeborg wird dir aushelfen.“

„Das macht mich jetzt komplett fertig.“

„Verstehe. Hast du noch weitere Fragen?“

„Ja. Was passiert, wenn meine Mieterin sich nicht verteidigt?“

„Die Gerichtskosten müsst du auf jeden Fall bezahlen, auch wenn keine mündliche Verhandlung stattfindet. Du erhältst dann ein sogenanntes Versäumnisurteil als vollstreckbaren Titel, unter Einhaltung einer bestimmten Frist und das nur, wenn deine Mieterin keinen Räumungsschutz beantragt.“

„Danke für die Infos, aber mir wird das gerade alles zu viel.“

„Ich wünsche dir viel Glück. Wenn noch irgendwo der Schuh drückt, kannst du mich gerne anrufen.“

„Das könnte tatsächlich passieren.“

Nach dem Aufschwung der Abschwung, nach dem Höhenflug der Absturz und danach der Aufprall auf dem Boden der eigentümerunfreundlichen Gesetzlichkeit. Mein persönlicher Wurm, der sich nicht um Gesetze schert, wahrscheinlich von Jugend an ausschert, verdient es nicht, noch weitere Monate auf meine Kosten meine Wohnung auszukosten. Er muss raus und das noch vor Monatsende. Koste es, was es wolle, koste es mich Kopf und Kragen. Wie bekomme ich Jennifer heraus? Sie versteckt sich hinter einem erfundenen Anwalt, sitzt es aus, zögert es hinaus. Aber wirklich glücklich ist sie nicht, sie scheut das Licht, wurmt sich in der Wohnung ein. Das einzige, was sie heraustreibt, sind die grenzenlose Gier und der wahnsinnige Wunsch, möglichst viel Salziges, Fettes oder Süßes in sich hineinzustopfen, – Crackers, Crunches, Ferreroküsschen, namenlose Schokonüsschen – und Sprudelndes in sich hineinzuschütten, – Rotkäppchen-Sekt, Red Bull und Pepsi.

Das berichtete Frau Briedenkamp, die Jennifer nach 23 Uhr im REWE getroffen hatte. Es habe sie wegen all des ungesunden Zeugs fast der Schlag getroffen, als sie einen Blick in den Einkaufswagen geworfen habe. Diese junge Frau werde eines Tages zerplatzen, aber das sei ja nicht schade. Sie habe sich schon gedacht, dass sich meine Mieterin so ungesund ernähre.

Danke, liebe Frau Briedenkamp. Ein Hoch auf die Klischees! Manchmal stimmen sie tatsächlich. Diese Stimmigkeit hellt meine Stimmung auf, aber nicht genug, denn ich kann mir nicht sicher sein, ob ich die Ausführungen von Herrn von Rüttelschuh – diesen distinguiert klingenden, älteren Herrn „Gerhard" zu nennen, widerstrebt mir abgrundtief – richtig verstanden habe und ob sie überhaupt richtig waren. Eine fundiertere Rechtsberatung tue not, textete mir Stephan unlängst, er könne mir Geld für einen Anwalt vorschießen, ich solle mich nicht auf Ingeborgs Rentnergang verlassen. Zudem gebe es Vereine, die eine exzellente und zudem kostenfreie Rechtsberatung für ihre Mitglieder anbieten.

All die Ratschläge erschlagen mich. Ich google *Zwangsräumung*, um mich in juristische Begriffe einzuarbeiten, anstatt an meiner Übersetzung weiterzuarbeiten. Bei Finance Scout24 bleibe ich hängen. Man startet mit Immo Scout24 und endet bei Finance Scout24. Die Anti-Karriere einer bescheuerten Geisteswissenschaftlerin. „Selbsthass bringt dich nicht weiter. Fokussier dich auf das juristische Procedere“, höre ich Stefans Stimme. Wo er recht hat, er recht.

Eine Räumungsklage ist das letzte Mittel, mit welchem ein Vermieter erwirken kann, dass seine Mieter ausziehen müssen. Bevor eine Klage bei einem Amtsgericht eingereicht werden kann, muss eine Frist zum Auszug sowie eine Nachfrist verstrichen sein. Mit der Räumungsklage erwirbt der Vermieter einen Räumungstitel. Dieser berechtigt ihn dazu, das Mietobjekt per Gerichtsvollzieher zwangsräumen zu lassen.

So schreibt eine Frau Elisabeth Schwarzbauer auf Finance Scout24. Klingt wie Rüttelschuh und mir drückt der Schuh dadurch nicht weniger.

Dem Mieter droht eine Zwangsräumung, wenn der Vermieter über das zuständige Gericht einen Räumungstitel erworben hat. Wurde die Klage zum Beispiel wegen Mietschulden erhoben, kann die Räumung durch Zahlung der Mietschulden verhindert werden.

Nach einem wochenlangen Training in Geduld und Frustrationstoleranz bekomme ich um 19 Uhr 54 eine neue Angst, die Angst vor dem plötzlichen Zahlungswillen meines mitunter niedlichen, mitunter ekeligen Wurmes, gerade dann, wenn ich den Räumungstitel habe. Genau das traue ich ihr zu: In Deckung gehen, sich nicht verteidigen und kurz bevor es zur Zwangsräumung kommt, die Mai-Miete überweisen. Zurück auf Los, das ganze Theater ginge von vorne los und sie bliebe drin.

Eine Zwangsräumung kann ebenfalls aufgeschoben werden, wenn durch die Räumung den Mieter eine sogenannte „unbillige Härte“ zugemutet wird. Ein solcher Fall ist dann gegeben, wenn der Mieter aus persönlichen oder wirtschaftlichen Gründen keinen Ersatzwohnraum findet.

Wie sollte jemand einen neuen Wohnraum finden, der überschuldet ist und nicht arbeitet – zumindest nicht im Sinne einer offiziellen Erwerbstätigkeit? Wäre mein Domizil somit einer chronischen Verwurmung anheimgegeben?

Ebenso kann eine unzumutbare Härte vorliegen, wenn die beklagte Person zum Beispiel gerade entbunden hat und durch den Umzug eine Gesundheitsgefährdung stattfinden würde. Schwere Krankheiten können ebenfalls als Härtefall angeführt werden.

Ich schalte das Notebook aus, will dringend raus – überallhin außer in die Schillerpromenade. Nein, ich muss in die Schillerpromenade, um einen erneuten Zettel in den Schlitz zu schieben oder um Jennifer anzurufen, aber nicht von meinem Handy.

Eine Räumungsklage wäre das letzte offizielle, das letzte seriöse Mittel, aber nicht mein letztes Mittel. Man sollte sich nicht auf das Niveau des Gegners herabbegeben, meinte unlängst Stefan, als er mir ein fernmündliches Zeitfensterchen im Rahmen einer Tagung einräumte, auf die er ohne seine Süße geflogen war.

„Katharina, das Recht ist auf deiner Seite und du kommst mir allmählich wie Michael Koolhaas vor."

„Ganz im Gegenteil. Ich werde mich nicht mit Gerichtskostenvorschüssen ruinieren und unendlich warten. Ich gehe in die Offensive."

„Okay. Ich ziehe den Koolhaas zurück. Du klingst wie ein Feldherr. Komm endlich wieder runter!"

„Ich bin unten. Ganz unten. So weit unten war ich noch nie."

„Das merke ich. So durcheinander habe ich dich seit dieser furchtbaren WhatsApp-Nachricht von Simone nicht mehr erlebt."

„Ja und das, ohne verliebt zu sein. Was sagt uns das?"

„Das sagt uns, dass du jemanden brauchst, dem du die Causa Jennifer Ziegler abgeben kannst. Ich kann dir Geld für einen Anwalt leihen."

„Danke! Aber Schulden will ich nicht. Ich will es anders schaffen ..."

„Muss jetzt leider aufhören. Susanne versucht, mich zu erreichen."

Vielleicht sollte ich mich nicht mehr beklagen, sondern wirklich klagen, die Räumungsklage einlegen und warten, was passiert.

Ich bin immer noch nicht aufgestanden und stelle mir vor, wie Jennifer die meiste Zeit auf der Couch oder im Bett liegt und nur noch auf die Straße geht, um im ALDI oder im REWE Lebensmittel mitgehen zu lassen, oder mit einer ihrer ungedeckten Kreditkarten zu bezahlen. Der Wurm muss schließlich gefüttert werden. Wenn sie mit den erbeuteten Kalorien nach Hause kommt, wirft sie einen Blick auf den Briefkasten, aus dessen Schlitz immer mehr Postsendungen herausquellen. Die Angst vor amtlichen Einwurfeinschreiben hindert sie daran, die Werbezettel, die sie gerne liest, zu befreien. Oder sie hat den Briefkastenschlüssel längst entsorgt, um sich selbst darin zu hindern, sich mit all den formellen Schreiben zu beschäftigen. Sie wartet ab, bis eines Tages ein Gerichtsvollzieher oder eine Gerichtsvollzieherin bei ihr auftauchen wird, beißt in ein Ferrero Rocher, beißt sich weiter hinein in den geborgten Luxus eines parasitären Daseins.

Sicher bin ich mir nicht. Ich habe mich einmal zu oft in ihr getäuscht, mich von ihr täuschen, enttäuschen lassen und kann es nicht lassen, mir außergerichtliche Wege auszudenken, um sie loszuwerden. Ich könnte jemand beauftragen, der sie verfolgt, ihr droht und ihr ein Ultimatum setzt. Dafür fehlen mir Geld und Kontakte zur kriminellen Szene. Und ich denke an das Versprechen, das ich Stefan gab: keine strafbaren Handlungen.

[JENNIFER] Der Steimatzky kann man nichts mehr beibringen. Lügt besser als ich oder genauso gut. Die Antwort-Mail hat sich gewaschen. Das Turbotempo auch. Sollte mir von ihr eine Scheibe abschneiden. Mit der Steimatzky ist nicht mehr gut Kirschen essen. Finde das Ganze trotzdem zum Abkreischen. Ein Kinderstreich von einer studierten Tusse. Denke, dass keine neuen Zettel kommen. Und falls doch, springe ich nicht darauf an. Würde nichts bringen. Bloß die Zeit wegfressen. Da fresse ich lieber mit Kadisha Lammcouscous. Hat heute extra Fotos für mich auf Insta gepostet. Voll süß ist die. Sieht Shihab im Gesicht giga ähnlich, bringt aber das Doppelte auf die Waage. Könnte meine Schwester sein. Von den Pfunden her. Habe getextet, dass ich ab Juli in ihrer Schule an der Tafel stehe. Direkt kam dann: *We are using whiteboards – of course.*

Eine coole Antwort. Erinnert mich an Sab. Nur, dass Kadisha keine Betrügerin ist. Könnte trotzdem mit ihr funktionieren. Muss wohl. Habe null Bock mehr auf den ganzen Scheiß mit der Steimatzky. Und mit BigLove. Auch, weil es mit Alois so saudumm gelaufen ist. Der hat gestern getextet:

> *Hallöchen, ich möchte mich nicht mit dir in München treffen und auch ansonsten keinen Kontakt mehr haben. Grüße von Alois.*

Eiskalt. Voll herzlos, keine Erklärung, nichts. *Hallöchen* passt nicht zum Milchbauern. Hat das jemand aus dem Städtelein geschrieben? Oder die Schwester? Oder sonst wer? Vanessa antwortet nicht darauf. Verlorene Liebesmüh. Der Depp von der Alm ist gar nicht so deppert. Hat wohl Lunte gerochen. Meldet vielleicht sogar das Profil. Muss ganz schnell die fesche und brave Krankenschwester Vanessa in die ewigen Jagdgründe schicken. Und könnte mich irgendwann mit einer neuen Identität wieder anmelden. Im Moment nicht. Habe gerade keinen Nerv auf diesen Liebesschrott. Die Spackos werden immer geiziger. Und misstrauischer. Darf gar nicht drüber nachdenken, wie viel Zeit ich verplempert habe. Da scheffelt ja die Steimatzky mit ihren Übersetzungen mehr Kohle. Alles voll Panne. Ein Griff ins Klo. Das letzte Tröpfchen. Das Fass schwappt über. Ab nach Marokko. Jalla jalla.

Würde trotzdem gerne wissen, wie Alois Vanessa auf die Schliche gekommen ist. Für die Zukunft. Falls ich mein Einkommen aufbessern muss, denn als Der-die-das-Tusse kommt kaum was rum. Ich könnte auch mit Dealen anfangen. Kaufe in Marokko zwei Klumpen Shit. Stopfe sie in meine Löcher, wenn ich zurück nach Berlin jette. Würde mich aber nicht selbst in die Hasenheide stellen. Oder in den Görli. Wäre ein Job für Robbi. Vom Hehler zum Dealer. Stinkt nach Aufstieg. Mein Ex zieht sich manchmal eine Tüte rein. Denkt, das ist nicht Haram. Im Gegensatz zu Alk. Aber den schick ich nicht auf den Dealer-Strich. Den brauche ich noch als Kumpel. Muss mir ja irgendwer helfen, den Fernseher und den anderen Krimskrams aus der Schillerpromenade rauszuhieven. Und wieder in Lichtenrade reinzuhieven. Der Hintern von meinem Ex klebt an Berlin, weil sein Schwanz in einer Schwimmbad-Tussi steckt. Charles will den Krempel zurück, nur die Couch nicht. Er hat von seiner neuen Braut ein altes Sofa ins Wohnzimmer gehext bekommen. Simsalabim. Der Sperrmüll war drin. Die Barhocker in der Küche und den hohen Tisch will er auch nicht mehr haben. Dann bleiben auch die in der Schillerpromenade. Willkommensgeschenke für die Steimatzky. Damit die mich nicht vergisst. Lache mich kringelig. Mein fast noch neues Boxspringbrett stelle ich gleich bei Ebay ein: 150 Euro für Selbstabholer. Ein gutes Geschäft. Habe für das Bett keinen Cent gelatzt. Ein Megaproblem sind die Klamotten und die Schuhe. Vielleicht kann ich die bei Shihab lagern. Den Keller in der Mittenwalder Straße habe ich natürlich nicht leergemacht. Einmal faul, immer faul.

Meine Alte weiß noch nichts von Casablanca und weiß wahrscheinlich noch nicht mal, wo das liegt. Die ruft mich gar nicht mehr jeden Tag an. Die quatscht wohl stundenlang mit ihrer Gudrun. Besser geht's nicht. Dann heult meine Alte mir nicht so nach. Muss schnell abhauen, so lange es sie mit der Gudrun auf Wolke sieben reitet. Und sie noch nicht aufeinander herumreiten. Und wenn, dann nur zum Spaß. Und weil es geil ist. Das hat mir meine Alte mal erzählt. Ich wollte es gar nicht hören. Aber sie war nicht mehr zu bremsen. Also nix wie weg. Habe Shihab eben getextet und gefragt, ob er mir in circa einer Woche ein Ticket nach Casablanca spendiert. Der Typ war richtig aus dem Häuschen. Hat gleich angebimmelt und gemeint:

„Jennifer, ich bin eifersüchtig auf meine Schwester Kadisha."

„Warum? Ich bin nicht in sie verschossen."

„Wie bitte?"

„Ich bin nicht in sie verliebt."

„Das weiß ich. Aber ihr lebt bald zusammen."

„Nein, ich habe nur ein Zimmer in ihrem Haus.

„Es ist ein marokkanisches Haus. Ihr werdet miteinander essen und reden und gemeinsam Dinge machen. Sie wird sich um dich kümmern."

Danach ist mir schummerig geworden. Möchte nicht die ganze Zeit betüttelt werden. Das wäre so wie jetzt mit meiner Alten. In meiner Kindheit war ich unterbetüttelt. Und jetzt will sie mich überbetütteln. Zum Glück hat sie ein neues Opfer: Gudrun. Habe meiner Alten gestern gesagt, dass ich bei der Deutschen Bahn aufhöre. Zu viel Stress. Doofer Chef. Geld ist nicht alles. Sie ist zuerst erschrocken, hat aber dann gemeint „Jenny, du musst tun, was dir guttut." Finde ich super. Kurz bevor mein Flieger in den Himmel steigt, werde ich ihr simsen:

Liebe Mama, Berlin tut mir nicht mehr gut. Ich fliege gleich nach Casablanca zur Schwester von meinem neuen Freund. Und einen Job habe ich auch schon: Deutschlehrerin.

Dann wird sie zwar der Schlag treffen, aber das ist mir egal. Außerdem kann sie sich bei ihrer Gudrun ausjammern. Habe keinen Bock auf ihr Abschiedsgelaber. Besser ein kurzer, schneller Schmerz. So hat meine Alte mir früher die Pflaster abgerissen. Und mich dabei mit ihrem Gekeife vollgepflastert.

[**Katharina**] Der Tag der gewünschten Wohnungsübergabe floss in aller Stille an mir vorbei. Ich verfloss in Selbstmitleid, als mir Frau Briedenkamp bei einer unserer zufälligen Zusammenkünfte erzählt hatte, dass sie Jennifer neben einem Mann um die Vierzig aus Nordafrika oder aus dem Nahen Osten auf dem Balkon sitzen gesehen habe. Sie hätten Tee getrunken, Hochdeutsch gesprochen und manchmal auch ein wenig Französisch.

Jennifer saugte am Tag des Übergabetermins die Juniluft in die Lungen ein und feierte womöglich eine neue Liebe, während ich noch nicht einmal ein L-Mag-Date zustande bringe, weil mich die angeschriebene Dame durch wenige Informationen identifizierte und aussortierte. Hätte ich lügen sollen, um sie zu einem persönlichen Treffen zu motivieren?

„Entweder man ist ehrlich oder man hat Erfolg", gab Stefan einst von sich, als wir über seine makellose Hochschullaufbahn diskutierten, und ich sagte: „Ich bewundere deine Fähigkeit zu diplomatischen Lösungen. Im Unibetrieb und in der Liebe."

„Danke, dass du das anerkennst. Wäre ich wie du, Katharina, hätte ich weder einen Lehrstuhl noch langjährige Partnerschaften. Ich bewundere deine Fähigkeit, alleine zu leben und dich als Freelancer ohne Sicherheitsnetz durchzuschlagen."

Bisher hatte ich das ähnlich gesehen, aber inzwischen kriecht Existenzangst in mir hoch. Ein Hoch auf die Leichtigkeit des Wurms, der sich vielleicht auch heute in charmanter Gesellschaft sonnt, während ich mich am liebsten ins dunkelste Loch verkriechen würde, um endlich Ruhe zu haben. Ruhe wovor? Ruhe vor mir selbst? Vor meinem Aufschieben der Übersetzung? Vor dem Wiederkäuen der Causa Jennifer Ziegler? Ich drehe mich im Kreis, jogge auf einem immer schneller werdenden Laufband, bis ich vor Erschöpfung japsend im letzten Moment herunterspringe. Heute ist es so weit, dass es nicht mehr so weitergehen kann. Das dachte ich gestern, vorgestern und vorvorgestern ebenso. Wann kippe ich um? Wann kippt mein bürgerliches Leben um, weil ich etwas Ungeheuerliches tue?

Heute liege ich um 11 Uhr in erstarrter Selbstumarmung immer noch im Bett. Heute gehe ich nicht vor die Tür. Heute werfe ich keinen Blick auf den Stand des Stromzählers. Heute suche ich nach keinem spitzen Stein, den ich bei Dunkelheit ins Wohnzimmerfenster der Schillerpromenade werfen könnte, wenn der Flatscreen schimmert und ich eine wurmartige Silhouette auf der Couch zu sehen glaube. Heute verwerfe ich meine nutzlose Existenz und letztlich mich selbst.

Ein Anruf mit einer unbekannten Nummer geht ein und ich schaffe es nur mühsam, ihn anzunehmen.

„Hallo, mit dem spreche ich?"

„Briedenkamp. Zum Glück kann ich Sie erreichen."

„Was ist passiert? Ist etwas mit der Wohnung?"

„Heute Morgen habe ich Frau Ziegler im Treppenhaus getroffen. Sie hat einen riesigen Koffer geschleppt. Ein Mann war bei ihr. Ganz vollbepackt mit Sachen."

„Juhu! Der Wurm zieht aus ..."

„Wie bitte? Was meinen Sie?

„Alles gut – reden Sie bitte weiter!"

„Der Mann hat sehr sympathisch gewirkt. Gepflegt, gut gekleidet. Hat mich höflich gegrüßt. Ein leichter Akzent. Es war der, der mit Frau Ziegler auf dem Balkon Tee getrunken hat."

„Vielleicht verreisen sie gemeinsam."

„Das habe ich mir auch gedacht. Aber das viele Gepäck kam mir Spanisch vor. Und stellen Sie sich vor: Als ich eben vom NETTO nach Hause gekommen bin, steckt doch tatsächlich der Wohnungsschlüssel im Schloss."

„Das ist seltsam. Haben Sie die Wohnung betreten?"

„Das habe ich mich nicht getraut. Wer weiß, wer drin ist. Da stehen ja immer wieder andere Namen auf dem Klingelschild. Habe nur geläutet."

„Und?"

„Keiner hat aufgemacht. Aber das muss ja nichts heißen ..."

„Bitte behalten Sie die Tür im Auge! Ich bin in etwa fünfzehn Minuten bei der Wohnung."

Ich springe aus dem Bett, in die Klamotten von gestern und kurz ins Bad. Danach greife ich mir mein Handy, meine Schlüssel, die Schlüssel von der Schillerpromenade und laufe, ohne Rucksack und ohne abzusperren, los. „Der Wurm ist raus, der Wurm ist raus", hämmert es in meinem Hirn und „Ich darf nicht rein. Ich darf nicht rein." Warum nicht? Etwa, weil es keine formelle Übergabe gab und weil ich nicht weiß, ob Jennifer den Schlüssel nur aus Versehen oder mit Absicht stecken ließ? Wenn sie tatsächlich von dannen gezogen wäre, könnte ich sofort ein neues Schloss montieren lassen und die Wohnung als zurückerobert betrachten, ohne irgendjemandem die Wahrheit zu erzählen. Frau Briedenkamp wäre die einzige Zeugin. Sie stünde gewiss auf meiner Seite, falls der Wurm zurückkröche, was eine interessante Rechtslage wäre. Wer hätte das Recht, sich in der Wohnung aufzuhalten? Die inzwischen selbst eingezogene Vermieterin oder die zahlungssäumige Mieterin? Ich befürchte die Letztere, weil es keine formale Übergabe gegeben hatte. Wenn Jennifer zurückkäme, bliebe ich trotzdem. Wegen Hausfriedensbruch die Polizei zu holen, traue ich ihr nicht zu. Und falls sie es dennoch täte, erfände ich eine gelungene Übergabe. Es stünde Aussage gegen Aussage. Da ich nicht vorbestraft bin – höchstwahrscheinlich im Gegensatz zu Jennifer – sähe es gut für mich aus. Und ich bin mir sicher, dass Ingeborg bestätigen würde, dass ich ihr beglückt von der geglückten Wohnungsübergabe berichtet hätte.

[JENNIFER] Ein Wahnsinns Wumms, brausende Bremsen und alberner Applaus. Kapiere es nicht, warum man klatscht, nur weil jemand seinen Job macht. Oder soll ich das nächste Mal für meinen Zahnarzt klatschen, wenn er ein Loch gefüllt hat? Na ja in der Pandemie hat man die Krankenschwestern beklatscht. Das hat aber schnell wieder aufgehört.

Kadisha und ihre halbe Sippschaft warten wohl in der Ankunftshalle auf mich. Bei meinen zwei riesigen Koffern, einer fetten Reisetasche und einem Rucksack ist das auch gut so. Dann juckeln wir gemeinsam in ihr Haus. Dort wartet die andere Hälfte der Sippschaft. Freue mich auf die Abfütterung. Und aufs Pennen. Mein neues Zimmer sieht ulkig aus. Rosa Himmelbett, türkise und orangene Kissen, orientalische Lampen und ein enormer Holzschrank. Kadisha hat jede Menge Bilder auf Insta gepostet. Sogar ein Video auf TikTok. Fährt voll auf mich ab. Obwohl sie fast nichts von mir weiß. Oder weil sie fast nichts von mir weiß. Mal sehen, wie es läuft. Auch in der Schule. Habe leichtes Muffensausen. Niemand darf merken, dass ich von DaF keinen Dunst habe. Hätte vorher die deutsche Grammatik büffeln sollen. War natürlich zu bequem. Wie halt immer.

Nach der Landung mache ich direkt mein iPhone an. Eine Nachricht von meiner Mutter, drei von Shihab. Nichts von Charles. Nichts von Katharina. Wundert mich. Die Briedenkamp hat mitbekommen, dass ich die Fliege gemacht habe. Und inzwischen bestimmt gesehen, dass der Schlüssel außen steckt. Vielleicht hat sie die Telefonnummer von der Steimatzky nicht. Wäre doof, wenn irgendein Spasti in der Bude herumrandaliert. Oder die Kücheneinrichtung klaut. Es tigern immer wieder komische Gestalten im Treppenhaus rum. Und auch in den Kellerabteilen wird ständig eingebrochen. Die Holzpaletten hat leider niemand gebraucht. Wird sich die Steimatzky nicht darüber freuen. Hat wahrscheinlich keinen Kerl, der ihr beim Schleppen hilft.

Es soll niemand irgendeinen Scheiß mit der Bude anstellen. Das würde voll auf mich zurückfallen. Wäre Kacke. Vandalismus ist nicht mein Ding. Ist unter meinem Niveau. Dass ich nicht zahle, heißt nicht, dass ich keinen Stil habe. Habe noch nie was absichtlich kaputt gemacht. Sehe mich als

Gespenster-Mieter. Leihe mir für ein paar Monate die Wohnung von irgendeiner reichen Trulla und ziehe dann wieder Leine. Meistens kurz bevor mir der Zwangsvollstrecker die Hand drückt. Es ist das erste Mal, dass ich schon so früh verdufte. Weil mich die Steimatzky extrem genervt hat. Und weil ich Lust auf ein neues Abenteuer habe.

Endlich dürfen wir aus dem Flieger raus. Im Gänsemarsch. Ich reiße die Maske vom Gesicht.eAtme tief ein und aus. Als ich die Gangway runtertripple, knallt mir eine Wahnsinnshitze entgegen. Und ein warmer Wind fährt mir durch die Locken. Erinnert mich an meine Ankunft in Dakar vor knapp drei Jahren. Tut ein bisschen weh. Aber nur ein bisschen. Zum Glück funktioniert das Wifi im Flughafen. Während ich in der Schlange vor der Passkontrolle dumm rumstehe, texte ich der Steimatzky.

Hi Katharina, bin weg. Der Schlüssel steckt von außen. J.

Danke für die Info, Jennifer. Deine Nachbarin Frau Briedenkamp hat ihn schon stecken sehen. Und wo steckst du?

In Casablanca bei der Schwester von meinem neuen Partner. Habe dort einen neuen Job. Unterrichte Deutsch.

Haha. Deine Lügen sind immer wieder spannend. Mach's gut.

Mach's besser! Das mit dem Deutschunterricht stimmt wirklich.

Kann mir egal sein. Hauptsache, dass du ausgezogen bist und nicht zurückkommst.

Irgendwie juckt es mir in den Fingern, ihr zu schreiben, dass ich natürlich zurückkomme. Und nur möchte, dass sie die Tür absperrt und den Schlüssel abzieht. In dem Moment kommt mein erster Koffer. Und gleich dahinter meine rosa Reisetasche. Irgendwie habe ich keinen Bock mehr auf Katharina, auch nicht auf ihre scheißteure Bude. Die Steimatzky kann sich jetzt auf meinem Sofa einen runterholen. Und lässt mich ab jetzt hoffentlich in Ruhe.

[Katharina] Mit vielem hätte ich gerechnet, aber nicht mit einer freundlichen SMS von Jennifer. Ob sie tatsächlich in

Casablanca ist und eine Tätigkeit als DaF-Lehrerin im Auge hat? Das finde ich bizarr, weil es eher zu mir passen würde als zu ihr. Ist das Ganze erfunden? Aber warum? Aus Lust am Spiel? Aus purem Spaß? Um in einem positiven Licht dazustehen? Als Nächstes lädt sie mich ein: ein Gratisurlaub am Mittelmeer als Wiedergutmachung für das nicht erhaltene Geld, für die verlorene Zeit. Das würde ich annehmen und dürfte es niemandem erzählen, ganz besonders Patrizia nicht. Sie zweifelte an meinem Verstand. Wenn sie zusätzlich erführe, dass ich immer noch nicht geimpft bin, würde sie mir ernsthaft eine Psychotherapie empfehlen.

„Wochenlang verachtest du sie abgrundtief, nennst sie sogar einen Wurm und plötzlich ist alles wieder gut! Da komme ich nicht mehr mit." Derartiges könnte sie sagen, wenn ich ihr von meiner bevorstehenden Reise nach Marokko erzählte. Die vernunftgesteuerte Patrizia, flippte in den zwölf Jahren unseres Kennens nur ein einziges Mal aus, als Bernadette ihr den Seitensprung mit Beatrice gestanden hatte. Auch auf die Reaktion von Stefan bin ich gespannt.

Hi, es gibt eine fantastische Neuigkeit. Stell dir vor, wo ich gerade sitze? Auf einer flauschigen, grauen Couch, die Jennifer in der Wohnung zurückgelassen hat. Sie ist nach Casablanca abgehauen und hat mir schriftlich bestätigt, dass ich über die Wohnung verfügen kann.

Super! Ich sitze gerade in einem Zoom-Meeting.

Verstehe. Ich beziehe meine Eigentumswohnung nun selbst und bin bei dir in spätestens zwei Wochen komplett ausgezogen. Du kannst deine Wohnung also ab dem 15. Juli neu vermieten. Bestimmt zu einer höheren Miete. Das dürfte in deinem Sinne sein.

Keine Reaktion. Egal, ob das Zoom-Meeting Wahrheit oder Erfindung ist, irgendetwas hätte er noch schreiben können. Es ist, wie es ist, und verdirbt mir meine Freude nicht, auch nicht meine Erleichterung. Beschwingt gehe ich durch die Räume der entwurmten Wohnung. Das Sofa, den schmalen Küchentisch mit den zwei hohen Stühlen, die Sitzmuschel auf dem Balkon und sämtliche Deckenlampen hatte Jennifer übersehen oder bewusst zurückgelassen. Ebenso ein Grippemittel, ein Erkältungsbad, ein schwarzes Haargummi, ein zerknülltes Schokoladenpapier, eine Klobürste, eine Packung Taschentücher und eine Rolle Toilettenpapier. Leider sind die Küchenschränke leer. Ich hätte mir gerne einen Tee gekocht. Jennifers Mutter hatte bestimmt beim Putzen geholfen, denn die Wohnung atmet keinen Staub aus und riecht gut. Eine helle Ruhe liegt in den Räumen.

Glückwünsch! Mitte Juli ist perfekt. Meine Süße hat mir eben gesagt, dass ein Bekannter ihrer Schwester dringend eine neue Bleibe sucht. Ich habe Laura deine Handy-Nummer gegeben. Dann könnt ihr die Details besprechen. A big hug.

Die erste schriftliche Umarmung seit über drei Jahren. Eine physische Umarmung täte gut, aber niemand ist da. Das Smartphone piept.

Bella, die Kinos erwachen ab Juli wieder zum Leben. Wie es wäre mit Nomadland im fsk? Titel und Thema klingen interessant. Bussis von Ingeborg.

Prima! Lass uns das machen. Etwas anderes: Jennifer ist inzwischen in Casablanca und hat den Wohnungsschlüssel an der Tür stecken lassen. Ich bin drin!

Wow! Das feiern wir.

Und ob – Beschwingte Grüße aus der Schillerpromenade an den Klaushagener Platz

Ich tanze auf den Eichendielen, die nicht sichtbar unter Jennifer gelitten haben. Auch an den Wänden entdecke ich keine Flecken, selbst in der Küche nicht. Alles ist unversehrt. Der Kühlschrank brummt zufrieden. Im Kühlfach fröstelt ein Becher Häagen Dazs. Leider habe ich keinen Löffel. Ich genieße die Stille, das Alleinsein, das Fast-Nichts an Mobiliar, sogar die kleinen Dinge von Jennifer, die Wurm-Hinterlassenschaften. Wie sie alles abtransportiert und wo sie es gelagert hat, ist mir ein Rätsel. Im Keller der Mutter? Oder/ und in der Lichtenrader Ehewohnung, wenn diese existiert? Woanders Wie so oft gebe ich *Jennifer Ziegler + Berlin* in die

Google-Leiste ein. Ein Treffer führt zu eBay. Vielleicht verkaufte sie ihre Habseligkeiten und bezahlte davon das Flugticket. Warum denke ich noch über sie nach? Fast wie über eine Ex-Freundin nach einer herbeigesehnten Trennung. Irgendwie hatte Jennifer etwas Anziehendes, nicht nur ihre warme Stimme und ihre blauen Kulleraugen, sondern auch mental, aber intelligent sind auch ehrlichere, zu mir passendere Menschen. Ein Unbehagen und ein schaler Nachgeschmack werden bleiben. Werde ich in Zukunft jedes Mal, wenn ich von einem Menschen, mit dem ich eine Vertragsbeziehung eingegangen bin, einen Blumenstrauß erhalte, eine Anzeige wegen Betruges in Erwägung ziehen? Werde ich mich in Zukunft jedes Mal, wenn mir ein fremder Mensch zuhört, das Gehörte abspeichert und sogar nachfragt, wie sich dieses oder jenes entwickelt habe, davon ausgehen, dass ich mir einen neuen Wurm eingefangen habe? Das denke ich nicht. Jennifers Verhalten störte mich, verstörte mich, aber es zerstörte mich nicht. Ich werde weiterhin vertrauen.

[JENNIFER] Die Küsse und Umarmungen hauen mich um. Eine langhaarige, schwarzäugige Schönheit nach der anderen nimmt mich in die Mangel. Jede der orientalischen Prinzinnen reißt ein Gepäckstück an sich. Wie eine Königin schwebe ich eskortiert von Kadisha und vier anderen Frauen zum Taxistand. Sie hakt sich bei mir unter und sagt: „Ab heute bist du meine Schwester." Von diesem Empfang muss ich unbedingt meiner Alten, Shihab, Sab und Charles erzählen. Und eigentlich auch Katharina. Komisch, dass ich an diese Tusse überhaupt noch denke. Wahrscheinlich liegt die gerade in der Badewanne oder macht Yoga. Nehme an, dass sie selbst einzieht. Oder sich bei der nächsten Vermietung alle Unterlagen im Original zeigen lässt. Und die Kaution will, bevor sie die Schlüssel rausrückt. Die hat verdammt viel von mir gelernt. Mal schauen, ob ein Dankesschreiben eintrudelt. Nee, lieber die Nummer gleich blockieren. Will nichts mehr von der wissen. Die hatte mich echt auf den Kieker, aber sie hat wohl endlich kapiert, dass sie nie Kohle von mir sieht. Und dass es besser ist, wenn sie mich nicht mehr sieht. Es reicht wohl, dass ich das Sofa in der Bude gelassen habe. Da kann die Steimatzky nun ihren nicht vorhandenen Allerwertesten drauf platzieren. Und sich fragen, warum sie so blöd war. Und warum niemand neben ihr sitzen mag. Die hat doch die Vollmeise. Und ihr ganzer intellektueller Scheiß hilft ihr nicht weiter. Eine bessere Freundin als mich hat die wohl noch nie gehabt.

[KATHARINA] Ich habe schnell mein Notebook, einen Topf, eine Tasse und ein paar Teebeutel aus dem Sudhaus geholt und hoffe, endlich in die Übersetzung von *Pas de mer sans moi* zurückzukehren. Das dazu passende Deutsch wohnt seit Tagen in meinen Gehirnwindungen, neben dem Wurm, dem Ex-Wurm. Als ich durch die Wohnung gehe, denke ich an Jennifer, obwohl ich keine Gedanken mehr an sie verschwenden will. Ich setze mich im Lotussitz auf die Couch, stelle das aufgeklappte Notebook vor mich. Mit dem Gefühl, dass die leeren Räume Einsamkeit ausatmen, öffne ich die Datei von *Pas de mer sans moi*. Dann werfe ich mich ins Französische und schwimme mit der Protagonistin im Atlantik vor Dakar.

[ENDE]

Ebenfalls erschienen

MATTHIAS RISCHE:
„Die Mimik der Haie – Erzählungen“,
22 Erzählungen aus den Leben der anderen

Edition Periplaneta, 168 S.
print ISBN: 978-3-95996-203-2
epub ISBN: 978-3-95996-204-9
Als Klappenbroschur und
als E-Book für alle Reader

Amir verlässt ein Schiff.
Kim verlässt die Psychiatrie.
Helge will keine Lügen mehr.
Lilli & Nick sind allein zu Haus.

Menschen erfrieren oder kochen über.

Matthias Rische versetzt uns in die Leben der anderen, lässt uns teilhaben an ihren Ängsten und Irritationen, an ihrer Grausamkeit und ihren Süchten, aber auch an ihren Hoffnungen und Erkenntnissen. Seine Protagonisten sind oft Außenseiter, die mit einem Makel zu kämpfen haben. Etwas hat sie aus der Bahn geworfen – die familiären Umstände, körperliche Gewalt, eine Krankheit oder ein Verlust.

Diese 22 ungewöhnlichen Geschichten prägen sich ein und gehen an Herz und Nieren.

Ebenfalls erschienen

LAURA ALT:
„9783959962001"
Nouvelle Noire,

Edition Periplaneta , ca. 92 S.
print ISBN: 978-3-95996-200-1
epub ISBN: 978-3-95996-199-8
Als Klappenbroschur und
als E-Book für alle Reader

Der Titel ist eine 13stellige Nummer, die zwar nicht zufällig mit der ISBN des Buches übereinstimmt. Aber es könnte jede andere Zahl auch sein ... Denn 9783959962001 ist eine Dystopie. Es geht um Totalitarismus, Revolution, den Sinn von Bestrafungen und um eine Welt, in der die Worte wie „Leben" und „Zukunft" anders definiert werden:
Irgendwo im Getriebe eines totalitären Systems bricht ein Mann die Regeln. Er kündigt, obwohl das eigentlich gar nicht möglich ist. Auf seiner Suche begegnet er Gestalten mit verschiedenen Bewältigungsstrategien und Lebensentwürfen, von Zirkusartisten über Gottesanbeterinnen bis hin zu Terroristen. Doch einen Sinn im Sein zu finden, scheint in dieser Welt unmöglich. Und der Staat ist ihm längst auf den Fersen.

In ihrer kleinen und doch mächtigen Nouvelle Noire kündet Laura Alt von einer ominösen und düsteren Zukunft, die ihre unverhohlenen Zeichen bereits in unsere Gegenwart gegraben hat.

Ebenfalls erschienen

KRISTJAN KNALL:
„Böse ist besser – Der Ratgeber, um unfassbar reich, schön und glücklich zu werden.“

Edition Periplaneta, 130 S.
print ISBN: 978-3-95996-257-5
epub ISBN: 978-3-95996-258-2
Als Klappenbroschur und als
E-Book für alle Reader

Vincent hat ein Erleuchtungserlebnis. Er begreift, dass er mit Anstand und Menschlichkeitsgedöhns nicht weiterkommt und stellt sein bisheriges Leben radikal in Frage. Er kündigt spektakulär und macht keine Kompromisse mehr. Weil das so gut klappt, beginnt er für sich und die Lesenden, seine neue Lebensphilosophie mit wissenschaftlichen Erkenntnissen, Statistiken und Studien zu unterfüttern.
Es sieht so aus, als ob viele Dinge und Verhaltensweisen, die wir für gut halten, uns selbst überhaupt nicht guttun. Sieht man genauer hin, ist Zocken gar nicht so doof, Arbeiten generell keine gute Idee – und auch immer gut informiert zu sein, ist gar nicht so gesund.

Kristjan Knall kredenzt uns hier einen Ratgeber zum Bösesein, mit 28 Anti-Regeln, weiteren wertvollen Tipps sowie unglaublichen und auch unangenehmen Wahrheiten. Man braucht dazu eigentlich nur ein bisschen Mut und ein bisschen Humor – und die anderen Idioten ein bisschen Toleranz.